현대인을 위한 동양고전시리즈 (1)

啓蒙

首天地物人

철학으로 읽는

계몽편

진성수 역해

신아사

"이 저서는 2022년도 전북대학교 연구교수 연구비 지원에 의하여 연구되었음."

목 차

책에 관하여

1. 책의 제목

『계몽편』은 열 계啓, 어두울 몽蒙, 책 편篇이라는 제목에서도 알 수 있듯이, 처음 배움을 시작하는 어린이를 가리키는 단어인 동몽童蒙이나 초학자初學者를 교육하고 그들을 계몽啓蒙·계도啓導하기 위해 지은 책이다.

『계몽편』은 기존의 초급 한자·한문교재인 『사자소학四字小學』, 『추구推句』, 『천자문千字文』 등과는 달리 수편首篇·천편天篇·지편地篇·물편物篇·인편人篇 등 5개 주제主題로 내용이 구분되어 있는 것이 특징이다. 그러므로 다른 한자·한문교육 입문서入門書들보다 비교적比較的 이해하기 쉽게 구성되어 있다. 또한 『계몽편』은 『사자소학』이나 『추구』 등과 마찬가지로 누가, 언제 만들었는지 정확히 알 수는 없다. 다만 우리 선조先祖들이 오래전부터 아동兒童 및 청소년靑少年 교육을 위해 지은 것이라는 점은 분명하다. 특히 결론結論에 해당하는 인편人篇의 내용 중에 청소년의 9가지 몸가짐[九容]과 마음가짐[九思]에 관한 설명은 『소학』·『사자소학』뿐만 아니라 『논어論語』 등과도 깊은 관련이 있다. 특히 인편人篇의 서두序頭에 '만물 가운데 오직 사람이 가장 신령하다.(萬物之中, 惟人最靈.)'라는 내용이 있는데, 이 구절은 『동몽선습童蒙先習』 수편首篇의 내용과 거의 비슷하다. 이처럼 『계몽편』은 전통사회傳統社會에서 아동 및 청소년들의 인성 및 기초한문 교육을 위한 필수 교재教材였음을 알 수 있다.

2. 구성 및 내용

본래 『계몽편』은 크게 5개 부분으로 구성構成되어 있다. 그러나 본 교재에서는 실제 교육현장에서 한자·한문 및 철학·인문학 교육용으로 활용할 수 있도록 〈인편〉 뒤에 〈한시감상漢詩鑑賞〉과 〈동양철학 강의〉를 부록으로 실었다. 책의 전체 내용을 요약하면 아래와 같다.

첫째, 머리말에 해당하는 〈수편首篇〉에서는 하늘과 땅, 그리고 해·달·별· 강·바다·산, 그리고 동서남북의 방위方位 및 오미五味 · 오성五聲 등에 관해 자세히 설명하고 있다.

둘째, 하늘에 관한 이야기를 담고 있는 〈천편天篇〉에서는 낮의 해와 밤의 달과 별, 그리고 12시時와 열두 달, 봄·여름·가을·겨울 사계절四季節, 갑·을·병·정·무·기·경·신·임·계甲乙丙丁戊己庚申壬癸와 자·축·인·묘·진·사·오·미·신·유·술·해子丑寅卯辰巳午未辛酉戌亥 등 십간십이지十干十二支에 관해 설명하고 있다.

셋째, 땅에 관한 이야기를 담고 있는 〈지편地篇〉에서는 산과 언덕, 강과 냇물, 구름과 안개, 비와 눈, 바람과 우레, 오악五嶽·사해四海, 그리고 오행五行의 상생相生·상극相剋 등에 관해 자세하게 설명하고 있다.

넷째, 만물에 관한 이야기를 담고 있는 〈물편物篇〉에서는 산과 들, 바다와 강에 사는 동물動物과 식물植物의 종류, 곡식과 과일 및 그것을 헤아리는 숫자 등에 관해 설명하고 있다.

다섯째, 사람에 관한 이야기를 담고 있는 〈인편人篇〉에서는 부모와 자식, 임금과 신하, 남편과 아내, 어른과 아이, 친구 사이의 도리道理인 오륜五倫과 사람의 본성本性, 그리고 학문하는 자세 및 청소년의 9가지 몸가짐인 구용九容과 마음가짐인 구사九思 등에 관해 설명하고 있다.

여섯째, 부록-1. 〈한시감상〉에서는 자연의 아름다움과 인간의 순수한 감정을 노래한 시인詩人의 정서를 느껴볼 수 있도록 8편의 시詩를 소개했다. 구체적으로는 〈물편〉에 나오는 주렴계周濂溪의 애련설愛蓮說을 비롯하여 도연명陶淵明의 「음주飮酒」, 왕지환의 「등관작루登鸛鵲樓」, 이백의 「산중답속인山中答俗人」, 유우석劉禹錫의 「누실명陋室銘」, 소강절邵康節의 「청야음淸夜吟」 등이다. 아울러 조선의 대표적 성리학자인 퇴계退溪 이황李滉의 「야지野池」와 율곡栗谷 이이李珥의 「화석정花石亭」을 함께 실어 두었다.

일곱째, 부록-2. 〈동양철학 강의〉에서는 〈공자의 생애와 그의 제자들〉이란 주제의 프롤로그prologue로부터 『논어論語』·『맹자孟子』·『대학大學』·『중용中庸』·『명심보감明心寶鑑』·『채근담菜根譚』 등 6개 고전古典에 대한 자세한 소개 및 핵심내용을 강의 형식으로 정리하였다. 아울러 동양철학을 이해하는 데에 참고할 수 있도록 중국 중심의 세계관인 중화사상中華思想

과 성리학의 출발점이 된 『태극도설太極圖說』에 관해 간략하게 정리해 두었다.

3. 활용 방법

우리 주위를 둘러보면, 동양고전東洋古典을 공부해 보겠노라 굳게 결심決心을 하고 도전挑戰했다가 중도中途에 포기抛棄하는 사람이 적지 않다. 대체로 한자漢字로 된 동양고전의 특징 때문일 것이다. 이 때문에 애초부터 동양고전 공부에 엄두를 내지 못하는 사람들도 많다. 그렇다고 동양고전을 읽을 때, 자전字典을 옆에 두고 한 글자씩 모르는 글자를 찾아가며 읽는다는 것은 그리 쉬운 일이 아니다.

이런 문제를 해결하기 위해 이 책에서는 한글 번역문飜譯文 아래에 본문 내용에 대한 간략한 해설과 함께 자세한 한자 설명을 덧붙여 놓았다. 특히 어려운 인명人名과 지명地名, 서명書名과 용어用語 등에 대해서는 부록의 〈동양철학 강의〉에서 자세하게 설명하였다. 또한 한자어漢字語가 70%를 차지하는 우리말의 특징을 고려하여 한글로 된 문장에서도 일상생활日常生活에 자주 사용하는 한자를 한글 옆에 병기倂記하여 책을 읽으면서 자연스럽게 한자를 익힐 수 있도록 하였다.

4. 한자 설명 방식

한자漢字는 본래 하나의 글자에 여러 가지 뜻을 가지고 있다. 한자가 처음 만들어질 때에는 지금처럼 글자 수數가 많지 않았다. 그래서 제한制限된 글자로 많은 뜻을 설명하기 위해서는 한 글자에 여러 가지 뜻을 한데 묶어 사용할 수밖에 없었다. 예를 들면, "日出則爲晝요 日入則爲夜니(해가 나오면 낮이 되고, 해가 들어가면 밤이 되니: 天篇)"에서는 '爲'가 '될 위'의 뜻이지만, "爲城郭하여 以禦寇하고 爲宮室하여 以處人하고(성곽을 만들어 도적을 막고, 궁실을 만들어 사람을 거처하게 하고: 地篇)"에서는 '爲'가 '만들 위'의 뜻이다.

이 점에 착안着眼하여 이 책에서는 한문漢文 원문原文에 대한 한글 번역문飜譯文 아래에 간략簡略한 해설解說을 덧붙인 후에 〈한자의 음音과 훈訓〉 코너를 따로 두어 한자의 부수部首·총획總劃·자의字義·파생어派生語 및 간략한 한문 문법 설명을 덧붙여 초·중급 한자·한문교육에 활용하도록 하였다.

5. 책을 펴내며

이 책은 청소년들은 물론 현대現代 교양인敎養人들의 한자·한문 및 철학·인문학 교육을 위해 새롭게 구성한 교재이다. 따라서 한문漢文으로된 원문原文의 한글 번역문 및 간략한 해설과 함께 한자漢字의 음音과 훈訓, 그리고 한자가 실제實際로 쓰이는 단어單語 등을 정리整理하여 실생활實生活에서 직접 활용할 수 있도록 하였다. 특히 각 구절句節마다 간략한 해설을 덧붙여 남녀노소男女老少 누구라도 문장의 내용을 쉽게 이해할 수 있도록 편집하였다. 아울러 현대인들의 인문학적 감수성感受性을 높이기 위해 부록附錄으로 〈한시감상〉을 추가追加하였으며, 다양한 인문학 교육현장에서 활용할 수 있도록 〈동양철학 강의〉도 함께 실었다.

교육을 영어로는 Education, 프랑스어로는 Éducation, 독일어로서는 Erziehung, 그리스어로는 Paidagogen라고 한다. 모두 '끌어내다'는 뜻의 인출引出 혹은 '이끌어내다'는 뜻의 도출導出이라는 의미를 가지고 있다. 동서양東西洋을 막론莫論하고 교육이란 어린이가 가지고 있는 타고난 성품性品과 개성個性을 밖으로 끄집어낸다는 뜻이며, 그 가능성을 바람직한 방향으로 최대한 끄집어 올린다는 뜻을 가지고 있다. 결국 교육이란 인간의 내부에서 나오는 자연적인 성장의 힘과 외부 영향력影響力과의 협력協力collaboration으로 만들어지는 인간 형성의 작용을 말한다. 즉 타고난 그대로의 인간을 바탕으로 하여 참되고 가치있는 인간으로 만들어 가는 과정過程인 셈이다.

세상에 완전完全한 교육이란 없다. 왜냐하면 아무리 완벽完璧한 교육제도敎育制度를 만들더라도 그 안에서 배우는 학생들이 불행不幸하다고 느낀다면 그것은 이미 진정한 의미의 교육이 될 수 없기 때문이다. 따라서 진정한 의미의 교육이란 궁극적窮極的으로 인간을 인간답게 만들기 위해 가장 먼저 잠재능력潛在能力을 일깨워주고, 훌륭한 자질資質과 원만한 인격

人格을 갖출 수 있도록 이끌어 주는 일 혹은 그런 과정이라고 말할 수 있다. 조금 부족하더라도 배우는 과정을 통해 학습자가 스스로를 자각自覺하고 행복해 질 수 있다면, 그 곳이 바로 '진정한 배움의 장場'이 될 것이다.

『계몽편』은 본래 청소년들이 자기 자신은 물론 부모父母와 형제兄弟, 가족家族과 주위사람들을 좀 더 이해理解하고 배려配慮할 수 있는 마음을 가질 수 있도록 도움이 될 만한 내용을 중심으로 만들어진 책이다. 따라서 이 책을 읽다보면, 선현先賢들이 남긴 말씀에 진정한 의미를 서서히 깨닫게 되고, 그 뜻을 새롭게 되새겨 봄으로써 자연스럽게 인성함양人性涵養에도 큰 보탬이 될 수 있을 것이다. 이러한 의미에서 이 책이 현대사회의 바람직한 청소년 한자·한문교육 및 인성교육뿐만 아니라 나아가 현대 교양인의 철학·인문교양 교육에 폭넓게 활용活用될 수 있기를 기대期待한다.

1 首篇 수편 _ 머리말

上有天하고 **下有地**하니 **天地之間**에 **有人焉**하고 **有萬物焉**하니
日月星辰者는 **天之所係也**요 **江海山嶽者**는 **地之所載也**요

위에는 하늘이 있고 아래에는 땅이 있다. 하늘과 땅 사이에 사람이 있고 만물이 있으니, 해·달·별들은 하늘이 매달고 있는 것이고, 강·바다·산악은 땅이 싣고 있는 것이며,

해설

우리가 사는 이 세상은 하늘에 해와 달, 별이 있고, 땅에는 산과 강·바다가 있습니다. 그런데 만일 해와 달·별이 하늘 높이 있지 않고 땅에 내려와 있다면 어떻게 될까요? 아마도 해와 달·별은 지금처럼 먼 곳을 밝게 비출 수 없을 것입니다. 그 뿐만이 아닙니다. 아마도 우리가 사는 이세상은 해와 달·별 때문에 너무 뜨거워서 살 수 없을 지도 모릅니다. 마찬가지로 우리가 사는 이 세상에 강과 바다가 없다고 생각해 봅시다. 그렇다면 아마도 이 땅에는 어떠한 생명체生命體도 살 수 없을 것입니다. 왜냐하면 모든 생명체는 물이 있어야 살 수 있기 때문입니다. 이렇게 볼 때, 해·달·별이 하늘에 있고, 산·강·바다가 땅에 있는 것이 얼마나 다행多幸인지 모릅니다. 이렇게 위로는 하늘을 두고 아래로는 땅을 두고 사는 존재存在가 바로 우리 인간人間이며 만물萬物인 것입니다.

漢字의 音과 訓

【首】首 - 총9획, 머리 수 / 首都, 首領, 部首

【篇】竹 - 총15획, 완성된 책[문장] 편 / 篇章, 篇次, 篇卷

【間】門 - 총12획, 사이 간 / 時間, 空間, 中間

【焉】火 - 총11획, 어조사 언 / 焉哉乎也

【萬】艸 - 총13획, 일만 만 / 萬事, 萬感, 萬福

【物】牛 - 총8획, 만물 물 / 物件, 事物, 物理

【星】日 - 총9획, 별 성 / 星雲, 星占, 星座

【辰】辰 - 총7획, 별이름 신 / 辰星

【者】老 - 총9획, 놈[사람] 자, 물건[일] 자 / 學者, 近者, 候補者

【所】戶 - 총8획, 바[일정한 곳, 지역, 위치] 소 / 所屬, 場所, 處所

【也】乙 - 총3획, 어조사 야 / 是也, 而已也

【係】人 - 총9획, 맬 계 / 係員, 關係

【江】水 - 총6획; 강 강 / 江山, 漢江, 洛東江

【海】水 - 총10획; 바다 해 / 海軍, 海邊, 東海

【嶽】山 - 총17획, 큰 산 악 / 山嶽

【地】土 - 총6획; 땅 지 / 地面, 地球, 地震

【載】車 - 총13획, 실을 재, 일 재 / 載籍, 積載, 上天之載

해 재[年] / 在位七十載

父子君臣夫婦長幼朋友者는 人之大倫也니라

부모·자식, 임금·신하, 남편·부인, 어른·아이, 친구는 사람의 큰 윤리倫理이다.

이 세상의 모든 존재存在는 각자 제자리가 정해져 있습니다. 그 덕분에 우리 인간도 지금처럼 살아갈 수 있는 것입니다. 만일萬一 그 중 어느 하나라도 자기 자리를 지키지 않고 그 질서秩序를 깨뜨린다면, 아마도 예상豫想치 못한 여러 가지 문제가 생길 것입니다.

전통사회傳統社會에서는 해·달·별이 하늘에 있고, 산·강·바다가 땅에 있는 것처럼 우리 인간도 각자 자기의 위치가 정해져 있다고 생각했습니다. 이것을 '하늘과 땅의 법칙法則' 혹은 '자연의 법칙'이라는 뜻으로 천리天理 혹은 천명天命이라고 불렀습니다.

천리天理 중 특별히 인간과 관련된 5가지 법칙을 '오륜五倫'이라고 합니다. 먼저 부모님·임금·어른이 해·달·별처럼 위에 있는 존재라면, 자식·신하·아이는 산·강·바다처럼 아래에 있는 존재입니다. 또한 남편과 부인은 서로 평등平等한 존재로서 각자 고유固有한 역할役割이 주어져 있습니다. 친구 역시 평등한 관계關係로서 서로의 부족함을 채워주며 함께 성장成長해 나가야 하는 사이입니다. 이처럼 사람과 사람사이의 질서와 법칙을 바로 '윤리倫理'라고 합니다. 윤倫이란 글자는 질서 혹은 무리라는 뜻을 담고 있고, 리理는 이치·도리 등을 의미합니다. 그 중에 윤倫자의 어원은 사람[亻]과 생각하다[侖]라는 뜻을 가진 한자들의 결합입니다. 그래서 윤리는 사람과 사람 혹은 무리의 관계에서 지켜야 할 도리를 의미합니다. 즉 인간관계의 원칙原則 및 이법理法을 뜻하는 것입니다.

漢字의 音과 訓

【父】 父 - 총4획, 아비 부 / 父母, 父性愛

【君】 口 - 총7획, 임금 군 / 君王, 君主, 君師父

【臣】 臣 - 총6획, 신하 신 / 臣下, 臣僚, 臣道, 臣僕

【夫】 大 - 총4획, 지아비 부 / 大丈夫, 夫妻

【婦】 女 - 총11획, 며느리 부 / 婦人, 孝婦

【長】 長 - 총8획, 어른 장 / 長老, 校長

긴 장 / 長壽, 長短

【幼】 幺 - 총5획, 어릴 유 / 幼年, 幼兒

【朋】 月 - 총8획, 벗 붕 / 朋黨, 朋友

【友】 又 - 총4획, 벗 우 / 友愛, 友邦, 友情

【倫】 人 - 총10획, 인륜 륜 / 倫理, 五倫

삼강三綱

- 군위신강君爲臣綱 : 임금은 신하의 벼리[핵심]이 된다.
- 부위자강父爲子綱 : 부모는 자식의 벼리[핵심]이 된다.
- 부위부강夫爲婦綱 : 남편은 부인의 벼리[핵심]이 된다.

오륜五倫

- 부자유친父子有親 : 부모와 자식 사이에는 사랑이 있어야 한다.
- 군신유의君臣有義 : 임금과 신하 사이에는 의로움이 있어야 한다.
- 부부유별夫婦有別 : 남편과 아내 사이에는 분별이 있어야 한다.
- 장유유서長幼有序 : 어른과 아이 사이에는 차례가 있어야 한다.
- 붕우유신朋友有信 : 친구와 친구 사이에는 믿음이 있어야 한다.

以東西南北으로 定天地之方하고 以靑黃赤白黑으로 定物之色하고 以酸鹹辛甘苦로 定物之味하고

동·서·남·북으로써 천지天地의 방위方位를 정定하고, 청·황·적·백·흑으로써 만물의 색깔을 정하고, 신맛·짠맛·매운맛·단맛·쓴맛으로써 만물의 맛을 정하고,

만일 동서남북東西南北이라는 방위方位가 없다면, 우리는 낯선 장소場所를 찾아가기 쉽지 않을 것입니다. 왜냐하면, 동서남북이라는 말을 사용하지 않고서 어떤 장소를 표시標示하거나 설명하기란 매우 어렵기 때문입니다. 그런데 이 4개의 방위에 정중앙正中央을 포함시켜 '5개의 방위'라는 뜻으로 오위五位 혹은 오방五方이라는 말을 사용하기도 합니다.

예로부터 사람들은 숫자 중에서 5를 중앙으로 생각해왔습니다. 따라서 5를 중심으로 여러 가지 색깔 중 5가지 기본 색상色相을 오방색五方色, 맛과 소리 역시 5가지를 기본으로 하여 오미五味와 오성五聲이라고 했습니다.

이처럼 이 세상에 있는 모든 만물은 일정一定한 장소와 색깔, 그리고 각기 일정한 맛과 소리에 의해 구분區分할 수 있습니다. 특히 이러한 오위五位·오방五方·오색五色·오미五味·오성五聲 등은 서로 밀접密接한 관련이 있습니다. 이것에 관해서는 뒤에서 조금씩 설명하도록 하겠습니다.

漢字의 音과 訓

【定】 宀 - 총8획, 정할 정 / 定理, 安定

【靑】 靑 - 총8획, 푸를 청 / 靑少年, 靑銅劍, 靑梅

【黃】 黃 - 총12획, 누를 황 / 黃金, 黃巾賊, 黃砂

【赤】 赤 - 총7획, 붉을 적 / 赤十字, 赤子之心

【黑】 黑 - 총12획, 검을 흑 / 黑暗, 黑死病, 黑龍江

【色】 色 - 총6획, 빛깔 색 / 色素, 色彩, 顔色

【酸】 酉 - 총14획, 실 산 / 酸性

【鹹】 鹵 - 총20획, 짤 함 / 鹹水

【辛】 辛 - 총7획, 매울 신 / 辛苦, 辛艱

【甘】 甘 - 총5획, 달 감 / 甘言利說, 苦盡甘來

【苦】 艸 - 총9획, 쓸 고 / 苦盡甘來

【味】 口 - 총8획, 맛 미 / 味覺, 甘味

〈오행五行과 방위方位〉

수水[북北 · 동冬 · 지智]
북현무北玄武
냉정함, 차가움

금金[서西 · 추秋 · 의義]
우백호右白虎
날카로움, 분별

토土[중앙中央 · 신信]
황룡黃龍
포용, 믿음

목木[동東 · 춘春 · 인仁]
좌청룡左靑龍
생명력, 성장

화火[남南 · 하夏 · 예禮]
남주작南朱雀
에너지, 생동력

以宮商角徵羽로 **定物之聲**하고 **以一二三四五六七八九十百千萬億**으로 **總物之數**니라

궁·상·각·치·우로써 만물의 소리를 정하고, 일·이·삼·사·오·육·칠·팔·구·십·백·천·만·억으로써 만물의 수를 총괄總括한다.

右는 **首篇**이라

이상은 수편이다.

해설

이 세상 만물을 각각各各 구분하기 위해서는 여러 가지 방법方法들이 필요必要합니다. 소리도 이 중에 하나입니다. 모든 소리는 각자의 높이와 위치가 정해져 있습니다. 서양에 8음계音階[도레미파솔라시도Do, re, mi, fa, sol, la, si, do]가 있다면, 동양에는 5음계[궁상각치우宮商角徵羽]가 있습니다. 물론 이러한 음音을 정확正確하게 구분하기 위해서는 특별特別한 교육과 훈련訓練을 받아야 합니다. 그러나 전문적專門的인 교육을 받지 않더라도 우리는 평상시平常時에 소리의 높낮이에 따라 어느 정도 구별이 가능합니다. 우리가 천둥소리와 바람소리, 자동차 엔진소리와 새소리를 구별할 수 있는 것도 바로 소리의 높낮이가 있기 때문입니다.

우리가 일상생활日常生活에서 편리하게 사용하는 숫자는 사람들끼리 서로 물건物件을 주고받을 때 없어서는 안 될 중요한 수단입니다. 만일 이 세상에 숫자가 없다면 어떻게 될까요? 아마도 우리는 어떠한 물건도 제대로 헤아릴 수 없을 것이며, 누구와도 정확한 거래去來를 할 수 없을 것입니다. 이처럼 평상시에 무심코 지나치는 것 하나 하나가 모두 중요하다는 사실을 우리는 잊지 말아야 할 것입니다.

漢字의 音과 訓

【宮】 宀 - 총10획, 집 궁 / 宮闕, 子宮, 宮庭

【商】 口 - 총11획, 헤아릴 상 / 商量, 商定

장사 상 / 商業, 商品, 商店, 商人

【角】 角 - 총7획, 뿔 각 / 角度, 直角

【徵】 彳 - 총15획, 소리 치 / 徵律, 宮徵

조짐 징, 부를 징 / 徵祥, 瑞徵, 徵集, 召徵, 徵兆

【羽】 羽 - 총6획, 날개 우 / 羽翼, 羽化登仙

【聲】 耳 - 총17획, 소리 성 / 聲量, 音聲, 高聲

【億】 人 - 총15획, 억 억 / 億兆, 億丈之城

헤아릴 억 / 億測(=臆測)

【總】 糸 - 총17획, 거느릴 총 / 總督, 總理

모두 총 / 總括, 總選擧

【數】 攴 - 총15획, 셀 수 / 數量, 算數,

자주 삭 / 數窮

【右】 口 - 총5획, 오른쪽 우 / 右側, 右向, 左右, 右翼

2 天篇 천편 _ 하늘에 관한 이야기

日出於東方하여 **入於西方**하니 **日出則爲晝**요 **日入則爲夜**니 **夜則月星**이 **著見焉**하나니라

해는 동쪽에서 나와 서쪽으로 들어간다. 해가 나오면 낮이 되고, 해가 들어가면 밤이 되니, 밤이 되면 달과 별이 나타난다.

우리가 사는 이 세상世上은 아침에 해가 떠서 낮이 되면 대부분의 사람들이 활동活動을 시작합니다. 학생學生은 학교學校에 가고, 회사원會社員은 회사會社에 가며, 공무원公務員은 관공서官公署에 출근出勤을 합니다. 이처럼 모두 자신이 맡은 일에 최선最善을 다합니다. 그러나 해가 져서 어두워지게 되면, 대부분의 사람들은 집으로 돌아가서 쉽니다. 물론 밤에는 달과 별이 있기는 하지만 낮보다는 어두워서 활동하기가 쉽지 않습니다. 따라서 밤에 일을 하는 사람들은 불을 밝혀야만 일을 할 수 있습니다. 그러다가 시간이 지나 다시 다음 날 아침이 오면, 모두들 어제와 비슷한 생활을 다시 시작하게 됩니다. 이처럼 동쪽에서 해가 나와 서쪽으로 들어갈 때까지를 낮이라고 말하고, 해가 진 후 달과 별이 나오는 때를 밤이라고 말합니다. 이렇게 낮과 밤을 가리켜 주야晝夜라고 합니다. 옛날에 가난한 선비들이 '낮에는 밭을 경작耕作하고[생산활동], 밤에는 책을 읽는[학습활동]' 것을 주경야독晝耕夜讀이란 말로 표현했습니다. 힘들고 어려운 상황에서도 열심히 공부한다는 뜻입니다. 현대중국어에서는 낮에 일하고 밤에 공부한다는 뜻으로 주경야송晝耕夜誦이란 말을 사용하기도 합니다. 그런데 대체로 낮에만 일할 수 있었던 옛날과 달리 오늘날에는 '낮에 학교를 다니고 밤에 일을 하는' 주독야경晝讀夜耕 문화도 생겼으니 실로 격세지감隔世之感을 느끼게 됩니다.

漢字의 音과 訓

【於】方 - 총8획, 어조사 어(=于, 乎)

1) 장소場所 : ~에서, ~에 / ＊李舜臣卒於船上

2) 시간時間 : ~에, ~에 까지 / ＊三歲之習至于八十

3) 대상對象 · 목적目的 : ~에게, ~을 / ＊己所不欲勿施於人

4) 출발出發 · 유래由來 : ~(에서)로부터 / ＊出乎爾者反乎爾

5) 피동被動 : ~에게 ~을 당하다 / ＊有備則制人無備則制於人

6) 비교比較 : ~~보다 / ＊霜葉紅於二月花

【方】方 - 총4획, 모 방 / 方形, 圓方, 方法

장소 방 / 方向, 四方八方

【則】刀 - 총9획, 곧 즉 / 弟子入則孝

법칙 칙, 본받을 칙 / 法則, 原則

【爲】爪 - 총12획, 할 위 / 行爲, 爲政者

될 위 / 爲人, 爲成人

위할 위 / 爲國獻身, 爲我

※ 이밖에 '爲'자는 '하다, 만들다, 베풀다, 간주하다, 인정하다, 되다, 성취하다, 이루다, 바뀌다, 다스리다, 병을 고치다, 해설하다, 배우다' 등 다양한 뜻으로 사용된다.

【晝】日 - 총11획, 낮 주 / 晝寢, 白晝

【夜】夕 - 총8획, 밤 야 / 夜學, 前夜祭

【著】艸 - 총13획, 나타날 저 / 著名, 顯著, 著書

입을 착 / 著服

【見】見 - 총7획, 볼 견 / 見聞, 見學, 識見

나타날 현(=現) / 露見

天有緯星하니 金木水火土五星이 是也요 有經星하니 角亢氐房心尾箕, 斗牛女虛危室壁, 奎婁胃昴畢觜參, 井鬼柳星張翼軫二十八宿가 是也니라

하늘에는 위성緯星이 있으니 금성 · 목성 · 수성 · 화성 · 토성 다섯 개의 별이 이것이며, 경성經星이 있으니 각 · 항 · 저 · 방 · 심 · 미 · 기, 두 · 우 · 여 · 허 · 위 · 실 · 벽, 규 · 누 · 위 · 묘 · 필 · 자 · 삼, 정 · 귀 · 유 · 성 · 장 · 익 · 진 28수宿가 이것이다.

위성緯星[행성行星]이란, 중심별의 강한 인력引力의 영향影響으로 타원橢圓을 그리며 중심별의 주위를 도는 별을 가리킵니다. 그리고 위성은 스스로 빛을 낼 수 없으며, 중심별의 빛을 받아 반사反射합니다. 태양계太陽系에는 수성水星, 금성金星, 지구地球, 화성火星, 목성木星, 토성土星, 천왕성天王星, 해왕성海王星 등 8개의 행성이 있습니다. 경성經星[항성恒星]이란, 자신의 위치를 바꾸지 않고 스스로 빛을 내는 별로서 '붙박이별' 혹은 '별'이라고도 말합니다. 지구로부터 가장 가까운 항성은 태양太陽이며, 북극성北極星, 북두칠성北斗七星, 삼태성三台星, 견우성牽牛星, 직녀성織女星 및 28수宿 등이 있습니다.

28수는 하늘의 적도赤道를 따라 남북에 있는 별들을 28개 구획區劃으로 구분한 별자리를 가리킵니다. 각 구역에는 여러 개의 별자리들이 있는데, 그중 대표적인 것을 각 구역에 있는 수宿라고 불렀습니다. 그리고 28수는 편의상 7개씩 묶어 4개의 7사舍로 구별하여 각각 동·서·남·북을 상징하도록 하였습니다. 그 유래는 분명하지 않지만 아마도 달의 운동과 관련이 있는 것으로 추측할 뿐입니다. 28수宿 중에 1개의 대표적인 별을 수거성宿距星이라고 합니다. 인접한 두 수거성 사이의 거리인 이각離角을 수도宿度라고 하는데, 그 이각은 각 수宿마다 서로 같지는 않습니다. 이것으로 보아 28수가 서로 일정한 간격을 두고 만든 것이 아님을 알 수 있습니다.

漢字의 音과 訓

【緯】 糸 - 총15획, 가로 위 / 緯度, 經緯

【是】 日 - 총9획, 옳을 시, 이(것) 시 / 是非, 是認, 是是非非

【經】 糸 - 총13획, 세로 경, 다스릴 경 / 經度, 經國

책 경 / 經典, 佛經, 聖經

【亢】 亠 - 총4획, 높을 항 / 亢鼻, 亢龍有悔

【虛】 虍 - 총12획, 빌 허 / 虛空, 太虛

【室】 宀 - 총9획, 집 실 / 室內, 敎室, 硏究室

【壁】 土 - 총16획, 벽 벽 / 障壁

【婁】 女 - 총11획, 끌 루 / 婁引

【胃】 肉 - 총9획, 밥통 위 / 胃腸, 脾胃

【昴】 日 - 총9획, 별 묘 / 星昴

【畢】 田 - 총11획, 다할 필 / 畢竟

【觜】 角 - 총12획, 별이름 자 / 沙觜

【翼】 羽 - 총17획, 날개 익 / 右翼, 鳥翼

【軫】 車 - 총12획, 수레 진 / 軫車

슬퍼할 진 / 軫憂

【宿】 宀 - 총11획, 묵을 숙 / 宿泊, 露宿

별자리 수 / 宿曜, 星宿

〈경성經星 28수宿〉

사신四神	이십팔수二十八宿
동東, 청룡青龍	각角 · 항亢 · 저氐 · 방房 · 심心 · 미尾 · 기箕
서西, 백호白虎	규奎 · 누婁 · 위胃 · 묘昴 · 필畢 · 자觜 · 삼參
남南, 주작朱雀	정井 · 귀鬼 · 유柳 · 성星 · 장張 · 익翼 · 진軫
북北, 현무玄武	두斗 · 우牛 · 여女 · 허虛 · 위危 · 실室 · 벽壁

一晝夜之內에 有十二時하니 十二時會而爲一日하고 三十日이 會而爲一月하고 十有二月이 合而成一歲니라 月或有小月하니 小月則二十九日이 爲一月이요 歲或有閏月하니 有閏則十三月이 成一歲니라

하나의 낮과 밤 안에는 12시가 있으니, 12시가 모여 하루가 되고, 30일이 모여 한 달이 되고, 12달이 모여 1년을 이룬다. 달에는 혹 작은 달이 있으니 작은 달은 29일이 한 달이 되고, 해에는 혹 윤閏달이 있으니 윤달이 있으면 13개월個月이 1년年이 된다.

하루는 오전과 오후 각각 12시간이 있습니다. 그러나 우리 선조先祖들은 2시간을 1점点으로 세어 하루를 12점으로 표시標示했습니다. 이것만 보아도 현대인들이 과거 우리 조상祖上들보다 시간을 쪼개어 사용하는 것을 알 수 있습니다. 시간을 소중所重히 사용하는 것은 매우 중요합니다. 그렇다고 해서 매사每事에 여유餘裕 없이 시간에 쫓기며 사는 것도 그리 바람직한 일은 아닙니다. 더하지도 덜하지도 않는 중용中庸의 지혜知慧가 필요할 것입니다.

시간을 알기 위해 인류人類가 만든 발명품發明品이 바로 시계時計입니다. 시계를 활용하여 계획을 잘 세워 여유餘裕있게 생활하느냐, 아니면 시간에 얽매여 생활하느냐는 우리가 마음먹기에 달렸습니다. 12시가 모여 하루가 되고, 30일이 모여 한 달이 되며, 12달이 모여 1년이 되듯이 작은 시간들이 모여 우리의 인생이 되는 것입니다. 시간의 흐름을 멈추거나 늘릴 수는 없습니다. 그러나 우리에게 주어진 시간을 효율적效率的으로 사용한다면, 시간은 결코 부족하지 않다는 것을 기억記憶해야 할 것입니다.

漢字의 音과 訓

【內】入 - 총4획, 안 내 / 內外, 內實, 校內

【時】日 - 총10획, 때 시 / 時間, 時節, 時期

【會】曰 - 총13획, 모일 회 / 會談, 集會

【而】而 - 총6획, 말 이을 이 / 似而非

*순접(그리고, 그래서)·역접(그러나) 접속사

【合】口 - 총6획, 합할 합 / 合體, 合議, 和合

【成】戈 - 총7획, 이룰 성 / 成果, 完成, 成立

【歲】止 - 총13획, 해 세 / 歲時, 年歲

【或】戈 - 총8획, 혹시 혹 / 或者, 或間

【閏】門 - 총12획, 윤달 윤 / 閏月, 閏餘

十二時者는 卽地之十二支也니 所謂十二支者는 子丑寅卯辰巳午未申酉戌亥也요 天有十干하니 所謂十干者는 甲乙丙丁戊己庚辛壬癸也니라

12시는 곧 땅의 십이지十二支이니 이른바 십이지라는 것은 자·축·인·묘·진·사·오·미·신·유·술·해이다. 하늘에는 십간十干이 있으니 이른바 십간이라는 것은 갑·을·병·정·무·기·경·신·임·계이다.

예로부터 12支는 동물과 짝을 이루며 날짜를 계산하거나, 사람의 나이를 헤아릴 때 사용했습니다. 먼저 자子는 쥐, 축丑은 소, 인寅은 범, 묘卯는 토끼, 진辰은 용, 사巳는 뱀, 오午는 말, 미未는 양, 신申은 원숭이, 유酉는 닭, 술戌은 개, 해亥는 돼지를 가리킵니다.

한 가지 재미있는 것은 이 10干과 12支에서 한 글자씩 조합하여 매년 그 해의 이름으로 정定한다는 것입니다. 이 때문에 2025년이 바로 을사년乙巳年이며, 뱀띠 해가 되었습니다. 여러분들도 자신이 태어난 해를 10간·12지의 조합組合으로 무슨 해인지, 그리고 무슨 띠의 해인지 한 번 계산計算해 보세요. 이렇게 계산을 할 수 있게 된다면, 여러분들은 어느 누구를 만나더라도 그 사람의 띠만 듣고도 몇 년도年度에 태어났는지 알 수 있게 될 것입니다. 물론 반대로 몇 년도에 태어났는지 안다면 그 사람이 무슨 띠인지도 쉽게 알 수 있게 된답니다. 참 재미있죠!

漢字의 音과 訓

【卽】卩 - 총9획, 곧 즉 / 卽時, 卽刻

【支】支 - 총4획, 가를 지 / 支流

【謂】言 - 총16획, 말할 위 / 所謂

【丑】一 - 총4획, 소 축 / 丑方

【寅】宀 - 총11획, 셋째지지 인 / 寅時

공경할 인 / 敬寅, 寅虔

【卯】卩 - 총5획, 넷째지지 묘 / 卯飯

【午】十 - 총4획, 일곱째지지 오 / 端午

낮 오 / 午睡, 正午

【未】木 - 총5획, 아닐 미, 여덟 째지지 미 / 未達, 未治, 未完成

【申】田 - 총5획, 아홉째지지 신 / 初申

【酉】酉 - 총7획, 열째지지 유 / 酉時

【戌】戈 - 총6획, / 열 한째지지 술 / 戌方

【亥】亠 - 총6획, 열두째지지 해 / 亥市

【干】干 - 총3획, 방패 간 / 干戈

간여할 간 / 干涉

【丙】一 - 총5획, 세째천간 병 / 丙科

【庚】广 - 총8획, 일곱째천간 경 / 庚戌國恥

【戊】戈 - 총5획, 다섯째천간 무 / 靑戊

【壬】士 - 총4획, 아홉째천간 임 / 壬公

【癸】癶 - 총9획, 열째천간 계 / 天癸

天之十干이 與地之十二支로 相合而爲六十甲子하니 所謂 六十甲子者는 甲子乙丑丙寅丁卯로 至壬戌癸亥가 是也니라

하늘의 10간干이 땅의 12지支와 서로 합하면 60갑자甲子가 되니, 이른바 60갑자라는 것은 갑자·을축·병인·정묘로부터 임술·계해까지가 이것이다.

하늘의 10간干과 땅의 12지支를 서로 1개씩 합하여 갑자甲子, 을축乙丑, 병인丙寅, 정묘丁卯 등으로 맞추어 나가는 것을 흔히 육십갑자六十甲子라고 합니다. 이 육십갑자에서 60세를 가리키는 환갑還甲이라는 말이 생겼다는 사실을 여러분은 알고 있나요?

할아버지, 할머니의 60세 생일을 환갑이라고 하죠. 이 때 환還은 '돌아오다'라는 뜻입니다. 그래서 '되돌아오다'라는 단어 귀환歸還과 '살아 돌아오다'라는 단어 생환生還이란 단어가 모두 이 뜻으로 만들어진 것이랍니다. 갑甲은 본래 '거북이 등껍질'을 뜻하지만, 환갑이라고 할 때에는 10간의 첫 머리인 갑甲을 가리킵니다.

그러므로 10간과 12지의 짝을 맞추어 갑자, 을축, 병인, 정묘 순順으로 헤아리다 보면, 59번째가 임술壬戌, 60번째가 계해癸亥가 됩니다. 그리고 61번째는 다시 갑자, 62번째는 을축 순順으로 되고요. 이 때문에 사람의 나이가 만滿 60세가 되는 것은 육십갑자가 한 바퀴 돌아서 제자리에 돌아오는 것이기 때문에 순서로는 61번째이지만, 나이로는 60세가 되는 것입니다. 갓난아이가 태어나서 1년이 되는 해에 하는 생일잔치를 '돌'이라고 하는 것도 '태어난 날이 다시 돌아옴'이라는 뜻에서 만들어진 말입니다.

漢字의 音과 訓

【與】 臼 - 총14획, 더불 여 / 參與, 與民同樂

줄 여 / 授與, 給與, 與奪

【相】 目 - 총9획, 서로 상 / 相互, 相對, 相扶相助

【合】 口 - 총6획, 합할 합 / 合一, 合格, 團合

【至】 至 - 총6획, 이를 지 / 至今, 至此

지극할 지 / 至極, 至誠感天

육십갑자표六十甲子表

갑자甲子 1984	을축乙丑 1985	병인丙寅 1986	정묘丁卯 1987
무진戊辰 1988	기사己巳 1989	경오庚午 1990	신미辛未 1991
임신壬申 1992	계유癸酉 1993	갑술甲戌 1994	을해乙亥 1995
병자丙子 1996	정축丁丑 1997	무인戊寅 1998	기묘己卯 1999
경진庚辰 2000	신사辛巳 2001	임오壬午 2002	계미癸未 2003
갑신甲申 2004	을유乙酉 2005	병술丙戌 2006	정해丁亥 2007
무자戊子 2008	기축己丑 2009	경인庚寅 2010	신묘辛卯 2011
임진壬辰 2012	계사癸巳 2013	갑오甲午 2014	을미乙未 2015
병신丙申 2016	정유丁酉 2017	무술戊戌 2018	기해己亥 2019
경자庚子 2020	신축辛丑 2021	임인壬寅 2022	계묘癸卯 2023
갑진甲辰 2024	을사乙巳 2025	병오丙午 2026	정미丁未 2027
무신戊申 2028	기유己酉 2029	경술庚戌 2030	신해辛亥 2031
임자壬子 2032	계축癸丑 2033	갑인甲寅 2034	을묘乙卯 2035
병진丙辰 2036	정사丁巳 2037	무오戊午 2038	기미己未 2039
경신庚申 2040	신유辛酉 2041	임술壬戌 2042	계해癸亥 2043
갑자甲子 2044	을축乙丑 2045	병인丙寅 2046	정묘丁卯 2047

十有二月者는 自正月二月로 至十二月也라 一歲之中에 亦有四時하니 四時者는 春夏秋冬이 是也니라

열두 달이라는 것은 정월·2월로부터 12월까지이다. 1년 중에는 또한 사시四時가 있으니, 사시라는 것은 춘·하·추·동이 이것이다.

1년은 1월, 2월부터 11월, 12월까지 모두 12개월個月로 구성構成되어 있습니다. 또한 12개월은 각각 3개월씩 봄·여름·가을·겨울로 구분區分할 수 있습니다. 이렇게 구분된 봄·여름·가을·겨울을 우리는 사계절四季節이라고 합니다. 이것을 다른 말로 하면 사시四時라고도 합니다.

그러나 사시四時를 잘못 이해하면 시계時計에서 4시를 가리키는 것으로 생각할 수도 있습니다. 그러나 본문에서의 사시四時란, '4가지[四]의 때[시절時節]'라는 뜻을 가지고 있습니다. 바로 앞에서 말한 사계절을 의미하는 것이지요. 사람들이 간혹 사용하는 '사시사四時四철'이란 말은 사시四時라는 한자어와 '계절'을 뜻하는 '철'이라는 순우리말이 합쳐져서 만들어진 말입니다.

漢字의 音과 訓

【自】 自 - 총6획, 스스로 자 / 自由, 各自

어조사 자(~로부터, …까지) / 自~至…

【中】 丨 - 총4획, 가운데 중 / 中道, 適中

【亦】 亠 - 총6획, 또 역 / 亦是

【春】 日 - 총9획, 봄 춘 / 春秋, 孟春

【夏】 夊 - 총10획, 여름 하 / 夏至, 盛夏

【秋】 禾 - 총9획, 가을 추 / 秋風, 晩秋

【冬】 冫 - 총5획, 겨울 동 / 冬至, 越冬

【是】 日 - 총9획, 옳을 시 / 是是非非

이것 시 / 是卽

以十二月로 分屬於四時하니 正月二月三月은 屬之於春하고 四月五月六月은 屬之於夏하고 七月八月九月은 屬之於秋하고 十月十一月十二月은 屬之於冬하니

열두 달로써 사시四時에 나누어 소속所屬시키니, 정월·2월·3월은 봄에 속하고, 4월·5월·6월은 여름에 속하며, 7월·8월·9월은 가을에 속하고, 10월·11월·12월은 겨울에 속한다.

예로부터 음력陰曆 1월~3월까지를 봄, 4월~6월까지를 여름, 7월~9월까지를 가을, 10월~12월까지를 겨울이라고 합니다. 달력을 보면, 큰 글자로 쓰여 있는 숫자가 바로 양력陽曆입니다. 반면 큰 글자 밑에 작은 글씨로 쓰여 있는 숫자는 음력陰曆입니다. 이처럼 날짜를 계산하는 방법은 태양太陽을 기준으로 1년을 계산하는 양력과 달을 기준으로 계산하는 음력이 있습니다.

여러분의 생일生日은 양력인가요, 음력인가요? 우리 부모님 세대世代에는 대부분 음력을 기준으로 생일을 계산했습니다. 왜냐하면, 양력보다는 음력이 더 정확하다고 믿었기 때문입니다. 그러나 최근에는 복잡한 음력 계산법보다 양력 생일을 기준으로 하는 경우가 많은 것 같습니다. 이것 역시 시대時代의 변화變化를 나타내는 것이겠지요. 정월正月 초하루의 경우에도 예전에는 대부분 음력 1월 1일을 기준으로 했지만, 최근最近에는 양력 1월 1일을 기준으로 생각하는 사람도 조금씩 늘어나고 있는 추세입니다. 한국의 이웃 나라인 일본日本은 근대화近代化 이후 양력 1월 1일을 설날로 정했습니다.

漢字의 音과 訓

【分】刀 - 총4획, 나눌 분 / 分割, 等分

분수 분 / 分外, 守分

【屬】尸 - 총21획, 붙일 속 / 屬國, 所屬

【長】長 - 총8획, 길 장 / 長老, 全長

어른 장 / 長幼, 家長

【短】矢 - 총12획, 짧을 단 / 短點, 長短

【氣】气 - 총10획, 기운 기 / 氣運, 精氣

공기 기 / 空氣

기질 기 / 才氣

【地】土 - 총6획, 땅 지 / 地理, 地上, 地域

【暑】日 - 총13획, 더울 서 / 暑氣, 避暑

【寒】宀 - 총12획, 찰 한 / 寒冷, 酷寒

【均】土 - 총7획, 고를 균 / 均一, 平均

【平】干 - 총5획, 평평할 평 / 平原, 太平

고를 평 / 平等, 公平

【微】彳 - 총13획, 작을 미 / 微物, 微弱

【溫】水 - 총13획, 따뜻할 온 / 溫暖, 保溫

【涼】水 - 총11획, 서늘할 량 / 納涼特輯

晝長夜短而天地之氣大暑면 則爲夏하고 夜長晝短而天地之氣大寒이면 則爲冬이니 春秋則晝夜長短이 平均하되 而春氣는 微溫하고 秋氣는 微凉이니라

낮이 길고 밤이 짧으면서 천지天地의 기운氣運이 매우 더우면 여름이 되고, 밤이 길고 낮이 짧으면서 천지의 기운이 매우 추우면 겨울이 된다. 봄·가을에는 낮과 밤의 장단長短이 똑같은데, 봄기운은 조금 따뜻하고, 가을기운은 조금 서늘하다.

예로부터 우리 선조들은 1년 12개월個月을 24절기二十四節氣로 나누어 낮과 밤의 길이, 더위와 추위에 맞게 농사農事를 지었습니다.

계 절	24절기	음 력	양 력
봄	입춘立春, 우수雨水	1월	2월
	경칩驚蟄, 춘분春分	2월	3월
	청명淸明, 곡우穀雨	3월	4월
여름	입하立夏, 소만小滿	4월	5월
	망종芒種, 하지夏至	5월	6월
	소서小暑, 대서大暑	6월	7월
가을	입추立秋, 처서處暑	7월	8월
	백로白露, 추분秋分	8월	9월
	한로寒露, 상강霜降	9월	10월
겨울	입동立冬, 소설小雪	10월	11월
	대설大雪, 동지冬至	11월	12월
	소한小寒, 대한大寒	12월	1월

漢字의 音과 訓

【長】 長 - 총8획, 길 장 / 長老, 全長

어른 장 / 長幼, 家長

【短】 矢 - 총12획, 짧을 단 / 短點, 長短

【氣】 气 - 총10획, 기운 기 / 氣運, 精氣

공기 기 / 空氣

기질 기 / 才氣

【地】 土 - 총6획, 땅 지 / 地理, 地上, 地域

【暑】 日 - 총13획, 더울 서 / 暑氣, 避暑

【寒】 宀 - 총12획, 찰 한 / 寒冷, 酷寒

【均】 土 - 총7획, 고를 균 / 均一, 平均

【平】 干 - 총5획, 평평할 평 / 平原, 太平

고를 평 / 平等, 公平

【微】 彳 - 총13획, 작을 미 / 微物, 微弱

【溫】 水 - 총13획, 따뜻할 온 / 溫暖, 保溫

【凉】 水 - 총11획, 서늘할 량(=凉) / 納凉特輯

春三月盡이면 則爲夏하고 夏三月盡이면 則爲秋하고 秋三月盡이면 則爲冬하고 冬三月盡이면 則復爲春이니 四時相代而歲功成焉이니라

봄 3개월이 다하면 여름이 되고, 여름 3개월이 다하면 가을이 되고, 가을 3개월이 다하면 겨울이 되고, 겨울 3개월이 다하면 다시 봄이 되니, 사시四時가 서로 교대交代하여 1년의 공功이 이루어진다.

자연自然의 섭리攝理는 생각하면 생각할수록 참으로 신기神奇하고 놀랍습니다. 예를 들면, 한 겨울에는 그렇게 춥다가도 어느새 봄기운이 감돌면 어김없이 나뭇가지에 새싹이 돋아나기 시작합니다. 이렇게 새싹이 자라고 꽃이 피는 봄이 지나면 어느새 더운 여름이 오지요. 여름에는 맛있는 과일과 아이스크림도 많이 먹을 수 있지만 모기와 파리, 그리고 뜨거운 햇볕에 얼굴과 온 몸이 검붉게 그을리기도 합니다. 그러나 무더운 여름이 지나고 서늘한 가을이 되면, 넓은 들녘에는 누렇게 알알이 결실結實이 맺히고 풍성豊盛한 가을걷이가 시작됩니다. 이렇게 가을을 보내고 나면 다시 쌀쌀해 지면서 겨울이 되지요.

이처럼 자연의 움직임은 잠시도 쉬지 않고 게으름을 피우지도 않는답니다. 이 때문에 예로부터 우리 조상祖上들은 자연으로부터 근면勤勉과 성실誠實, 그리고 진실眞實함을 배웠다고 합니다. 『주역周易』·「계사전繫辭傳繫」에서는 이렇게 '끊임없이 변화變化·생성生成하는 것을 역易(生生之謂易)'이라고 말합니다.

漢字의 音과 訓

【盡】 皿 - 총14획, 다할 진 / 盡心, 消盡

【復】 彳 - 총12획, 다시 부 / 復活

돌아올 복 / 復古, 回復

【相】 目 - 총9획, 서로 상 / 相對, 相生, 相關

【代】 人 - 총5획, 대신할 대 / 代理

대 대 / 代促, 世代

【功】 力 - 총5획, 공 공 / 功勞, 恩功

春則萬物始生하고 **夏則萬物長養**하고 **秋則萬物成熟**하고 **冬則萬物閉藏**하나니 **然則萬物之所以生長收藏**이 **無非四時之功也**니라

봄에는 만물이 비로소 나오고, 여름에는 만물이 자라며, 가을에는 만물이 성숙成熟하고, 겨울에는 만물이 감추어진다. 그렇다면 만물이 나서 자라며, 거두고 감추는 것이 사시四時의 공功이 아닌 것이 없다.

右는 **天篇**이라

이상은 천편이다.

추운 겨울을 이겨낸 생명生命들은 봄이 되면 생기生氣를 되찾고 활기活氣를 띱니다. 이렇게 다시 생기를 되찾은 생명들은 여름이 되면 더욱 성장成長하고, 가을에 열매를 맺으며, 겨울에는 다시 깊은 겨울잠에 들어갑니다. 이처럼 봄이 되면 만물이 소생蘇生하고, 여름이 되면 성장하며, 가을이 되면 성숙成熟하고, 겨울이 되면 다시 자취를 감추는 것을 우주宇宙의 법칙法則 혹은 자연의 이치理致라고 합니다.

우리 선조先祖들은 우주의 법칙과 자연의 이치에 따라 사계절이 변하는 것은 자연적으로 이루어진 것이라고 생각했습니다. 자연自然이란, '스스로 자自'와 '그럴 연然'이라는 두 글자가 합쳐져서 만들어진 단어로서 '스스로 그런 것'이라는 뜻입니다. 이처럼 누구의 도움도 받지 않고 스스로 운동運動하는 것이 바로 자연의 진정眞情한 능력能力인 것입니다.

漢字의 音과 訓

【始】 女 - 총8획, 처음 시 / 始末. 始作

비로소 시 / 本始

【養】 食 - 총15획, 기를 양 / 養育, 敎養

봉양 양 / 養親, 奉養

【熟】 火 - 총15획, 익을 숙 / 熟成, 熟醉

【閉】 門 - 총11획, 닫을 폐 / 閉門, 掩閉

【藏】 艸 - 총18획, 감출 장 / 藏門

【收】 攴 - 총6획, 거둘 수 / 收穫, 沒收

3 地篇 지편 _ 땅에 관한 이야기

地之高處便爲山이요 **地之低處便爲水**니 **水之小者**를 **謂川**이요 **水之大者**를 **謂江**이요 **山之卑者**를 **謂丘**요 **山之峻者**를 **謂岡**이니라

땅의 높은 곳은 곧 산이 되고, 땅의 낮은 곳은 곧 물이 된다. 물이 작은 것을 냇물이라 말하고, 물이 큰 것을 강이라 말하며, 산이 낮은 것을 언덕이라 말하고, 산이 높은 것을 산등성이라고 말한다.

해설

땅에는 높은 산과 낮은 계곡, 작은 냇물과 큰 강이 있습니다. 특히 산 중에 낮은 곳을 언덕이라 말하고, 높은 곳을 산등성이라고 말합니다. 이처럼 산이 높이 솟은 것을 옛날 사람들은 '땅이 하늘을 향해 머리를 든 것'이라고 표현하기도 했답니다. 이것을 시적詩的으로 표현하면, "산이 높으니 땅이 머리를 든 것이로다."라는 뜻의 '산고지거두山高地擧頭'입니다. 이 밖에도 밤에 달이 뜬 것을 '월출천개안月出天開眼'으로 표현했는데, 번역하면, "달이 나오니 하늘이 눈을 뜬 것이로다."입니다. 산을 사람의 머리로 비유하고, 달을 사람의 눈으로 표현한 것이 정말 멋지지 않나요?

漢字의 音과 訓

【處】 虍 - 총11획, 처할 처 / 處所, 定處, 處世, 居處

【便】 人 - 총9획, 편할 편 / 便安, 簡便

곧 변 / 便是

똥오줌 변 / 便器, 用便

【低】 人 - 총7획, 낮을 저 / 低地, 高低

숙일 저 / 低頭

【川】 巛 - 총3획, 내 천 / 河川, 川上, 川谷

【卑】 十 - 총8획, 낮을 비 / 卑賤, 尊卑

【丘】 丘 - 총5획, 언덕 구 / 丘陵

【峻】 山 - 총10획, 높을 준 / 峻嶺

엄할 준 / 嚴峻

【岡】 山 - 총8획, 산등성이 강 / 岡陵, 高岡

天下之山이 莫大於五嶽하니 五嶽者는 泰山嵩山衡山恒山華山也요 天下之水가 莫大於四海하니 四海者는 東海西海南海北海也니라

천하의 산이 오악五嶽보다 더 큰 것이 없으니, 오악이라는 것은 태산·숭산·형산·항산·화산이요, 천하의 물이 사해四海보다 큰 것이 없으니, 사해라는 것은 동해·서해·남해·북해이다.

오악五嶽이란, 중국의 5대 명산名山으로 중악中嶽인 숭산, 동악東嶽인 태산, 서악西嶽인 화산, 남악南嶽인 형산, 북악北嶽인 항산을 가리킵니다. 예로부터 중국 사람들은 자기 나라를 '세상의 중심'이라는 뜻을 가진 중국中國으로 표현해 왔습니다. 이것을 중화사상中華思想이라고 합니다. 그래서 그들은 자기 나라를 중심으로 동서남북 사방四方에 사는 사람들을 동이東夷·서융西戎·남만南蠻·북적北狄이라고 지칭指稱했습니다.

이와 마찬가지로 사해四海란, 중국을 중심으로 동서남북 대륙大陸의 끝에 있는 바다를 가리키는 말입니다. 그러나 사해는 세상의 모든 땅을 가리키는 용어用語로 사용되기도 합니다.

漢字의 音과 訓

【莫】 巾 - 총4획, 없을 막 / 莫大, 莫甚

1) 莫A於B: B보다 A한 것은 없다 / *莫善於心淸

【嶽】 山 - 총17획, 큰산 악 / 山嶽

【泰】 水 - 총10획, 클 태 / 泰平

【嵩】 山 - 총13획, 높을 숭 / 崇高, 尊崇

【衡】 行 - 총16획, 저울대 형 / 衡平, 均衡

【恒】 心 - 총9획, 항상 항 / 恒常, 恒心

【華】 艸 - 총12획, 꽃 화 / 春華

빛날 화 / 華麗

번성할 화 / 榮華

山海之氣가 上與天氣相交면 則興雲霧하고 降雨雪하며 爲霜露하고 生風雷니라

산과 바다의 기운氣運이 올라가 하늘의 기운과 서로 사귀면 구름과 안개를 일으키고 비와 눈을 내리며, 서리와 이슬이 되고 바람과 우레를 낳는다.

하늘의 구름은 땅과 산에 있는 습기濕氣와 바다의 물이 증발蒸發하여 하늘로 올라가서 차가운 공기空氣와 만나 작은 물방울이 되면서 만들어집니다. 안개 역시 차가운 공기와 따뜻한 공기가 만나 작은 물방울이 만들어져 생긴 것입니다. 이러한 현상現狀은 일상생활日常生活에서도 쉽게 볼 수 있습니다. 예를 들면, 추운 겨울 따뜻한 방에서 유리로 된 창문을 자세히 들여다보면 하얗게 서리가 내린 것처럼 혹은 이슬이 내린 것처럼 작은 물방울이 맺혀 있는 것을 볼 수 있습니다. 이것이 바로 구름과 안개가 만들어지는 원리原理입니다. 이처럼 구름과 안개는 실내室內와 실외室外의 온도차溫度差에 의해 만들어집니다. 그런데 하늘 위에서는 이러한 온도차가 크게 발생發生하게 되면 공기가 갑자기 움직이면서 천둥과 번개, 바람 등을 일으키기도 한답니다. 이렇게 더운 공기가 움직이면서 열熱이 전달傳達되는 현상을 과학科學에서는 '대류對流'라고 말합니다.

漢字의 音과 訓

【交】 亠 - 총6획, 사귈 교, 엇갈릴 교 / 交友, 外交, 交錯

【興】 臼 - 총16획, 일어날 흥 / 興起

【雲】 雨 - 총12획, 구름 운 / 雲霧, 層雲

【霧】 雨 - 총19획, 안개 무 / 噴霧器

【降】 阜 - 총9획, 내릴 강 / 降臨, 昇降, 下降

항복할 항 / 降伏, 投降

【雪】 雨 - 총11획, 눈 설 / 雪原, 雪上加霜

【雷】 雨 - 총13획, 우레 뢰 / 落雷, 附和雷同

暑氣蒸鬱이면 則油然而作雲하여 沛然而下雨하고 寒氣陰凝이면 則露結而爲霜하고 雨凝而成雪이라 故로 春夏에 多雨露하고 秋冬에 多霜雪하니 變化莫測者는 風雷也니라

더운 기운이 뜨겁게 쪄서 뭉치면 뭉개 뭉개 구름을 만들어 좍좍 비를 내리고, 찬 기운이 추워져 응결凝結되면 이슬이 맺혀 서리가 되고, 비가 엉겨 붙어 눈을 만든다. 그러므로 봄·여름에는 비와 이슬이 많고, 가을·겨울에는 서리와 눈이 많으니, 변화를 헤아릴 수 없는 것은 바람과 우레이다.

해설

앞서 설명한 대로 '대류對流'현상에 의해 공기가 순환循環하면서 더운 공기와 찬 공기가 만나 응결凝結하여 만들어진 구름은 여름에는 비가 되고, 겨울에는 눈이 되어 땅에 떨어집니다. 응결이란, 작은 알갱이가 엉겨 붙는 것을 말합니다. 이것을 사계절에 맞추어 설명하면, 겨울을 지내고 조금씩 땅이 따뜻해지는 봄에는 구름이 이슬이 되어 땅에 떨어지고, 땅이 따뜻한 여름에는 구름이 비가 되며, 땅이 서늘한 가을에는 구름이 서리가 되고, 땅이 차가운 겨울에는 구름이 눈이 되어 내립니다. 이 때문에 봄과 여름에는 이슬과 비가 많고, 가을과 겨울에는 서리와 눈이 많은 것입니다.

漢字의 音과 訓

【蒸】 艸 - 총14획, 찔 증 / 蒸發

많을 증 / 蒸民

【鬱】 鬯 - 총29획, 막힐 울 / 暗鬱

【油】 水 - 총8획, 기름 유 / 油類, 石油

【沛】 水 - 총7획, 비 쏟아질 패 / 沛雨

【凝】 冫 - 총16획, 엉길 응 / 凝固

【露】 雨 - 총20획, 이슬 로 / 雨露

드러낼 로 / 露出, 暴露

【結】 糸 - 총12획, 맺을 결 / 結論, 終結

【霜】 雨 - 총17획, 서리 상 / 風霜

【變】 言 - 총23획, 변할 변 / 變化

【測】 水 - 총12획, 잴 측 / 測量, 觀測

【風】 風 - 총9획, 바람 풍 / 順風, 逆風, 暴風

【雷】 雨 - 총13획, 천둥 뢰 / 雷聲, 附和雷同

변화變化

우리가 무심코 사용하는 '변화'라는 말은 동양철학에서 크게 두 가지 의미가 있습니다. 첫째, '하나의 사물이 물리적物理的 · 화학적化學的으로 변하여 다른 사물이 되거나 혹은 한 사태事態가 변하여 다른 사태가 되는 것'을 말합니다. 이것은 우리들이 일상적으로 사용하는 변화라는 말과 같습니다. 그러나 두 번째 뜻은 변變과 화化를 구분하여 사용합니다. 즉 크기나 질량과 같이 양적量的 변화 혹은 외형적 변화를 '변變'이라고 한다면, 질적質的인 변화를 '화化'라고 하는 것입니다. 특히 『주역周易』에서는 음효陰爻(- -)에서 양효陽爻(—)로 혹은 양효에서 음효로 바뀌는 과정process 자체를 변화라고 말합니다. 『주역』에서는 '변화'라는 단어를 완료형完了形으로 사용하는 것이 아니라 진행형進行形으로 사용하고 있는 것입니다.

古之聖王이 畫野分地하여 建邦設都하시니 四海之內에 其國有萬이요 而一國之中에 各置州郡焉하고 州郡之中에 各分鄕井焉하며 爲城郭하여 以禦寇하고 爲宮室하여 以處人하고 爲耒耜하여 敎民耕稼하고 爲釜甑하여 敎民火食하고 作舟車하여 以通道路하시니라

옛날 성왕聖王이 들판을 가르고 땅을 나누어 나라를 세우고 도읍都邑을 설치設置하였으니, 사해四海 안에 그 나라가 만 개나 있었다. 한 나라의 안에 각각 주州와 군郡을 설치하고, 주와 군의 안에 각각 향鄕과 정井을 나누었으며, 성곽城郭을 만들어 도적盜賊을 막고, 궁실宮室을 만들어 사람을 거처居處하게 하고, 쟁기와 보습을 만들어 백성들에게 밭 갈고 곡식穀食 심는 것을 가르치고, 가마솥과 시루를 만들어 백성들에게 불로 밥을 지어먹는 것을 가르치고, 배와 수레를 만들어 도로道路에 다니게 하였다.

옛날의 성인聖人은 나라를 세우고 도읍[수도首都]을 정하면, 땅을 알맞게 나누어 백성百姓들에게 나누어 주고, 각 지방地方을 다스리는 관리官吏를 파견派遣하였습니다. 또한, 집을 만들어 사람들이 편안便安하게 생활하도록 하였으며, 많은 도구道具를 만들어 편리便利하게 사용使用할 수 있게 하였습니다. 특히, 배와 수레 같은 교통수단交通手段을 개발開發하고, 도로를 만들어 넓은 지역地域을 다닐 수 있도록 하였습니다.

漢字의 音과 訓

【畫】 田 - 총12획, 그림 화, 그을 획, / 畫室, 書畫, 畫順, 區畫

【建】 廴 - 총9획, 세울 건 / 建設, 再建

【邦】 邑 - 총7획, 나라 방 / 友邦

【設】 言 - 총11획, 베풀 설 / 設立, 設計

【都】 邑 - 총12획, 도읍 도 / 都邑, 都市

【各】 口 - 총6획, 각자 각 / 各自, 各各

【置】 罒 - 총13획, 둘 치 / 置中, 配置

【州】 巛 - 총6획, 고을 주 / 州縣, 州巷

【郡】 邑 - 총10획, 낮을 비 / 郡守, 郡縣制

【鄕】 邑 - 총13획, 시골 향 / 鄕吏, 故鄕

【城】 土 - 총10획, 재(성) 성 / 城壁, 干城

【郭】 邑 - 총11획, 성 곽 / 外郭

【禦】 示 - 총16획, 막을 어 / 防禦

【寇】 宀 - 총11획, 도적 구 / 外寇

【耒】 耒 - 총6획, 쟁기 뢰 / 秉耒

【耜】 耒 - 총11획, 보습 사 / 耨耜

【耕】 耒 - 총10획, 받갈 경 / 耕作, 深耕

【稼】 禾 - 총15획, 심을 가 / 稼穡, 耕稼

【釜】 金 - 총10획, 가마솥 부 / 鍋釜

【甑】 瓦 - 총17획, 시루 증 / 石甑

【敎】 攴 - 총11획, 가르칠 교 / 敎育, 敎師

【舟】 舟 - 총6획, 배 주 / 舟戰, 舟行

金木水火土在天에 爲五星이요 在地에 爲五行이니 金은 以爲器하고 木은 以爲宮하고 穀生於土하여 取水火爲飮食하니 則凡人日用之物이 無非五行之物也니라

금·목·수·화·토가 하늘에 있으면 오성五星이 되고 땅에 있으면 오행五行이 된다. 쇠로 그릇을 만들고, 나무로 집을 만들며, 곡식은 흙에서 생겨나 물과 불을 취取하여 음식飮食이 되니, 즉 모든 사람들이 날마다 사용하는 물건은 오행의 물건이 아님이 없다.

우주자연은 5가지 기본적인 원소元素로 이루어져 있는데, 이것이 하늘에 있을 때에는 오성五星이 되고 땅에 내려오면 오행五行이 됩니다. 오행이란, 금목수화토金木水火土를 가리킵니다. 그런데 이 5가지 원소는 서로 낳고 이루어 주는 상생相生과 서로 해치고 없애는 상극相剋에 의해 끊임없는 변화變化를 만들어 냅니다. 이 변화에 의해 우주자연은 지금과 같은 모습을 갖게 되었습니다. 이러한 설명과 이론을 오행설五行說 혹은 오행론五行論이라고 합니다.

漢字의 音과 訓

【行】行 - 총6획, 갈 행 / 行進, 步行

항렬 항 / 行列

줄 항 / 行伍, 雁行

【器】口 - 총16획, 그릇 기 / 器物, 祭器

【穀】木 - 총14획, 곡식 곡 / 穀物, 雜穀

【取】又 - 총8획, 취할 취 / 取得, 採取

【飮】食 - 총13획, 마실 음 / 飮料水, 飮食

【食】食 - 총9획, 먹을 식 / 食事, 食生活

【凡】几 - 총3획, 무릇 범 / 平凡, 白凡

五行이 **固有相生之道**하니 **金生水**하고 **水生木**하고 **木生火**하고 **火生土**하고 **土生金**하고 **金復生水**하니 **五行之相生也無窮**하여 **而人用不竭焉**이니라

오행五行은 본래 상생相生의 도道가 있으니, 쇠는 물을 낳고, 물은 나무를 낳고, 나무는 불을 낳고, 불은 흙을 낳고, 흙은 쇠를 낳고, 쇠는 다시 물을 낳으니, 오행의 상생함은 무궁無窮하여 사람들이 사용함에 끝이 없다.

상생相生은 서로 낳고 길러주는 것을 말합니다. 한 가지씩 살펴보면, 물은 나무를 낳고[수생목水生木], 나무는 불을 낳고[목생화木生火], 불은 흙을 낳고[화생토火生土], 흙은 쇠를 낳고[토생금土生金], 쇠는 물을 낳고[금생수金生水], 다시 물은 나무를 낳습니다. 이러한 방식으로 오행의 상생 작용은 우주자연 안에서 끊임없이 펼쳐집니다.

그러면 '서로 낳고 길러주는' 상생은 무조건 좋은 것일까요? 그렇지 않습니다. 생生이 과다하면 상극相剋으로 변하기도 하고, 반대로 상극相剋 속에도 상생相生의 이치가 숨겨져 있기 때문입니다. 예를 들면 나무가 불을 낳지만[木生火] 아궁이에 불을 지펴놓고 너무 많은 나무를 한꺼번에 집어넣으면 불은 꺼져 버리게 됩니다. 이것을 목다화식木多火熄이라고 합니다. '나무가 너무 많아 불을 끈다.'는 뜻입니다. 결국 낳는[生] 이치가 너무 많아 오히려 없애는[剋] 것으로 변한 것입니다. 이렇게 한꺼번에 많은 나무가 불을 끄는 상황을 막으려면 쇠로 나무를 잘게 잘라서 넣어야 하는데, 이것이 바로 '쇠가 나무를 이긴다'는 금극목金剋木입니다. 여러분, 어때요? 조금 어렵죠? 그래서 예로부터 음양오행 이론은 매우 복잡하다고 알려져 있답니다.

漢字의 音과 訓

【固】 囗 - 총8획, 굳을 고 / 固體, 堅固

본래 고, 진실로 고 / 固有, 固所願

【復】 彳 - 총12획, 회복할 복 / 回復, 光復

다시 부 / 復活

【窮】 穴 - 총15획, 다할 궁 / 無窮花

곤궁할 궁 / 窮乏, 困窮

【竭】 立 - 총14획, 다할 갈 / 竭盡, 枯渴

〈상생도相生圖〉

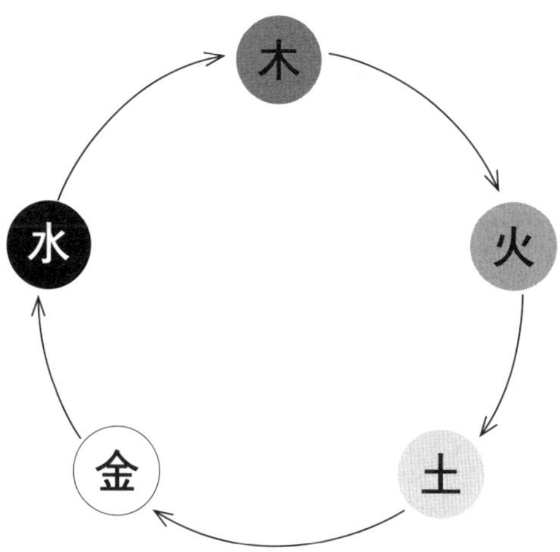

五行이 **亦有相克之理**하니 **土克水**하고 **水克火**하고 **火克金**하고 **金克木**하고 **木克土**하고 **土復克水**하니 **乃操其相克之權**하여 **能用其相生之物者**는 **是人之功也**니라

오행五行은 또한 상극相剋의 이치理致가 있으니, 흙은 물을 이기고, 물은 불을 이기고, 불은 쇠를 이기고, 쇠는 나무를 이기고, 나무는 흙을 이기고, 흙은 다시 물을 이기니, 그 상극의 권도權道를 잡아 그 상생하는 물건을 이용할 수 있는 것은 사람의 공功이다.

右는 **地篇**이라

이상은 지편이다.

상극相剋은 서로 해치고 이기는 것을 말합니다. 한 가지씩 살펴보면, 물이 불을 이기고[수극화水剋火], 불이 쇠를 이기며[화극금火剋金], 쇠는 나무를 이기고[금극목金剋木], 나무는 흙을 이기며[목극토木剋土], 흙은 물을 이기고[토극수土剋水], 다시 물은 불을 이깁니다. 이러한 방식으로 오행의 상극 작용은 우주자연 안에서 끊임없이 진행進行됩니다.

앞 문장에서 말한 바와 같이 상극相剋 역시 반드시 나쁜 것만은 아닙니다. 나무는 흙을 이기지만[木剋土], 나무는 흙이 있어야 뿌리를 튼튼히 내릴 수 있고, 흙의 입장에서 보면 나무가 있어야 큰비가 내렸을 때 흙이 쓸려 내려가지 않습니다. 이때는 목극토木剋土가 목극생木剋生이 됩니다. 이것이 바로 '극剋하는 가운데 생生의 이치가 담겨져 있다.'는 뜻의 극중생剋中生의 원리입니다. 이처럼 우주에는 생生이 과다하면 오히려 극剋이 되기도 하고, 상극相剋 속에서도 상생相生의 이치가 숨겨져 있습니다. 상생 속에 상극이 있고, 상극 속에 상생의 이치가 숨어있다는 것을 쉽게 표현하자면, "역경逆境 속에서도 언제나 희망希望이라는 상생相生의 씨앗이 숨어있다."고 말할 수 있습니다.

漢字의 音과 訓

【克】 儿 - 총7획, 이길 극 / 克己, 超克

【理】 玉 - 총11획, 이치 리 / 物理, 倫理, 理致

【操】 手 - 총16획, 잡을 조 / 志操, 操作

【權】 木 - 총22획, 권세 권 / 權勢, 政權

저울 권 / 權稱, 權道

【功】 力 - 총5획, 공 공 / 功勞, 恩功

〈상극도相剋圖〉

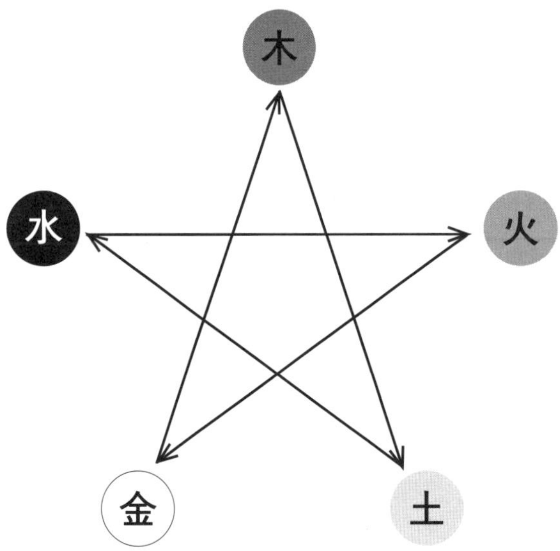

4 物篇 물편 _ 만물에 관한 이야기

天地生物之數가 有萬其衆이로되 而若言其動植之物이면 則草木禽獸蟲魚之屬이 最其較著者也니라 飛者는 爲禽이요 走者는 爲獸요 鱗介者는 爲蟲魚요 根植者는 爲草木이니라

천지天地가 만물을 낳은 수數는 그 무리가 만萬 가지나 있는데, 만약 그 동·식물을 말한다면 초목草木·금수禽獸·충어蟲魚의 종류種類가 가장 명백明白하게 드러난 것이다. 나는 것은 새가 되고, 달리는 것은 짐승이 되며, 비늘과 껍질이 있는 것은 벌레와 물고기가 되고, 뿌리로 심겨진 것은 초목이 된다.

천지자연의 조화造化로 인해 수많은 종류種類의 물건物件이 생기는 데, 이것을 만물萬物이라고 합니다. 만물 중에는 식물植物에 해당하는 풀[초草]과 나무[목木]가 있고, 동물에 해당하는 날짐승[금禽]과 들짐승[수獸]이 있으며, 작은 벌레[충蟲]와 물고기[어魚] 등이 있습니다.

옛날 사람들은 식물의 머리에 해당하는 뿌리가 땅으로 향해 있고, 들짐승의 머리가 땅과 수평水平인 반면, 사람의 머리는 하늘로 향해 있는 것을 보고 땅에 사는 모든 만물 중에 사람이 가장 존귀尊貴한 존재存在라고 생각했습니다. 이러한 관념觀念은 식물과 동물이 본능本能에 따라 생존生存하는 것과는 달리 인간은 이성理性에 의해 주체적主體的으로 살아간다는 자부심自負心에서 출발한 것입니다.

漢字의 音과 訓

【衆】 血 - 총12획, 무리 중 / 大衆, 民衆

【植】 木 - 총12획, 심을 식 / 植木, 植物

【禽】 内 - 총13획, 새 금 / 禽獸, 猛禽

【獸】 犬 - 총19획, 짐승 수 /獸醫師, 猛獸

【蟲】 虫 - 총18획, 벌레 충 / 蟲魚, 昆蟲

【屬】 尸 - 총21획, 붙일 속, 종류 속 / 屬國, 所屬

【最】 曰 - 총12획, 가장 최 / 最近

【較】 車 - 총13획, 견줄 교, 환할 교 / 比較, 較明

【著】 艸 - 총13획, 나타날 저 / 著名, 顯著

지을 저 / 著書, 著作

입을 착 / 著服

【飛】 飛 - 총9획, 날 비 / 飛行機, 飛翔, 雄飛

【鱗】 魚 - 총23획, 비늘 린 / 鱗羽, 逆鱗

【介】 人 - 총4획, 껍질 개 / 介蟲, 胄介

낄 개 / 介入, 間介

飛禽은 卵翼하고 走獸는 胎乳하며 飛禽은 巢居하고 走獸는 穴處하며 蟲魚之物은 化生者最多而亦多生於水濕之地니라

나는 새는 알을 낳아 날개로 품고, 달리는 짐승은 새끼로 낳아 젖을 먹이며, 나는 새는 둥지에서 살고, 달리는 짐승은 굴에서 살며, 벌레와 물고기 등의 생물은 변화하여 생기는 것이 가장 많은데, 또한 물과 습한 땅에서 많이 생겨난다.

생물生物은 어류魚類, 양서류兩棲類, 파충류爬蟲類, 조류鳥類, 포유류哺乳類 등 5가지로 분류分類합니다. 이 중에 어류, 양서류, 파충류, 조류 등은 몇 가지 예외例外를 제외除外하고는 대부분 알을 낳는데, 이 알에서 새끼가 부화孵化되어 어미로 자라게 됩니다. 그러나 포유류는 거의 모든 경우에 직접 새끼를 낳아 키웁니다. 특히, 새는 알을 낳게 되면 어미가 자신의 날개로 알을 품어 새끼를 부화시키고, 포유류는 직접 새끼를 낳아 젖을 먹여 기릅니다. 그러나 알을 낳아 기르는 동물動物은 새끼에게 젖을 먹이지 않고, 직접 새끼를 낳아 기르는 동물은 젖을 먹입니다. 사실 '포유류'라고 할 때의 '포유'는 '먹일 포哺'와 '젖 유乳' 두 글자가 합쳐져서 만들어진 단어입니다. 이처럼 우리가 사용使用하는 단어單語에는 그 단어가 무엇을 의미하는 것인지 명확明確한 설명說明이 담겨있음을 잘 기억記憶해야 하겠습니다.

漢字의 音과 訓

【卵】 卩 - 총7획, 알 란 / 卵生, 鷄卵

【翼】 羽 - 총17획, 날개 익 / 左翼

【胎】 肉 - 총9획, 아이 밸 태 / 胎生, 受胎, 胎盤

【乳】 乙 - 총8획, 젖 유 / 乳頭, 母乳

【巢】 巛 - 총11획, 둥지 소 / 巢窟

【居】 尸 - 총8획, 있을 거 / 居處, 住居

【穴】 穴 - 총5획, 구멍 혈 / 穴居

【處】 虍 - 총11획, 곳 처, 처할 처 / 處所, 安處, 處理

【濕】 水 - 총17획, 축축할 습 / 濕氣, 高溫多濕

春生而秋死者는 草也요 秋則葉脫而春復榮華者는 木也라 其葉蒼翠요 其花五色이니 其根深者는 枝葉이 必茂하고 其有花者는 必有實이니라

봄에 생겨났다가 가을에 죽는 것은 풀이요, 가을이면 잎이 떨어졌다가 봄에 다시 꽃이 피는 것은 나무이다. 그 잎이 푸르고 그 꽃이 오색五色이니, 그 뿌리가 깊은 것은 가지와 잎이 반드시 무성茂盛하고, 그 꽃이 있는 것은 반드시 열매를 맺는다.

풀은 대체로 1년을 주기週期로 봄·여름에 태어나고 자라다가 가을·겨울에는 모두 죽게 됩니다. 이렇게 한 번 죽은 풀들은 이듬해 봄이 되더라도 다시 살아날 수 없습니다. 다만 그 자리에 새로운 풀들이 다시 자라나기도 합니다. 그러나 나무는 짧게는 10년, 길게는 몇 백 년에 이르기까지 봄·여름에 싹이 나고 자라다가 가을·겨울이 되면 잎이 떨어져 죽은 듯 보입니다. 그러나 다시 새봄이 찾아오면 마치 오랜 잠에서 깨어나 기지개를 펴듯 다시 생기生氣를 되찾게 됩니다. 이렇게 여러 해를 사는 식물을 다년생식물多年生植物, 즉 '여러해살이식물'이라고 말합니다.

漢字의 音과 訓

【葉】 艸 - 총13획, 잎 엽 / 落葉

【脫】 肉 - 총11획, 벗을 탈 / 脫衣, 脫穀, 逸脫

【後】 彳 - 총9획, 뒤 후 / 後進國, 後輩, 後方

【榮】 木 - 총14획, 영화 영 / 榮華, 繁榮

【華】 艸 - 총12획, 꽃 화, 화려할 화 / 華麗, 華甲

【蒼】 艸 - 총14획, 푸를 창 / 蒼翠

【翠】 羽 - 총14획, 푸를 취 / 綠翠

【根】 木 - 총10획, 뿌리 근 / 根本, 根幹

【深】 水 - 총11획, 깊을 심 / 深化, 深度, 深思熟考

【枝】 木 - 총8획, 가지 지 / 枝葉, 分枝

【茂】 艸 - 총9획, 우거질 무 / 茂盛

【實】 宀 - 총14획, 열매 실 / 實積, 果實

虎豹犀象之屬은 在於山하고 牛馬鷄犬之物은 畜於家하니 牛以耕墾이요 馬以乘載요 犬以守夜요 鷄以司晨이요 犀取其角이요 象取其牙요 虎豹는 取其皮니라

호랑이·표범·물소·코끼리의 종류는 산에 있고, 소·말·닭·개 등의 동물들은 집에서 기르니, 소로써 밭을 갈고 말로써 타거나 짐을 싣고, 개로써 밤을 지키고 닭으로써 새벽을 맡게 하며, 물소는 그 뿔을 취하고 코끼리는 그 어금니를 취하며, 호랑이와 표범은 그 가죽을 취한다.

해설

집에서 기르는 동물을 가축家畜이라고 합니다. 가축이란, '집 가家'·'기를 축畜' 두 글자가 합쳐져서 만들어진 단어입니다. 가축의 종류에는 소[우牛], 말[마馬], 닭[계鷄], 개[구狗], 돼지[돈豚] 등이 있습니다. 이와 반대로 산과 들에서 자유롭게 사는 동물들은 야생동물野生動物이라고 말합니다. 야생이란, '들 야野'·'살 생生' 두 글자가 합쳐져서 만들어진 단어입니다.

집에서 기르는 동물은 대체로 사람들이 먹이를 주며 기르다가 필요한 경우 식용食用으로 사용합니다. 그러나 들짐승이나 산짐승의 경우에는 잡아서 식용으로 쓸 때도 있지만, 대체로 가죽이나 뼈를 사용하여 생활에 필요한 도구道具나 장신구裝身具를 만듭니다. 이것 외에 가축과 야생동물과의 차이점差異点은 무엇인지 한 번 생각해 보세요.

漢字의 音과 訓

【虎】 虍 - 총8획, 범 호 / 虎患, 猛虎

【豹】 豸 - 총10획, 표범 표 / 君子豹變

【犀】 牛 - 총12획, 물소 서 / 犀角

【象】 豕 - 총12획, 코끼리 상 / 象牙

모양 상 / 形象

【鷄】 鳥 - 총21획, 닭 계 / 鷄卵有骨, 鷄林, 鷄肋

【畜】 田 - 총10획, 쌓을 축 / 貯畜

기를 축(휵) / 牧畜

【耕】 耒 - 총10획, 밭 갈 경 / 耕作, 農耕社會, 牛耕

【墾】 土 - 총16획, 개간할 간 / 開墾

【乘】 ノ - 총10획, 탈 승 / 換乘, 搭乘, 便乘, 乘馬, 乘車

【載】 車 - 총13획, 실을 재 / 積載, 搭載

【守】 宀 - 총6획, 지킬 수 / 守備, 守成

【司】 口 - 총5획, 맡을 사 / 有司, 司法權

【晨】 日 - 총11획, 새벽 신 / 晨星, 晨光, 晨風

【取】 又 - 총8획, 취할 취 / 取得, 攝取

【角】 角 - 총7획, 뿔 각 / 角度, 角逐, 角膜

【牙】 牙 - 총4획, 어금니 아 / 象牙, 牙城

【皮】 皮 - 총5획, 가죽 피 / 皮膚, 內皮

山林에 多不畜之禽獸하고 川澤에 多無益之蟲魚라 故로 人以力殺하고 人以智取하여 或用其毛羽骨角하고 或供於祭祀賓客飮食之間이니라

산과 숲에는 기를 수 없는 새와 짐승이 많고, 시내와 연못에는 무익한 벌레와 물고기가 많다. 그러므로 사람들이 힘으로써 죽이고, 사람들이 지혜智慧로써 취하여, 혹은 그 털·깃털·뼈·뿔 등을 이용하고, 혹은 제사祭祀와 손님에게 음식을 접대接待하는 중에 바치기도 한다.

해설

산과 들, 숲과 시내, 그리고 연못에는 다양한 곤충昆蟲과 동물動物들이 살고 있습니다. 이러한 동물 중에는 사람에게 매우 유용有用한 것도 있지만, 그다지 필요必要 없거나 오히려 해害를 입히는 것도 있습니다. 그러므로 사람들은 지혜智慧를 활용活用하여 사용할 것은 사용하고, 물리칠 것은 물리치면서 생활을 영위營爲해 왔습니다. 특히 이 중에서도 쓸모가 있는 것은 제사지낼 때 제수祭需로 사용되거나 손님을 접대接待하는 데에 사용하기도 했습니다. 예를 들면, 산에 사는 사슴이나 꿩, 강에 사는 오리나 잉어 등은 귀한 손님을 접대하거나 제사에 사용했습니다.

漢字의 音과 訓

【澤】 水 - 총16획, 못 택 / 山澤

윤 택 / 光澤

【故】 攴 - 총9획, 옛 고 / 故人, 故事成語

까닭 고 / 事故, 緣故

【殺】 殳 - 총11획, 죽일 살 / 殺生, 殺害

덜 쇄 / 門前殺到, 減殺

【智】 日 - 총12획, 지혜 지, 지식 지 / 智識, 仁義禮智

【供】 人 - 총8획, 바칠 공 / 供養

【祭】 示 - 총11획, 제사 제 / 祭物, 忌祭

【祀】 示 - 총8획, 제사 사 / 從祀

【賓】 貝 - 총14획, 손 빈 / 賓客, 迎賓

【客】 宀 - 총9획, 손님 객 / 觀光客, 顧客

走獸之中에 有麒麟焉하고 飛禽之中에 有鳳凰焉하고 蟲魚之中에 有靈龜焉하고 有飛龍焉하니 此四物者는 乃物之靈異者也라 故로 或出於聖王之世하나니라

달리는 짐승 중에 기린麒麟이 있고, 나는 새 중에 봉황鳳凰이 있으며, 벌레와 물고기 중에 신령神靈스런 거북이 있고 나는 용龍이 있다. 이 네 가지 동물은 곧 동물 중에서 신령스럽고 특이特異한 것이다. 그러므로 간혹 성왕聖王의 세상[시대時代]에 나온다.

예로부터 중국을 포함包含한 동아시아에서는 들짐승 중에 가장 신성神聖한 동물이 바로 기린麒麟이라고 생각했습니다. 그래서 유학儒學의 창시자創始者인 공자孔子(bc.551-479)가 세상에 태어날 때에도 공자의 집 마당에 기린이 나타났다는 전설傳說이 전해지고 있습니다.

한편, 날짐승 중에서는 봉황鳳凰을 가장 신성神聖하게 생각하였으며, 물에 사는 것 중에서는 거북과 용龍을 가장 신성하게 여겼습니다. 그러나 이러한 신성한 동물들은 아무 때나 나타나는 것이 아니라 반드시 성인聖人이 세상을 다스리는 시대에만 나타난다고 믿었습니다. 그 만큼 신성한 동물은 쉽게 볼 수 없다고 생각했던 것입니다.

漢字의 音과 訓

【麒】 鹿 - 총19획, 기린 기 / 麒麟兒

【麟】 鹿 - 총23획, 기린 린 / 獲麟

【鳳】 鳥 - 총14획, 봉새 봉 / 鳳凰

【凰】 几 - 총11획, 봉새 황 / 神凰

【蟲】 虫 - 총18획, 벌레 충 / 害蟲, 殺蟲劑

【魚】 魚 - 총11획, 물고기 어 / 魚類

【靈】 雨 - 총24획, 신령 령 / 幽靈, 靈妙, 神靈

【龜】 龜 - 총16획, 거북 구(귀) / 龜甲

【飛】 飛 - 총9획, 날 비 / 飛行機, 飛翔

【龍】 龍 - 총16획, 용 용 / 飛龍, 恐龍

【異】 田 - 총12획, 다를 이 / 異變, 相異

【聖】 耳 - 총13획, 성인 성 / 聖人, 聖堂

稻粱黍稷은 祭祀之所以供粢盛者也요 豆菽麰麥之穀은 亦無非養人命之物이라 故로 百草之中에 穀食이 最重이요 犯霜雪而不凋하고 閱四時而長春者는 松柏也니 衆木之中에 松柏이 最貴니라

벼·조·기장·피는 제사의 자성粢盛[큰 제사에 쓰이는 기장과 피]으로 바치는 것이요, 콩·보리 등의 곡식穀食은 또한 사람의 목숨을 기르는 물건 아닌 것이 없다. 그러므로 온갖 풀 중에 곡식이 가장 귀중貴重하며, 서리와 눈을 맞아도 시들지 않고 사시四時를 지내도 늘 봄처럼 푸른 것은 소나무와 잣나무이니, 많은 나무 중에 소나무와 잣나무가 가장 귀貴하다.

논과 밭에서 생산生産되는 곡식穀食은 제사에 사용되기도 하지만, 사람들의 일상생활日常生活에서 없어서는 안 되는 중요重要한 먹거리입니다. 그러므로 많은 식물植物 중에서도 특히 곡식이 사람에게 가장 귀중한 것입니다. 한편, 나무 중에서 소나무와 잣나무는 사계절四季節 내내 푸른색을 잃지 않는 것이 특징特徵입니다. 따라서 예로부터 선조들은 사람의 굳은 의지意志, 변하지 않는 절개節概 등을 소나무와 잣나무에 비유比喩하곤 했습니다. 공자孔子도 『논어論語』에서 "세상이 추워진 뒤에야 소나무와 잣나무가 늦게 시듦을 알 수 있다.(세한연후歲寒然後, 지송백지후조知松栢之後彫.)"라고 말하였습니다.

漢字의 音과 訓

【稻】 禾 - 총15획, 벼 도 / 水稻作

【粱】 米 - 총13획, 수수 량 / 高粱

【黍】 黍 - 총12획, 기장 서 / 麥黍

【稷】 禾 - 총15획, 피 직 / 后稷

【供】 人 - 총8획, 이바지할 공, 바칠 공 / 提供, 供給

【粢】 米 - 총12획, 기장 자, 드릴 자 / 潔粢

【盛】 皿 - 총12획, 성할 성, 담을 성 / 盛饌, 豊盛, 粢盛

【豆】 豆 - 총7획, 콩 두 / 豆腐, 豆粥

제기 두 / 豆羹, 豆籩, 俎豆

【菽】 艸 - 총12획, 콩 숙 / 菽麥

【麰】 麥 - 총17획, 보리 모 / 麰麥

【麥】 麥 - 총11획, 보리 맥 / 麥芽, 小麥

【重】 里 - 총9획, 무거울 중 / 重工業, 體重

귀중할 중 / 貴重, 所重

【犯】 犬 - 총5획, 범할 범 / 犯人, 犯罪, 眞犯

【凋】 冫 - 총10획, 시들 조 / 凋枯, 後凋

【閱】 門 - 총15획, 지날 열 / 閱覽

【松】 木 - 총8획, 소나무 송 / 赤松, 松花

【柏】 木 - 총9획, 잣나무 백, 측백나무 백 / 松柏之節

【最】 曰 - 총12획, 가장 최 / 最高, 最善

【貴】 貝 - 총12획, 귀할 귀 / 貴重, 貴公子

梨栗柿棗之果가 味非不佳也로되 其香芬芳이라 故로 果以橘柚爲珍하고 蘿蔔蔓菁諸瓜之菜가 種非不多也로되 其味辛烈이라 故로 菜以芥薑爲重하나니라

배·밤·감·대추 등의 과일은 맛이 좋지 않은 것이 아니지만, 그 향기香氣가 진하기 때문에 과실果實은 귤과 유자를 보물寶物로 삼는다. 무와 순무와 모든 오이 등의 채소菜蔬는 종류種類가 많지 않은 것은 아니지만, 그 맛이 맵기 때문에 채소는 겨자와 생강을 귀중貴重하게 여긴다.

예로부터 여러 과일 중에서 향기가 진한 것과 채소 중에서 맛이 매운 것은 매우 소중하게 여겨졌습니다. 왜냐하면, 보통의 과일과 채소는 그런 향기와 맛을 낼 수 없기 때문입니다. 즉 진한 향기와 매운 맛을 내는 과일과 채소는 매우 드물기 때문에 그 가치價値를 인정認定받았던 것입니다. 따라서 과일 중에서는 귤과 유자를 가장 귀중하게 생각했으며, 채소 중에서는 겨자와 생강을 귀하게 여겼습니다.

시대를 막론莫論하고 자기만의 장점長點과 특징特徵을 가진 사람이 그 가치를 인정받는 것을 보면, 비단 과일과 채소만 그런 것이 아님을 알 수 있습니다.

漢字의 音과 訓

【梨】 木 - 총11획, 배 리 / 梨花

【栗】 木 - 총10획, 밤 률, 엄할 률 / 棗栗梨柿, 戰栗

【柿】 木 - 총9획, 감 시 / 紅柿

【棗】 木 - 총12획, 대추 조 / 乾棗

【佳】 人 - 총8획, 아름다울 가 / 佳人

【香】 香 - 총9획, 향기 향 / 香氣, 墨香

【芬】 艸 - 총8획, 향기로울 분 / 奇芬

【芳】 艸 - 총8획, 꽃다울 방 / 芳年

【橘】 木 - 총16획, 귤 귤 / 柑橘

【柚】 木 - 총9획, 유자 유 / 柚子

【珍】 玉 - 총9획, 보배 진 / 珍珠, 山海珍味

【蘿】 艸 - 총23획, 무 라 / 蔦蘿

【蔔】 艸 - 총15획, 무 복 / 采蔔

【蔓】 艸 - 총15획, 덩굴 만 / 蔓草

【菁】 艸 - 총12획, 순무 청 / 冬菁

【諸】 言 - 총16획, 모두 제 / 諸君, 諸般

【瓜】 瓜 - 총5획, 오이 과 / 瓜田不納履

【菜】 艸 - 총12획, 나물 채, 채소 채 / 菜蔬, 野菜

【種】 禾 - 총14획, 종자 종, 종류 종 / 種類, 種子, 播種

【烈】 火 - 총10획, 매울 렬, 세찰 열 / 猛烈

【芥】 艸 - 총8획, 겨자 개, 먼지 개 / 草芥, 芥子

【薑】 艸 - 총17획, 생강 강 / 薑桂之性, 生薑

【重】 里 - 총9획, 무거울 중, 귀중할 중 / 重量, 輕重, 重要, 貴重

水陸草木之花에 可愛者甚繁이로되 而陶淵明은 愛菊하고 周濂溪는 愛蓮하고 富貴繁華之人은 多愛牧丹하나니

물과 육지에 있는 초목草木의 꽃으로서 사랑할 만한 것이 매우 많지만, 도연명陶淵明은 국화菊花를 사랑하였고, 주렴계周濂溪는 연꽃을 사랑하였고, 부귀富貴하고 화려華麗한 사람들은 대부분 모란[목단牧丹]을 사랑하나니,

해설

예로부터 세상에 나가 관직생활官職生活을 하지 않고 평생을 오로지 자기 수양自己修養을 위해 공부에만 전념專念한 학자들은 자신들의 이상理想에 기초하여 모든 것을 생각했습니다. 그래서 좋아하는 꽃조차도 자신의 성향性向과 특징特徵에 맞는 것을 선택選擇했습니다. 예를 들면, 당시 부패腐敗한 정치를 비판하며 「귀거래사歸去來辭」를 짓고 관직에서 물러났던 도연명(365-427)은 사군자四君子의 하나인 국화를 매우 사랑했습니다. 한편, 성리학性理學의 기초를 만든 주렴계(1017-1073)는 연꽃을 사랑했다고 합니다. 왜냐하면, 예로부터 국화는 모든 꽃이 시드는 가을에 피기 때문에 선비의 굳은 의지意志와 절개節槪를 상징象徵해 왔으며, 연꽃은 더러운 물에서 자라지만 그것에 오염汚染되지 않고 그 향기香氣와 자태姿態가 매우 아름답기 때문입니다. 반면 부귀하고 화려한 사람들은 대체로 이러한 정신세계精神世界를 제대로 알지 못하기 때문에 단순單純히 겉으로 보기에만 아름다운 모란만을 좋아하는 특징이 있습니다. 그럼, 오늘날은 어떤가요?

漢字의 音과 訓

【陸】 阜 - 총11획, 땅 륙 / 陸地, 大陸

【愛】 心 - 총13획, 사랑 애 / 愛情, 母性愛

【甚】 甘 - 총9획, 심할 심 / 甚難, 太甚

【繁】 糸 - 총17획, 많을 번 / 頻繁

번거로울 번 / 繁碎

【陶】 阜 - 총11획, 질그릇 도 / 陶瓷器

【淵】 水 - 총11획, 연못 연 / 淵源

【菊】 艸 - 총12획, 국화 국 / 菊花, 梅蘭菊竹

【多】 夕 - 총6획, 많을 다 / 多數, 多樣

【濂】 水 - 총16획, 물이름 렴 / 濂洛關閩

【溪】 水 - 총13획, 시내 계 / 溪谷, 碧溪

【蓮】 艸 - 총15획, 연꽃 련 / 蓮根

【華】 艸 - 총12획, 꽃(필) 화 / 灼灼其華

화려할 화, 번성할 화 / 華麗, 榮華, 豪華

【牧】 牛 - 총8획, 기를 목 / 牧畜, 牧師, 牧丹

【丹】 丶 - 총4획, 붉을 단(란) / 丹心, 朱丹

淵明은 隱者라 故로 人以菊花로 比之於隱者하고 濂溪는 君子라 故로 人以蓮花로 比之於君子하고 牧丹은 花之繁華者라 故로 人以牧丹으로 比之於繁華富貴之人이니라

도연명陶淵明은 은자隱者이기 때문에 사람들은 국화로써 은자에 비유하고, 주렴계周濂溪는 군자君子이기 때문에 사람들은 연꽃으로써 군자에 비유하고, 모란은 꽃 중에서 가장 화려華麗한 것이기 때문에 사람들은 모란으로써 부귀하고 화려한 사람에 비유比喩하였다.

도연명은 부패한 정치를 비판하고 시골에 은둔하면서 학문學問에 전념專念한 학자였습니다. 그래서 사람들은 그를 은자隱者라고 부르며, 대부분의 꽃이 지는 가을에 피는 국화와 같은 사람으로 비유했습니다. 또한 주렴계 역시 훌륭한 학자였으나, 관직官職에 나가지 않고 제자교육으로 일생을 마쳤습니다. 그래서 사람들은 그를 진군자眞君子라고 높이며 탁濁한 물에서도 아름답게 피는 연꽃과 같은 사람으로 비유했습니다. 그러나 모란은 매우 화려한 꽃이었습니다. 그래서 사람들은 화려하거나 부귀한 사람을 모란에 비유하곤 했답니다. 혹시 여러분이 존경하는 사람이 있다면, 어떤 꽃으로 비유할 수 있나요?

漢字의 音과 訓

【隱】 阜 - 총17획, 숨을 은 / 隱遁, 隱密

【比】 比 - 총4획, 견줄 비 / 比喩, 比較, 對比

따를 비, 친할 비 / 義之與比, 親比

【富】 宀 - 총12획, 넉넉할 부 / 富者, 富裕

物之不齊는 乃物之情이라 故로 以尋丈尺寸으로 度物之長短하고 以斤兩錙銖로 稱物之輕重하고 以斗斛升石으로 量物之多寡니라

만물이 똑같지 아니함은 곧 물건의 실정實情이다. 그러므로 심尋·장丈·척尺·촌寸으로써 물건의 길고 짧음을 헤아리고, 근斤·양兩·치錙·수銖로써 물건의 가벼움과 무거움을 헤아리고, 두斗·곡斛·승升·석石으로써 물건의 많고 적음을 헤아린다.

하늘과 땅 사이에 있는 만물萬物은 각기 모양模樣도 크기도 색깔도 종류도 다릅니다. 따라서 물건의 길고 짧음을 재는 길이의 단위單位가 있고, 물건의 무거움과 가벼움을 재는 무게의 단위가 있으며, 물건의 많고 적음을 재는 그릇의 단위가 있습니다. 이처럼 만물이 서로 다르다는 것은 매우 자연스러운 일인데, 이것을 물건物件의 실정實情이라고 말합니다.

'물건의 실정'을 줄여서 말하면 물정物情이 됩니다. 만일 어떤 사람이 순진純眞하고 아둔하여 사리분별事理分別을 잘 못할 때, 우리는 그 사람을 '세상물정世上物情 모른다.'라고 말합니다. 이처럼 물정이란 '한심한 사람'을 표현할 때 사용되기도 합니다.

漢字의 音과 訓

【齊】 齊 - 총14획, 가지런할 제 / 修身齊家治國平天下

삼갈 제 / 愼齊

【尋】 寸 - 총12획, 찾을 심 / 尋人

여덟 자 심 / 直尋

【丈】 一 - 총3획, 어른 장, 길이 장 / 大丈夫, 丈六, 方丈

【尺】 尸 - 총4획, 자 척 / 尺度, 曲尺

【寸】 寸 - 총3획, 마디 촌 / 寸心

【度】 广 - 총9획, 법도 도 / 制度, 法度

헤아릴 탁 / 度計, 忖度

【斤】 斤 - 총4획, 도끼 근 / 斧斤

저울 근 / 斤量

【錙】 金 - 총16획, 저울눈 치 / 錙錘

【銖】 金 - 총14획, 무게의 단위 수 / 銖兩

【稱】 禾 - 총14획, 일컬을 칭, 칭찬할 칭 / 稱號, 謙稱, 稱讚

잴 칭, 헤아릴 칭 / 稱絲

【輕】 車 - 총14획, 가벼울 경 / 輕微, 輕重

【斗】 斗 - 총4획, 말 두 / 斗酒

【斛】 斗 - 총11획, 열 말 곡 / 斛量

【升】 十 - 총4획, 되 승 / 升斗

【量】 里 - 총12획, 헤아릴 량 / 測量

분량 량 / 分量, 數量, 總量

【寡】 宀 - 총14획, 적을 과 / 衆寡不敵, 多寡

算計萬物之數는 莫便於九九하니 所謂九九者는 九九八十一之數也니라

만물의 수數를 계산計算함에는 구구단九九段보다 편한 것이 없으니, 이른바 구구단이라는 것은 구구팔십일의 수이다.

右는 物篇이라

이상은 물편이다.

만물의 수數를 계산할 때에는 구구단이 매우 편리합니다. 그런데 이 구구단을 누가 제일 처음 만들었을까요? 일반적으로 고대 이집트Egypt는 수학數學이 매우 발달했습니다. 왜냐하면, 높은 피라미드pyramid를 쌓으려면 정밀精密한 계산이 필요했기 때문입니다. 그러나 이 구구단은 고대 중국에서 만들었다는 것이 학자들의 공통共通된 의견意見입니다.

한편, 최근 보도내용報道內容을 보면, 인도印度의 초등학생들은 20단을 쉽게 외운다고 합니다. 정말 놀라운 일이 아닐 수 없습니다.

漢字의 音과 訓

【算】 竹 - 총14획, 셀 산 / 算出, 算術, 淸算

【計】 言 - 총9획, 헤아릴 계 / 計算, 計劃, 時計

【莫】 艸 - 총11획, 없을 막 / 後悔莫甚, 莫及

【便】 人 - 총9획, 편할 편 / 便利, 便宜施設, 郵便

5 人篇 인편 _ 사람에 관한 이야기

萬物之中에 **惟人**이 **最靈**하니 **有父子之親**하며 **有君臣之義**하며 **有夫婦之別**하며 **有長幼之序**하며 **有朋友之信**이니라

만물 가운데 오직 사람이 가장 신령神靈하니 부모와 자식 간의 친親함이 있으며, 임금과 신하간의 의리義理가 있으며, 남편과 부인간의 구별區別이 있으며, 어른과 어린이의 차례次例가 있으며, 친구 간에 신의信義가 있다.

예로부터 사람은 '만물의 영장靈長'으로 불려왔습니다. '영장'이라는 말은 '신령한 으뜸'이라는 뜻입니다. 여기에서 '신령하다'는 것은 '산신령山神靈'과 같이 신기神奇한 능력을 가졌다는 뜻이 아니라, 정신精神과 혼魂이 깃들어 있는 존재이기 때문에 말로 표현表現하기 어렵다는 말입니다.

사람을 설명하기 어려운 이유는 과연 무엇일까요? 그것은 바로 사람이 육체적肉體的인 존재存在이면서도 동시에 정신적인 존재이기 때문입니다. 즉 인간이 가지고 있는 감각기관感覺器官인 눈·귀·코·입·손발을 통한 오감五感의 인식능력은 동물들과 거의 비슷합니다. 오히려 동물의 감각기관이 더 발달된 경우도 있습니다. 그러나 인간이 가지고 있는 이성理性과 논리적論理的 사고능력思考能力은 동물들과는 비교도 할 수 없을 정도로 높은 수준水準에 올라 있습니다. 그런데 이러한 정신보다 인간을 더욱 인간답게 만드는 것이 있습니다. 그것은 바로 도덕道德과 윤리倫理입니다. 인편人篇에서는 이러한 사람의 도덕과 윤리에 대해 자세하게 설명하고 있습니다.

漢字의 音과 訓

【惟】 心 - 총11획, 오직 유 / 惟獨, 惟(=唯)一

생각할 유 / 思惟

【最】 曰 - 총12획, 가장 최 / 最高, 最上, 最善

【靈】 雨 - 총24획, 신령 령 / 神靈, 魂靈, 靈魂

【親】 見 - 총16획, 친할 친 / 親戚, 和親

어버이 친 / 雙親, 父親

【義】 羊 - 총13획, 의로울 의 / 義理, 仁義禮智

옳을 의 / 義戰, 不義

뜻 의 / 大義

【婦】 女 - 총11획, 지어미 부 / 婦道, 夫和婦順

며느리 부 / 子婦, 姑婦間

【別】 刀 - 총7획, 나눌 별 / 別途, 分別

다를 별 / 特別

【幼】 幺 - 총5획, 어릴 유 / 幼兒

【序】 广 - 총7획, 차례 서 / 序列, 順序

【朋】 月 - 총8획, 벗 붕 / 朋友

【友】 又 - 총4획, 벗 우 / 友情, 交友

【信】 人 - 총9획, 믿을 신 / 信賴, 誠信

生我者爲父母요 我之所生이 爲子女요 父之父爲祖요 子之子爲孫이요 與我同父母者爲兄弟요 父母之兄弟爲叔이요 兄弟之子女爲姪이요 子之妻爲婦요 女之夫爲婿니라

나를 낳은 자는 부모가 되고, 내가 낳은 것이 자녀가 되며, 아버지의 아버지가 할아버지가 되고, 아들의 아들이 손자孫子가 된다. 나와 더불어 부모를 함께 하는 자는 형제가 되고, 부모의 형제는 아저씨[숙부叔父]가 되며, 형제의 자녀는 조카가 되고, 아들의 아내는 며느리가 되며, 딸의 남편은 사위가 된다.

예전에는 일가친척一家親戚이 한 마을에 함께 모여 사는 집성촌集姓村이 많았습니다. 그래서 동네 웃어른을 공경恭敬하는 것은 곧바로 친척親戚을 공경하는 것과 같은 것이었습니다. 이렇게 친족親族이 모여 살다보면, 자연스럽게 질서秩序가 만들어지는데 그것이 바로 촌수寸數입니다.

예를 들면, 나의 형제는 2촌, 형제의 자녀인 조카[질姪]는 3촌, 조카의 자녀인 종손從孫은 4촌이며, 아버지의 형제인 백부伯父 및 숙부叔父는 3촌, 그 자녀인 종형제從兄弟는 4촌, 종형제의 자녀인 종질從姪은 5촌, 종질의 자녀인 재종손再從孫은 6촌입니다. 또한 조부의 형제인 종조부從祖父는 4촌, 종조부의 자녀인 종백숙부從伯叔父는 5촌, 그 자녀인 재종형제再從兄弟는 6촌, 재종형제의 자녀인 재종질再從姪 7촌, 재종질의 자녀인 3종손三從孫은 8촌에 해당합니다. 그런데 현대사회는 핵가족제核家族制가 보편화普遍化 되어 이런 촌수와 호칭呼稱을 사용할 기회機會가 거의 없어졌네요.

漢字의 音과 訓

【祖】示 - 총10획, 조상 조 / 祖上, 始祖

할아버지 조 / 祖父, 高祖

【孫】子 - 총10획, 손자 손 / 孫婦, 玄孫

【同】口 - 총6획, 한 가지 동 / 同感, 協同

【叔】又 - 총8획, 아저씨(삼촌) 숙 / 叔父, 外叔

【姪】女 - 총9획, 조카 질 / 姪女, 甥姪

【妻】女 - 총8획, 아내 처 / 夫妻, 妻福

【婦】女 - 총11획, 며느리 부 / 婦人, 姑婦

【婿】女 - 총12획, 사위 서 / 女婿

〈촌수寸數 계산법〉

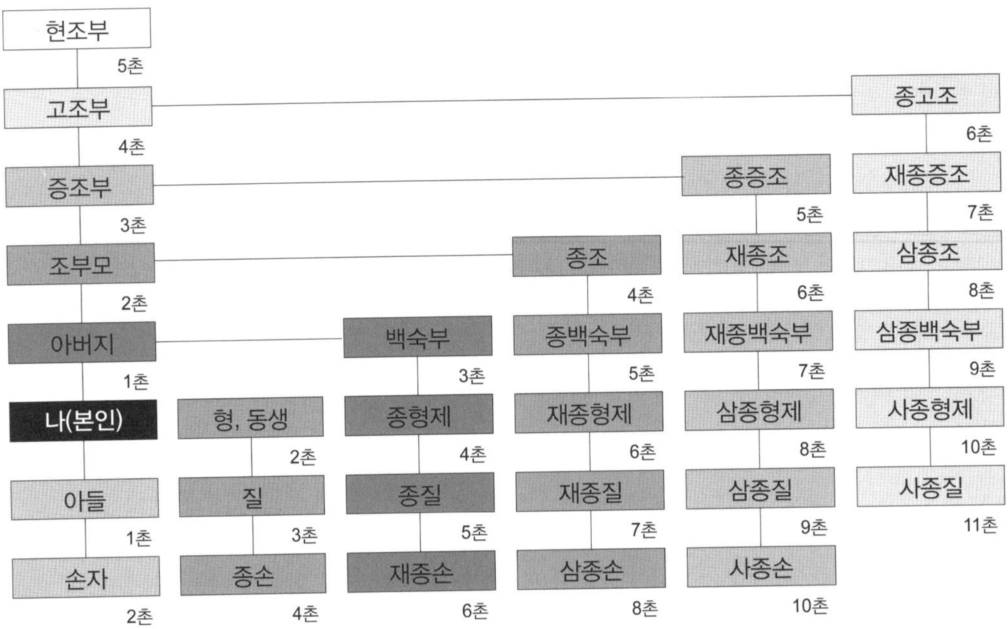

有夫婦然後에 有父子하니 夫婦者는 人道之始也라 故로 古之聖人이 制爲婚姻之禮하여 以重其事하시니라

부부夫婦가 있은 뒤에야 부자父子가 있으니, 부부라는 것은 인도人道의 시작이다. 그러므로 옛날의 성인聖人이 혼인婚姻의 예禮를 만들어 그 일을 귀중貴重하게 하셨다.

해설

두 남녀가 만나 사랑을 하고, 결혼結婚을 한 후에 아이를 낳으면, 이때 비로소 부모父母와 자식子息관계가 만들어지게 됩니다. 이것을 사람의 도리道理[인도人道]의 시작이라고 말할 수 있습니다. 그러므로 두 남녀가 만나 혼례婚禮를 올린다는 것은 인간사人間事에서 매우 중요한 일입니다.

예로부터 성인聖人은 이러한 절차에 필요한 예법禮法을 만들어 세상을 다스리고 교화敎化하는 데에 활용을 했습니다. 인간 사회를 구성하는 기본 단위는 가족家族입니다. 이 가족을 만드는 사람이 바로 부부夫婦이며, 부부를 만드는 것은 결혼[혼인]입니다. 그래서 예로부터 결혼을 '인륜의 큰 행사行事' 즉, 인륜지대사人倫之大事라고 말했습니다.

漢字의 音과 訓

【夫】 大 - 총4획, 지아비 부 / 大丈夫, 夫婦

【婦】 女 - 총11획, 며느리 부 / 婦女會, 婦女子

【後】 彳 - 총9획, 뒤 후 / 後孫, 事後

【制】 刀 - 총8획, 만들 제 / 制作, 造制

조절할 제 / 制御, 節制

【始】 女 - 총8획, 처음 시 / 始初, 始作

【婚】 女 - 총11획, 혼인 혼 / 婚禮, 結婚

【姻】 女 - 총9획, 혼인 인 / 婚姻

【禮】 示 - 총18획, 예절 예 / 禮節, 冠禮

人非父母면 無從而生이니 且人生三歲然後에 始免於父母之懷라 故로 欲盡其孝면 則服勤至死하고 父母沒이면 則致喪三年하여 以報其生成之恩이니라

사람은 부모가 아니면 어디로부터 말미암아 태어날 수 없고, 또한 사람은 태어난 지 3살이 된 뒤에야 비로소 부모의 품을 벗어나게 된다. 그러므로 그 효도를 다하고자 한다면 부지런히 행하여 죽음에까지 이르고, 부모가 돌아가시면 3년 상喪을 지극히 하여 낳고 길러주신 은혜恩惠에 보답報答하는 것이다.

해설

이 세상의 모든 사람은 부모님의 은혜로 이 세상에 태어났습니다. 그리고 자녀가 젖먹이 때부터 스스로 자립自立할 때까지 부모님들은 밤낮없이 애쓰고 고생하십니다. 이러한 부모님의 노고勞苦를 우리는 절대 잊어서는 안 됩니다. 그런데 반대로 우리가 아주 어렸을 때, 만약 부모님께서 보살펴 주시지 않았다면 우리는 어떻게 되었을까요? 아마도 지금처럼 성장成長할 수는 없었을 것입니다. 아마도 제대로 생존生存할 수 없었을 지도 모릅니다.

예로부터 자식이 부모의 절대적絶對的인 보호保護를 받다가 부모의 품을 벗어나는 최소한最小限의 나이를 3살로 보았습니다. 예로부터 삼년상三年喪을 지켜온 것도 여기에서 유래由來한 것이라고 말할 수 있습니다.

漢字의 音과 訓

【從】 彳 - 총11획, 쫓을 종, 말미암을 종 / 從軍, 服從, 追從

【且】 一 - 총5획, 또 차 / 苟且

【然】 火 - 총12획, 그럴 연 / 自然, 然後

【歲】 止 - 총13획, 해 세, 세월 세 / 歲月, 年歲

【免】 儿 - 총7획, 면할 면 / 免責, 減免

【欲】 欠 - 총11획, 하고자할 욕 / 欲求

【盡】 皿 - 총14획, 다할 진 / 盡滅, 極盡

【懷】 心 - 총19획, 품을 회 / 懷疑

【服】 月 - 총8획, 옷 복 / 服飾, 制服

일할 복 / 服務

【勤】 力 - 총13획, 부지런할 근 / 勤儉, 常勤

【沒】 水 - 총7획, 잠길 몰 / 沒落, 日沒, 汨沒

죽을 몰 / 戰沒者

【致】 至 - 총10획, 다할 치 / 致誠, 極致

이룰 치 / 一致

【喪】 口 - 총12획, 죽을 상 / 喪家, 問喪

잃을 상 / 喪失

【報】 土 - 총12획, 갚을 보 / 報答, 應報

【恩】 心 - 총10획, 은혜 은 / 恩惠, 謝恩會

耕於野者는 **食君之土**하고 **立於朝者**는 **食君之祿**이니 **人**이 **固非父母則不生**이요 **亦非君則不食**이라 **故**로 **臣之事君**을 **如子之事父**하여 **唯義所在**에 **則舍命效忠**이니라

들에서 밭가는 자는 임금의 토지를 경작耕作하여 먹고, 조정朝廷에 서 있는 자는 임금의 녹祿을 먹으니, 사람은 진실로 부모가 아니면 태어나지 못하고, 또한 임금이 아니면 먹지 못한다. 그러므로 신하가 임금을 섬기기를 마치 자식이 어버이를 섬기는 것과 같이 하여 오직 의리義理가 있는 곳에 곧 목숨을 버리고 충성忠誠을 바쳐야 하는 것이다.

해설

예로부터 군사부일체君師父一體라는 말이 있습니다. 그 뜻은 임금과 스승과 부모의 은혜는 각기 다른 것 같지만 본질적으로는 같다는 말입니다. 왜냐하면, 우리가 부모님의 은혜로 이 세상에 태어나지만 우리가 살아갈 이 나라와 터전이 없다면 우리는 지금처럼 편안하게 살 수가 없기 때문입니다. 이 때문에 옛날 사람들은 우리에게 살 수 있는 땅을 주고, 일을 할 수 있게 된 것은 모두 임금의 은혜라고 생각했습니다. 그러므로 임금의 신하臣下가 되어서는 자식이 부모님을 섬기는 것과 같이 공경恭敬과 충성忠誠을 다해야만 한다고 생각했답니다. 여기에 한 가지를 덧붙이자면, 이러한 이치理致와 도리道理를 우리에게 가르쳐 주는 분이 바로 스승[師]입니다. 그래서 옛사람들은 임금과 스승과 부모의 은혜는 그 형태形態는 다르지만 결국 모두 귀중貴重한 것이라고 생각했습니다.

漢字의 音과 訓

【耕】 耒 - 총10획, 밭 갈 경 / 耕作, 農耕社會

【野】 里 - 총11획, 들 야 / 野外, 廣野, 野生

촌스러울 야 / 野蠻人

【朝】 月 - 총12획, 아침 조 / 朝餐,

조정 조 / 朝廷, 王朝

【祿】 示 - 총13획, 봉록 록 / 祿俸, 福祿

【固】 口 - 총8획, 굳을 고, 진실로 고 / 固執, 堅固

【事】 亅 - 총8획, 일 사 / 事務, 慶事

섬길 사 / 事親, 奉事

【唯】 口 - 총11획, 오직 유 / 唯一, 唯物論

【義】 羊 - 총13획, 옳을 의 / 義理, 正義

【所】 戶 - 총8획, 장소 소 / 場所, 事務所

【舍】 舌 - 총8획, 집 사 / 舍宅, 官舍

버릴 사 / 舍短取長, 取舍

【效】 攴 - 총10획, 본받을 효, 바칠 효 / 效法, 放效, 功效

人於等輩에 尙不可相踰어든 況年高於我하고 官貴於我하고 道尊於我者乎아 故로 在鄕黨則敬其齒하고 在朝廷則敬其爵하며 尊其道而敬其德이 是禮也니라

사람은 같은 또래에게도 오히려 서로 넘어서는 안 되거늘, 하물며 나이가 나보다 많고 벼슬이 나보다 귀하고 도道가 나보다 높은 자에게 있어서랴! 그러므로 향당鄕黨에서는 그 나이를 공경恭敬하고, 조정朝廷에서는 그 벼슬을 공경하며, 그 도道를 높이고 그 덕德을 공경하는 것이 예禮이다.

우리들은 또래 친구들과 아무리 친하더라도 서로 지켜야할 최소한最小限의 도리道理가 있음을 잊어서는 안 됩니다. 말을 할 때에도, 장난을 칠 때에도 이러한 최소한의 예의禮儀는 반드시 지키도록 노력努力해야 합니다. 하물며 우리보다 나이가 많거나, 지위地位가 높거나, 덕德이 훌륭한 사람일 경우라면 우리는 더욱 조심操心하고 주의注意해야 합니다.

예로부터 사람은 3가지 존중尊重해야 할 것이 있다고 합니다. 첫째, 고향故鄕[향당鄕黨]에서는 연장자年長者를 존중해야 합니다. 둘째, 직장職場에서는 상사上司를 존중해야 합니다. 셋째, 사회社會에서는 덕이 높은 사람을 존중해야 합니다. 이것에 대해 『맹자孟子』·「공손추하公孫丑下」에서는 나이를 뜻하는 '치齒', 사회적 지위를 뜻하는 '작爵', 인격을 뜻하는 '덕德' 3가지를 '삼달존三達尊'이라고 표현했습니다.

漢字의 音과 訓

【等】竹 - 총12획, 등급 등, 균등할 등 / 等級, 差等, 同等, 等號

【輩】車 - 총15획, 무리 배 / 先後輩

【尙】小 - 총8획, 높일 상, 오히려 상 / 崇尙, 尙武精神

【踰】足 - 총16획, 넘을 유 / 踰限

【況】水 - 총8획, 하물며 황 / 常況

【尊】寸 - 총12획, 높을 존 / 尊敬, 至尊

【鄕】邑 - 총13획, 시골 향 / 鄕村, 鄕黨, 故鄕, 失鄕民

【黨】黑 - 총20획, 무리 당 / 黨利黨略, 政黨

【敬】攴 - 총13획, 공경할 경 / 敬虔, 恭敬

【齒】齒 - 총15획, 이 치 / 齒牙, 脣亡齒寒

나이 치 / 年齒

【廷】廴 - 총7획, 조정 정 / 朝廷

【爵】爪 - 총18획, 벼슬 작 / 爵位, 人爵

【尊】寸 - 총12획, 높을 존 / 尊貴, 尊敬, 尊重

【德】彳 - 총15획, 덕 덕 / 德望, 德行, 恩德

曾子曰 君子는 以文會友하고 以友輔仁이라하시니 蓋人不能無過而朋友有責善之道라 故로 人之所以成就其德性者는 固莫大於師友之功이라 雖然이나 友有益友하고 亦有損友하니 取友를 不可不端也니라

증자가 말씀하시기를 "군자는 글로써 벗을 모으고, 벗으로써 인仁을 돕는다."고 하셨다. 대개 사람이란 허물이 없을 수 없어서 친구 간에는 책선責善하는 도리道理가 있다. 그러므로 사람이 그 덕성德性을 성취成就하게 되는 것은 진실로 스승과 벗의 공功보다 더 큰 것이 없다. 비록 그렇지만 벗에는 유익有益한 벗이 있고, 또한 손해損害가 되는 벗도 있으니, 벗을 선택選擇하기를 단정端正하게 하지 않을 수 없는 것이다.

책선責善이란, '책망할 책責'과 '착할 선善' 즉 '착한 일을 하도록 책망責望함'이란 뜻입니다. 즉 상대방이 나쁜 일을 하지 않도록 충고忠告한다는 뜻입니다. 여러분에게 이런 친구親舊가 옆에 있어 준다면 얼마나 좋겠습니까?

우리는 좋은 친구를 사귀기 위해 많은 노력을 해야 합니다. 내가 혹시라도 잘못을 했을 때 조용히 나를 찾아와 진심을 담아 충고해 주는 친구, 그러나 언제나 나를 아껴주고 내편이 되어 주는 진정한 친구를 사귀도록 노력해야 합니다. 그러나 여기에서 한 가지 잊어서는 안 될 것이 있습니다. 그것은 바로 내 자신도 누군가에게 이런 좋은 친구가 되도록 항상恒常 노력努力을 해야 한다는 점입니다. 세상을 사는 중요한 이치理致 중 하나가 바로 유유상종類類相從이기 때문입니다.

漢字의 音과 訓

【曾】 曰 - 총12획, 일찍 증 / 未曾有

【輔】 車 - 총14획, 도울 보 / 輔佐, 輔仁

【蓋】 艸 - 총14획, 덮을 개, 대개 개 / 大蓋

【過】 辶 - 총13획, 지날 과 / 過度, 超過

허물 과 / 過誤, 改過遷善

【朋】 月 - 총8획, 벗 붕 / 朋友, 朋黨

【責】 貝 - 총11획, 꾸짖을 책, 권할 책 / 責望, 罰責

【善】 口 - 총12획, 착할 선, 잘할 선 / 善惡, 性善, 善防, 善柔

【德】 彳 - 총15획, 덕 덕 / 德望, 道德, 人德

【性】 心 - 총8획, 성품 성 / 本性, 稟性, 特性

【固】 囗 - 총8획, 굳을 고, 진실로 고 / 固執, 堅固

【莫】 艸 - 총11획, 없을 막 / 莫强, 莫甚

【就】 尢 - 총12획, 나아갈 취 / 就任, 去就

이룰 취 / 就寢, 成就

【師】 巾 - 총10획, 스승 사 / 敎師, 軍師父一體

군사 사 / 軍師

【雖】 隹 - 총17획, 비록 수 / 雖千萬人吾往

【損】 手 - 총13획, 덜 손 / 損減, 增損

잃을 손 / 損失, 缺損

상할 손 / 損害, 毁損

【端】 立 - 총14획, 바를 단 / 端正

끝 단, 실마리 단 / 下端, 端緖, 四端

同受父母之餘氣하여 以爲人者 兄弟也라 且人之方幼也에 食則連牀하고 寢則同衾하여 共被父母之恩者 亦莫如我兄弟也라 故로 愛其父母者는 亦必愛其兄弟니라

함께 부모의 남은 기운氣運을 받아서 사람이 된 자가 형제이다. 또한 사람이 아직 어렸을 때에 식사할 때에는 상牀을 함께하고, 잠을 잘 때에는 이불을 같이 하면서 함께 부모의 은혜를 입은 자는 또한 나의 형제만한 사람이 없다. 그러므로 그 부모를 사랑하는 자는 또한 반드시 그 형제를 사랑한다.

형제를 가리키는 말은 크게 4가지가 있습니다. 첫째, 동기同氣란 한 부모에게서 태어난 형제자매兄弟姉妹로서 같은 핏줄을 가리킵니다. 둘째, 형제兄弟란 형과 아우로서 남자 동기同氣를 가리킵니다. 셋째, 자매姉妹란 언니 동생으로서 여자 동기同氣를 가리킵니다. 넷째, 남매男妹란 남자와 여자 위아래 동기同氣를 가리킵니다. 이처럼 형제에 대해서는 한 뿌리에서 나온 가지 혹은 한 근원에서 나온 여러 물줄기라고 비유하곤 합니다. 따라서 부모님을 진정眞情으로 존중하고 사랑한다면, 부모님이 낳아주신 우리 형제자매 역시 항상 존중하고 사랑해야 한다는 것을 잊어서는 안 될 것입니다. 왜냐하면, 우리 부모님은 당신의 자식들이 서로 사이좋게 지내는 것을 가장 기뻐하시기 때문입니다. 그래서 혹시라도 동기간에 서로 충고忠告해야 할 때에도 항상 신중愼重하고 정성精誠을 다해 행여나 서로 상처傷處를 주거나 멀어지게 해서는 절대 안 된다는 것을 명심銘心해야 합니다.

漢字의 音과 訓

【受】 又 - 총8획, 받을 수 / 受賂, 傳受

【餘】 食 - 총16획, 남을 여 / 餘力, 餘暇

【連】 辶 - 총11획, 이을 련 / 連帶, 連任

【牀】 爿 - 총8획, 평상 상 / 寢牀

【寢】 宀 - 총14획, 잠잘 침 / 寢室, 寢臺, 寢具

【衾】 衣 - 총10획, 이불 금 / 衾枕

【共】 八 - 총6획, 함께 공 / 共同, 共産主義

【被】 衣 - 총10획, 이불 피 / 被害, 被動, 被殺, 被支配

【恩】 心 - 총10획, 은혜 은 / 恩惠, 恩師

【亦】 亠 - 총6획, 또 역 / 亦是

宗族이 雖有親疎遠近之分이나 然이나 推究其本하면 則同是祖先之骨肉이니 苟於宗族에 不相友愛하면 則是忘其本也라 人而忘本이면 家道漸替리라

종족宗族은 비록 친親하고 소원疏遠하며, 멀고 가까운 구분이 있지만, 그 근본을 미루어 연구해보면 똑같은 이 선조先祖의 골육이니 만일 종족에 대해 서로 우애友愛하지 않는다면 이것은 그 근본根本을 잊는 것이다. 사람으로서 근본을 잊으면 가도家道는 점점 침체沈滯할 것이다.

우리 가족家族은 아버지와 어머니, 그리고 형, 누나, 동생들로 이루어져 있습니다. 그러나 좀 더 가족의 범위範圍를 확장擴張시켜 보면, 할아버지, 할머니, 큰아버지, 작은아버지, 고모, 이모, 외삼촌, 외숙모, 사촌형, 사촌누나 등으로 구성構成되어 있습니다. 이러한 넓은 의미의 가족을 친척親戚이라고 합니다.

그런데 이 친척의 범위를 좀 더 넓혀보면, 족보族譜에 가장 먼저 나오는 시조始祖라고 하는 우리 조상님으로부터 수십 세대世代를 거쳐 지금까지 이어져 내려와 많은 친척들이 생기게 되었습니다. 가깝게는 4촌, 5촌, 6촌 등이 있지만, 멀게는 촌수寸數를 따질 수는 없지만 넓은 의미에서 한 가족이라고 말할 수 있는 사람들이 많이 있습니다. 이처럼 넓은 의미의 가족범위를 종족宗族이라고 말한답니다.

漢字의 음과 訓

【宗】宀 - 총8획, 마루 종 / 宗家

겨레 종 / 祖宗

가묘 종 / 宗廟

【族】方 - 총11획, 겨레 족 / 族屬, 親族

【親】見 - 총16획, 친할 친 / 親舊, 親戚, 父親

【疎】疋 - 총12획, 멀 소 / 疎遠, 親疎

성길 소 / 疎食

【遠】辶 - 총14획, 멀 원 / 遠近, 遠距離

【近】辵 - 총8획, 가까울 근 / 近處, 近來, 最近

【推】手 - 총11획, 밀 추 / 推薦, 推進, 推論

【究】穴 - 총7획, 연구할 구 / 硏究所, 窮究

【祖】示 - 총10획, 조상 조 / 祖上, 祖父母

【骨】骨 - 총10획, 뼈 골 / 骸骨, 骨格

【苟】艸 - 총9획, 진실로 구 / 苟免, 苟且

【忘】心 - 총7획, 잊을 망 / 忘却, 健忘症

【漸】水 - 총14획, 점점 점 / 漸進

【替】曰 - 총12획, 침체할 체 / 替壞, 衰替

교체할 체 / 交替, 代替

父慈而子孝하며 兄愛而弟敬하며 夫和而妻順하며 事君忠而接人恭하며 與朋友信而撫宗族厚면 可謂成德君子也니라

아버지는 사랑하고 아들은 효도하며, 형은 우애하고 아우는 공경하며, 남편은 온화溫和하고 아내는 순順하며, 임금 섬기기를 충성忠誠스럽게 하고 사람을 대하기를 공손恭遜하게 하며, 친구와 사귀기를 신의信義 있게 하고 종족을 어루만지기를 후厚하게 하면, 덕을 완성完成한 군자라고 말할 수 있다.

해설

부모가 되어 자식을 사랑하고, 자식이 되어 부모님을 사랑하는 것을 오륜五倫의 첫째 덕목인 부자유친父子有親이라고 합니다. 그리고 윗사람이 되어 아랫사람을 존중하고, 아랫사람이 되어 윗사람에게 충성을 다하는 것을 군신유의君臣有義라고 합니다. 또한 남편으로서 아내를 너그럽게 대하고, 아내로서 남편에게 순종順從하는 것을 부부유별夫婦有別이라고 합니다. 어른으로서 어린사람에게 모범을 보이고, 어린사람으로서 어른에게 양보하는 것을 장유유서長幼有序라고 합니다. 친구 간에 서로 약속約束을 지키고 신의信義를 지키는 것을 붕우유신朋友有信이라고 합니다.

이 5가지를 '오륜五倫'이라고도 하는데, 여기에서 중요한 것은 오륜의 진정한 의미는 상호윤리相互倫理라는 점입니다. 상호윤리란, 상대방과 내가 서로 지켜야 성립되는 윤리라는 뜻입니다. 따라서 일방적一方的으로 한 사람에게만 강요強要해서는 안 된다는 것을 명심해야 할 것입니다. 이러한 오륜을 온전히 실천實踐하는 사람을 우리는 예로부터 군자君子라고 불렀습니다.

漢字의 音과 訓

【慈】 心 - 총13획, 사랑할 자 / 慈愛, 仁慈

【敬】 攴 - 총13획, 공경할 경 / 敬老席, 敬禮

【和】 口 - 총8획, 온화할 화 / 和色, 溫和

【順】 頁 - 총12획, 순할 순 / 順從, 和順

좇을 순 / 順理, 耳順

【接】 手 - 총11획, 접할 접 / 接近, 隣接, 交接, 接對

【恭】 心 - 총10획, 공손할 공 / 恭遜, 恭敬

【與】 臼 - 총14획, 더불 여 / 與民同樂, 授與, 參與

【撫】 手 - 총15획, 어루만질 무 / 撫摩

【厚】 厂 - 총9획, 두터울 후 / 厚薄, 溫厚

凡人稟性이 初無不善하여 愛親敬兄忠君弟長之道가 皆已具於吾心之中하니 固不可求之於外面이요 而惟在我力行而不已也니라

모든 사람의 타고난 성품性品이 처음부터 착하지 않음이 없어, 어버이를 사랑하고 형을 공경하며, 임금에게 충성하고 어른을 공경하는 도리道理가 모두 이미 내 마음 가운데 갖추어져 있으니, 진실로 외면外面에서 구할 수 있는 것이 아니고, 오직 내가 힘써 행行하여 그치지 않음에 달려있을 뿐이다.

유학儒學에서는 사람이라면 누구나 선善한 본성本性을 가지고 태어난다고 생각했습니다. 이것을 성선설性善說이라고 합니다. 그런데 아무리 착한 마음을 가지고 태어났다고 하더라도 세상에서 살다보면 여러 가지 이유理由로 그 착한 마음을 실천實踐하기가 어렵게 되곤 합니다. 이로 인해 우리 선현先賢들은 다시 착한 마음을 회복回復하고 그것을 실천하기 위해서는 내 자신自身의 마음을 잘 살피고, 일상생활日常生活에서 작은 것부터 실천해야 한다고 가르쳤습니다. 이것이 바로 생활윤리生活倫理입니다. 생활에서의 작은 실천이 크게는 내 자신의 선한 본성本性을 찾는 길이라고 생각했던 것입니다. 이것을 맹자孟子는 '복기심復其心'이라고 말하기도 했습니다. '복기심'이란, '회복할 복復, 그 기其, 마음 심心'이 합쳐져서 만들어진 단어로서 '그 본래 마음을 회복한다'는 뜻입니다.

漢字의 音과 訓

【稟】 禾 - 총13획, 받을 품 / 稟賦, 天稟

여쭐 품 / 諮稟, 稟議

【性】 心 - 총8획, 성품 성 / 性質, 特性, 本性

【初】 刀 - 총7획, 처음 초 / 初期, 初級, 始初

【弟】 弓 - 총7획, 아우 제 / 兄友弟恭

공경할 제(=悌) / 弟長, 弟子入則孝出則弟

【皆】 白 - 총9획, 다 개 / 皆勤, 皆旣月蝕

【已】 己 - 총3획, 이미 이 / 已成, 不得已

그칠 이 / 死而後已, 鷄鳴不已

【具】 八 - 총8획, 갖출 구 / 具足, 禮具

그릇 구 / 器具, 家具, 道具

【吾】 口 - 총7획, 나 오 / 吾家, 吾身

【固】 囗 - 총8획, 굳을 고 / 固體, 堅固

본디 고 / 固然, 固有

【面】 面 - 총9획, 얼굴 면 / 面接, 表面, 水面

人非學問이면 固難知其何者爲孝며 何者爲忠이며 何者爲弟며 何者爲信이라 故로 必須讀書窮理하여 求觀於古人하고 體驗於吾心하여 得其一善하여 勉行之면 則孝弟忠信之節이 自無不合於天敍之則矣리라

사람은 학문이 아니면 진실로 그 어떤 것이 효도가 되며, 어떤 것이 충성이 되며, 어떤 것이 공손이 되며, 어떤 것이 신의가 되는지 알기 어렵다. 그러므로 반드시 책을 읽고 이치理致를 궁리窮理해서 옛 사람에게서 구하여 살피고, 내 마음에서 체험體驗하여 그 한 가지 선善을 얻어 그것을 힘써 행하면, 효제충신孝悌忠信의 절도節度가 저절로 하늘이 펼친 질서秩序의 법칙法則에 맞지 않음이 없을 것이다.

유학儒學의 입장에서 볼 때, 이 세상에 태어난 사람은 누구나 선善한 본성을 가지고 태어나지만, 그렇다고 만일 배우지 않는다면 그 본성을 온전히 보존保存하거나 실천할 수가 없다고 말합니다. 그래서 인간은 끊임없이 배워야만 하는데, 이러한 과정을 공부工夫라고 합니다. 그런데 공부의 시작은 바로 독서讀書입니다. 즉 책을 읽고 그 이치를 깊이 생각하여 터득하고, 그 원리原理를 내 마음에 새기고 작은 일이라도 실천하는 것이 매우 중요합니다. 우리 선현先賢들은 이것이 바로 효제충신孝悌忠信의 윤리이며, 동시에 하늘의 법칙法則이라고 생각하였습니다.

漢字의 音과 訓

【問】 口 - 총11획, 물을 문 / 問答, 質問

【難】 隹 - 총19획, 어려울 난 / 難局, 困難

【何】 人 - 총7획, 어찌 하 / 何時, 如何

【須】 頁 - 총12획, 모름지기 수 / 須要, 必須

잠깐 수 / 須臾

【讀】 言 - 총22획, 읽을 독 / 讀書, 聲讀

【書】 日 - 총10획, 책 서 / 書架, 書藝, 書類, 教科書

【窮】 穴 - 총15획, 다할 궁 / 窮塞, 無窮花

궁리할 궁 / 窮理, 窮究

【觀】 見 - 총25획, 볼 관 / 觀察, 參觀

【體】 骨 - 총23획, 몸 체 / 體力, 體質, 體形, 體育

【驗】 馬 - 총23획, 증험할 험 / 證驗

【得】 彳 - 총11획, 얻을 득 / 得道, 體得

【勉】 力 - 총9획, 힘쓸 면 / 勸勉, 勤勉

【節】 竹 - 총15획, 마디 절 / 節度, 禮儀凡節

절약할 절 / 節儉, 略節

예절 절 / 節制, 禮節

【敍】 攴 - 총11획, 차례 서 / 秩敍

【則】 刀 - 총9획, 법칙 칙 / 法則, 原則

收斂身心이 莫切於九容하니 所謂九容者는 足容重하며 手容恭하며 目容端하며 口容止하며 聲容靜하며 頭容直하며 氣容肅하며 立容德하며 色容莊이니라

몸과 마음을 수렴收斂[정돈整頓]함이 구용九容보다 더 절실한 것이 없으니, 이른바 구용이라는 것은 발 모양은 무겁고, 손 모양은 공손하며, 눈 모양은 단정하고, 입 모양은 그치며, 음성音聲 모양은 고요하고, 머리 모양은 곧으며, 호흡呼吸하는 모양은 엄숙嚴肅하고, 서 있는 모양은 덕스러우며, 안색顏色의 모양은 씩씩한 것이다.

구용九容이란, 『예기禮記』에 나오는 말로서 사람의 9가지 몸가짐을 가리킵니다. 몸가짐이란 생활태도生活態度 혹은 생활자세生活姿勢를 가리킵니다. 그런데 이러한 몸가짐은 본래 사람의 마음가짐에서 나오게 됩니다. 따라서 우리 선현先賢들은 몸가짐이 바르지 못한 사람을 마음이 바르지 못한 사람이라고 생각했습니다. 그러므로 우리의 몸가짐을 바르게 하는 것은 남에게 나의 바른 마음을 보여주는 것이기도 하지만, 자칫 흐트러질 수 있는 내 마음을 바로 잡는 중요한 방법方法이기도 합니다.

漢字의 音과 訓

【收】 攴 - 총6획, 거둘 수 / 收穫, 秋收

【斂】 攴 - 총17획, 거둘 렴 / 收斂

【切】 刀 - 총4획, 끊을 절 / 切開, 痛切

간절할 절 / 切實, 懇切

모두 체 / 切備, 一切

【容】 宀 - 총10획, 얼굴 용 / 容貌

용납할 용 / 容恕, 許容

【端】 立 - 총14획, 바를 단 / 容貌端整, 端雅

끝 단 / 端緖, 四端七情

【止】 止 - 총4획, 그칠 지 / 停止, 出入禁止

【靜】 靑 - 총16획, 고요할 정 / 靜肅, 安靜

【頭】 頁 - 총16획, 머리 두 / 頭髮, 龍頭蛇尾

【直】 目 - 총8획, 곧을 직 / 直接, 正直

【肅】 聿 - 총12획, 엄숙할 숙 / 嚴肅

【色】 色 - 총6획, 빛 색 / 色彩, 五色

얼굴 색 / 美色, 好色

【莊】 艸 - 총11획, 씩씩할 장 / 莊嚴

進學益智가 莫切於九思하니 所謂九思者는 視思明하며 聽思聰하며 色思溫하며 貌思恭하며 言思忠하며 事思敬하며 疑思問하며 忿思難하며 見得思義니라

학문에 나아가고 지혜를 더함은 구사九思보다 더 절실切實한 것이 없으니, 이른바 구사라는 것은 볼 때에는 분명하게 봄을 생각하며, 들을 때에는 분명하게 들음을 생각하며, 얼굴빛은 온화溫和함을 생각하며, 용모는 공손恭遜함을 생각하며, 말은 충성됨을 생각하고, 일은 공경함을 생각하며, 의문疑問이 생길 때에는 물을 것을 생각하며, 분노忿怒가 생길 때에는 어려움을 생각하며, 이득利得을 보면 의義를 생각하는 것이다.

右는 人篇이라

이상은 인편이다.

구사九思란, 사람의 9가지 바람직한 마음가짐을 가리킵니다. 사람의 마음은 생각을 만들고, 생각은 행동을 만들며, 행동은 그 사람의 인생을 만듭니다. 결국 나의 인생을 만드는 것은 나의 마음과 생각인 것입니다. 그러므로 우리는 매사每事에 신중愼重한 마음자세를 가져야 할 것입니다.

漢字의 音과 訓

【進】辶 - 총12획, 나아갈 진 / 進步, 前進

올릴 진 / 進上品

【益】皿 - 총10획, 더할 익 / 益智, 弘益

【智】日 - 총12획, 슬기 지 / 仁義禮智

【視】見 - 총12획, 볼 시 / 視聽, 凝視

【聽】耳 - 총22획, 들을 청 / 聽衆, 視聽

【聰】耳 - 총17획, 귀밝을 총 / 聰明, 聖聰

【溫】水 - 총13획, 따뜻할 온 / 溫泉, 溫湯

【貌】豸 - 총14획, 모양 모 / 模樣

얼굴 모 / 面貌

【疑】疋 - 총14획, 의심할 의 / 疑心, 懷疑

【忿】心 - 총8획, 성낼 분 / 忿怒

【難】隹 - 총19획, 어려울 난 / 難易度, 難題

부록 1

한 시 감 상
漢詩鑑賞

음 주

飮酒

술을 마시며

도연명

陶淵明

결려재인경 이무거마훤

結廬在人境이나 而無車馬喧이라

문군하능이 심원지자편

問君何能爾오 心遠地自偏이라

채국동리하 유연견남산

采菊東籬下하여 悠然見南山하니

산기일석가 비조상여환

山氣日夕佳요 飛鳥相與還이라

차중유진의 욕변이망언

此中有眞意하니 欲辨已忘言이라

마을 안에 엮어 놓은 오두막집에 살아도
시끄러운 수레 소리 들리지 않네.
그대에게 묻노니 "어떻게 그럴 수 있는가?"
마음이 멀면 사는 곳도 외진걸.
동쪽 울타리 아래에서 국화를 꺾어들어
그윽이 남산南山을 바라보니
산기운이 석양夕陽에 아름답고
나는 새들도 무리 지어 돌아가는 구나.
이 가운데 참다운 진리가 있으니
설명說明하려 해도 이미 말을 잊었네!

작가소개

도연명陶淵明(365-427)은 동진東晉 말기부터 남조南朝 시대에 활동했던 시인詩人으로서 이름은 잠潛, 자는 연명淵明, 호는 오류선생五柳先生, 시호는 정절靖節인데, 일반적으로는 도연명으로 불린다. 육조六朝 시대를 통틀어 가장 위대한 시인 중 한 명으로 일컬어지며, 하급 관료의 가난한 가정에서 태어났다고 전하지만 그 밖의 자세한 집안 내력은 알 수 없다.

젊어서부터 입신立身의 포부抱負를 품고 학문에 전념하여 29세에 관직에 오른 후, 13년간 지방관地方官으로 근무했으나 큰 뜻을 이루지 못하고 낙향落鄕을 결심했다. 현령縣令 자리를 사직辭職할 때에는 "내가 오두미五斗米(다섯 말)의 봉급 때문에 허리를 굽히고 향리鄕里의 소인小人에게 절을 해야 하느냐?"라는 말을 남겼다. 당시 전원田園으로 돌아갈 마음을 읊은 산문시散文詩가 「귀거래사歸去來辭」이다. 그 후 심양潯陽에서 은일隱逸의 선비로 생활하며 명성名聲을 얻었다. 그곳에서 논밭을 갈고 자연의 아름다움을 즐기면서 전원시인田園詩人으로서 맑고 깨끗한 글을 많이 썼는데, 그 중 전기소설傳奇小說의 원조인 「도화원기桃花源記」가 유명하다. 술을 좋아하고 국화菊花를 사랑하는 온화溫和한 성격의 소유자였던 그는 쉬운 글로 시詩를 쓴 것이 특징이며, 유가儒家와 도가道家 사상을 흡수하여 인생의 진실한 가치를 추구한 시인이었다.

그의 시는 현재 사언시四言詩 9수首, 오언시五言詩 120수首 정도가 남아 있다. 소동파는 "그의 시詩는 소박하지만 그 실제는 아름답고, 부족한듯하지만 실제로는 그 내용이 풍부하다."라고 평했다. 당대唐代에 왕유王維(699-759), 맹호연孟浩然(689-740), 유종원(773-819) 등의 자연파自然派 시인들에게 존경을 받았으며, 송宋나라 소동파蘇東坡(1037-1101)에게는 '육조六朝 시대를 넘어 고금古今의 독보적獨步的 시인'이란 칭송稱頌을 받았다.

등 관 작 루
登鸛雀樓

관작루에 올라

왕 지 환
王之渙

백 일 의 산 진　　황 하 입 해 류
白日依山盡이요 黃河入海流니

욕 궁 천 리 목　　갱 상 일 층 루
欲窮千里目하여 更上一層樓라

붉은 해는 산 너머로 지고
황하黃河는 바다로 흘러드는데,
천리千里 밖을 다 보고 싶어
누각樓閣의 한 층層을 더 오르네.

해질 녘 관작루(산서성山西省 영제시永濟市) 모습

작가소개

왕지환王之渙(688-742)은 당唐나라 시인詩人으로서 자는 계릉季陵이며, 형 왕지함王之咸, 왕지비王之賁와 함께 학문에 뛰어나 이름을 떨쳤다.

이른 나이에 급제하여 기주冀州 형수현주부衡水縣主簿를 맡았다가 모함을 당하고 격분하여 관직을 버렸다. 그 뒤 15년 동안 황하黃河 남북을 유랑流浪하다가 문안현위文安縣尉를 지냈고, 결국 임지任地에서 생을 마감했다. 호방豪放한 성격으로 유랑을 즐겨하여 당시 명사名士들과 교유交遊하며 친분을 쌓았다. 그가 지은 시詩로서 현재 전해지는 것은 겨우 6수首뿐인데, 모두 『전당시全唐詩』에 수록되어 있다. 그 가운데 「양주사涼州詞」와 「등관작루登鸛鵲樓」 2수首는 '집집마다 알려진 불후不朽의 작품'이란 뜻으로 가유호효家喻戶曉라고 불린다. 모함을 받아 관직을 떠나 각지를 유랑할 때 황하의 남북과 서북의 변경지방 일대를 두루 돌아다녔는데, 「등관작루」는 이때(35세) 지은 시詩라고 한다.

관작루는 황하가 북쪽에서 내려오다가 동쪽으로 방향을 트는 포주蒲州라는 곳의 황하黃河 가에 있었다. 주변 풍경이 매우 아름다워서 관작루鸛雀樓는 황학루黃鶴樓, 악양루岳陽樓, 등왕각滕王閣과 함께 중국 4대 누각樓閣으로 불린다. 일설에는 관작루 대신 봉래각蓬萊閣을 넣기도 한다. 예로부터 황새가 자주 누각 위에 둥지를 틀어 머물러서 관작루라 불렸으며, 누각 위에서 황하黃河를 내려다볼 수 있어서 많은 문인文人들이 방문했다. 청淸나라 가정嘉靖(1522-1566) 기간에 홍수洪水에 휩쓸려 없어졌다가 1997년에 현재 위치에 재건再建을 시작하여 2002년에 완공完工되었다. 누각의 높이는 73.9m이다.

산 중 답 속 인
山中答俗人

산중에서 속세 사람에게 답하다

이 백
李白

문 여 하 사 서 벽 산
問余何事栖碧山하니
소 이 부 답 심 자 한
笑而不答心自閑이라
도 화 유 수 묘 연 거
桃花流水杳然去하니
별 유 천 지 비 인 간
別有天地非人間이라

무슨 일로 푸른 산에 사느냐고 나에게 물으니
웃으며 답하지 않으나 마음은 절로 편안하네.
복숭아꽃이 물 따라 아득히 흘러가니
별천지別天地가 있어 인간들이 사는 곳이 아니네.

이백시의도李白詩意圖(중국 도고陶古 작作)
https://taogushuhua.com/

작가소개

이백李白(701-762)의 자는 태백太白, 호는 청련거사青蓮居士이다. 당대唐代 두보杜甫(712-770)와 함께 '이두李杜'로 병칭되는 중국의 대표적인 시인詩人이다. 두보는 시성詩聖으로 불린 반면, 이백은 시선詩仙으로 불린다. 이백의 작품으로는 현재 1,100여 편이 남아있다.

이백의 아버지는 무역상貿易商이라서 이백은 정규교육正規教育을 받지 못했다. 25-26세 경에 사천四川의 산들을 오르며 도교를 수양하고, 고향을 떠나 강남江南을 여행하며 몰락한 귀족의 자제들과 어울렸다. 744년 43세에 현종玄宗 한림공봉翰林供奉의 관직을 받아 장안長安에 머물렀으나 따분한 생활을 견디지 못하여 이듬해 현종의 측근이었던 환관宦官 고역사高力士와 다투고 사직辭職하였다. 사직 후에 낙양洛陽에서 산동山東까지 두보와 함께 여행하였다. 말년에는 강남의 각지를 유람遊覽하였고, 61세에 안휘성安徽省 당도當塗의 현령縣令이었던 종숙從叔 이양빙李陽冰의 집에서 사망하였다. 이밖에 이백이 장강長江에 비치는 달그림자를 잡으려다가 익사했다는 전설도 있다.

이백은 특히 고시古詩와 절구絶句에 뛰어나 신품神品으로 평가되었으며, 그의 시재詩才는 하늘로부터 받은 것(天來)이라 하여 '천재天才'라고 불렸다. 그의 시詩는 스케일이 크고 박진감이 있으며, 때로는 몽환적夢幻的인 것이 특징이다. 또한 시풍詩風은 매우 자유로우며 많은 고민을 하지 않고 한 번에 시를 지었다고 하는데, 동시대에 살았던 11세 연하年下의 시인 두보가 1자字 1구句의 조탁彫琢에 뼈를 깎는 고심苦心을 기울인 것과는 대조적對照的이다.

이 시詩는 『이태백집李太白集』(19권)에 실려 있는데, 제목은 「산중문답山中問答」으로 되어 있다. 공자는 "아는 것은 좋아하는 것만 같지 못하고, 좋아하는 것은 즐기는 것만 같지 못하다."[1]고 말했다. 아는 만큼 좋아하게 되고, 좋아하는 만큼 느낄 수 있는 것이다. 자연도 가슴으로 느끼고 몸으로 즐길 뿐 자연에 사는 이유를 반드시 말로 설명할 필요는 없다. 굳이 답하자면 '복숭아꽃이 도도히 흐르니 이곳이 무릉도원武陵桃源이요, 별천지別天地'라는 말로 표현할 수 있을 것이다.

---

1)『論語』·「雍也」-18 : 子曰 知之者, 不如好之者, 好之者, 不如樂之者.

누 실 명

陋室銘

누추한 집에 대하여

유 우 석
劉禹錫

산 부 재 고　유 선 즉 명　수 부 재 심　유 룡 즉 령　사 시 누 실　유 오 덕 형
山不在高니 有仙則名이요 水不在深이니 有龍則靈이라 斯是陋室이나 惟吾德馨이요
태 흔 상 계 록　초 색 입 렴 청　담 소 유 홍 유　왕 래 무 백 정　가 이 조 소 금 열 금 경
苔痕上階綠하니 草色入簾靑이라 談笑有鴻儒요 往來無白丁이라 可以調素琴閱金經
무 사 죽 지 란 이　무 안 독 지 노 형　남 양 제 갈 려　서 촉 자 운 정　공 자 운 하 루
이니 無絲竹之亂耳요 無案牘之勞形이라 南陽諸葛廬요 西蜀子雲亭하니 孔子云何陋
지 유
之有니라

산은 높아서가 아니라 신선神仙이 있으면 명산名山이요, 물은 깊어서가 아니라 용龍이 있으면 영수靈水이다. 이 집이 비록 누추陋醜하지만 오직 나의 덕德만은 향기香氣롭고, 이끼 낀 흔적은 계단을 오르며 푸르고 풀빛은 창문의 발을 통해 더욱 파랗구나. 담소談笑하는 덕망德望 있는 선비만 있을 뿐 왕래往來하는 저속低俗한 사람은 없도다. 소박한 거문고를 연주하고 불경佛經을 살펴볼 수도 있으니, 음악音樂은 귀를 어지럽히지 않고 관청官廳의 서류書類로 몸을 수고롭게 하지 않도다. 남양南陽 제갈량諸葛亮의 초가집이나 서촉西蜀 양자운揚子雲의 정자亭子와 같으니, 공자께서도 말씀하시길 "군자가 거하면 무슨 누추함이 있겠는가!"라고 하였네.[2)]

---

2) 『논어論語』에 있는 원문原文의 내용은 다음과 같다. 공자가 구이九夷에 가서 살고자 하니, 어떤 사람이 말하기를 "누추陋醜한 곳인데 어떻게 하시렵니까?"라고 하였다. 공자가 대답하였다. "군자가 거주居住한다면 무슨 누추함이 있겠는가?"(『論語』·「子罕」-13 : 子欲居九夷, 或曰 陋, 如之何. 子曰 君子居之, 何陋之有.)

작가소개

유우석劉禹錫(772-842)은 당唐나라 중기 문학가·철학자로서 자는 몽득夢得이다. 유종원柳宗元(773-819, 자는 子厚)과 친분이 매우 두터워 '유유劉柳'라고 병칭竝稱되기도 했다. 또한 백거이白居易(772-846, 자는 樂天)와 시문詩文을 주고받는 등 사이가 좋았기 때문에 '유백劉白'이라고도 불렸다. 유우석의 시풍詩風은 통속적通俗的이면서도 신선한 느낌을 주는데, 대표작으로는 지방관리로 지내면서 농민들의 마음을 읊은「죽지사竹枝詞」가 있다.

793년에 유우석은 과거시험에 응시하여 유종원과 함께 진사進士에 올랐다. 얼마 후 중앙의 감찰어사監察御史로 옮겨 왕숙문王叔文·유종원 등과 함께 환관宦官의 폐단弊端을 제거하기 위해 정치개혁을 도모圖謀하였으나 결국 왕숙문은 사사賜死되고 낭주사마朗州司馬로 좌천되었다. 10년 후에 다시 중앙으로 소환되었으나 지난 시절에 당시 정치를 풍자한 시詩가 이유가 되어 다시 연주자사連州刺使로 좌천된 후 중앙과 지방의 관직을 두루 역임하면서 태자빈객太子賓客을 마지막으로 생애를 마쳤다. 만년에는 백낙천白樂天과 교유하면서 시문詩文에 정진精進하였는데, 저서로는『유몽득문집劉夢得文集』(30권)과『외집外集』(10권)이 있다.

청야음
淸夜吟

맑은 밤에 읊조리다

소강절
邵康節

월도천심처
月到天心處요
풍래수면시
風來水面時라
일반청의미
一般淸意味는
요득소인지
料得少人知라

달은 하늘 가운데 이르고
바람이 수면水面에 불어오니
이 평범하고 맑은 의미는
깨달아 아는 사람이 적으리라.

수면위에 비친 달빛

작가소개

소강절邵康節(1011-1077)의 이름은 옹雍, 자는 요부堯夫, 호는 안락선생安樂先生 · 이천옹伊川翁, 시호는 강절康節인데, 일반적으로는 소강절 혹은 소요부邵堯夫로 불린다. 그는 주돈이周敦頤(1017-1073), 장재張載(1020-1077), 정호程顥(1032-1085) · 정이程頤(1033-1107) 형제와 더불어 북송오자北宋五子로 일컬어진다. 집안 대대로 은덕隱德을 중요하게 여겨 관직에 오르지 않았는데, 소강절 역시 수차례 관직官職을 받았으나 끝내 벼슬길에 나가지 않았다.

소옹은 16세 때 소문산蘇門山 백원百源에 거주하다가 30세 이후 하남河南 지역에 머물고 이후 낙양洛陽에 거주하며 평생 제자교육에 힘썼다. 당시 낙양에는 재상宰相을 지냈던 부필富弼(1004-1083), 사마광司馬光(1019-1086) 및 저명한 시인 여공저呂公著(1018-1089) 등이 살고 있었다. 이들은 소옹을 존경하여 자주 함께 어울렸는데, 나중에는 그를 위하여 천진교天津橋 근처에 작은 언덕이 딸린 집을 구입해주었다. 소옹은 그 집을 안락와安樂窩라 하고 스스로를 안락선생이라 하였다. 그는 여름과 겨울에는 칩거蟄居하여 독서하고, 봄과 가을에는 한 사람이 끄는 작은 수레를 타고 외출하였다. 장작감주부將作監主簿 등에 천거薦擧되었지만 병病을 핑계로 모두 사양辭讓하고 평생을 은거하다 생을 마감했는데, 그의 무덤은 하남성河南省 낙양시洛陽市 이천현伊川縣에 있다. 송宋나라 철종哲宗 원년元年(1086)에 강절康節이라는 시호가 내려졌으며, 도종度宗 초初에 문묘文廟에 종사從祀되고 신안백新安伯에 추봉追封되었다. 명明나라 세종世宗 때에는 선유소자先儒邵子라는 존칭을 얻었고, 청淸나라 옹정雍正 2년(1724)에는 그의 자손들에게 오경박사五經博士의 벼슬을 세습하게 하였다.

청년 시절 북해北海의 이지재李之才(1001-1045)를 스승으로 모시며 도서선천학圖書先天學을 전수받았다. 그는 문왕역文王易을 후천역後天易이라 하고, 복희역伏羲易을 선천역先天易이라 하여 선천괘위도先天卦位圖를 그렸기 때문에 그의 역학易學은 선천학先天學으로 불린다. 주요 저서로는 『황극경세서皇極經世書』(62편), 『관물내외편觀物內外編』(2편), 『선천도先天圖』, 『어초문대漁樵問對』, 『이천격양집伊川擊壤集』(20권), 『매화시梅花詩』 등이 있다.

애 련 설

愛蓮說

연꽃을 사랑한 이유

주 렴 계
周濂溪

수 륙 초 목 지 화 가 애 자 심 번 진 도 연 명 독 애 국 자 이 당 래 세 인 심 애
水陸草木之花에 可愛者 甚蕃이어늘 晉陶淵明은 獨愛菊하고 自李唐來로 世人은 甚愛
모 란 여 독 애 연 지 출 어 니 이 불 염 탁 청 련 이 불 요 중 통 외 직 불 만 부 지
牡丹하고 予 獨愛蓮之出於泥而不染하고 濯淸漣而不夭하며 中通外直하고 不蔓不枝
향 원 익 청 정 정 정 식 가 원 관 이 불 가 설 완 언 여 위 국 화 지 은 일 자 야
하며 香遠益淸하고 亭亭淨植하며 可遠觀而不可褻翫焉이라 予謂菊 花之隱逸者也요
모 란 화 지 부 귀 자 야 연 화 지 군 자 자 야 희 국 지 애 도 후 선 유 문 연 지 애
牡丹 花之富貴者也요 蓮 花之君子者也라 噫라 菊之愛는 陶後鮮有聞하고 蓮之愛를
동 여 자 하 인 모 란 지 애 의 호 중 의
同予者 何人고 牡丹之愛는 宜乎衆矣로다

물과 육지의 풀과 나무의 꽃 중에서 사랑할 만한 것이 매우 많은데, 진晉나라의 도연명陶淵明은 오직 국화菊花를 사랑하였고, 이씨李氏[3] 당唐나라 이래로 세상 사람들은 모란牡丹을 매우 사랑하였네. 나는 홀로 연꽃이 진흙에서 나왔으면서도 물들지 않고, 맑은 물결에 씻기면서도 요염妖艶하지 않으며, 속이 비어있으면서 겉은 곧으며, 넝쿨지지 않고 가지 치지 않으며, 향기香氣가 멀수록 더욱 맑고, 우뚝하며 깨끗하게 서 있어서 멀리서는 바라볼 수 있지만 함부로 가지고 놀 수 없음을 사랑하네. 나는 국화는 꽃 중에 은자隱者이고 목단은 꽃 중에 부귀富貴한 자이며, 연꽃은 꽃 중의 군자君子라고 생각한다네. 아! 국화를 사랑하는 이는 도연명 이후에 들은 적이 거의 없고, 연꽃을 사랑함을 나와 함께 하는 이가 몇이나 될까? 모란을 사랑함이 당연히 많을 것이로다.

3) 이씨李氏 : 당태조唐太祖 이세민李世民을 가리킴.

작가소개

주돈이周敦頤(1017-1073)는 자字는 무숙茂叔, 본명本名은 돈실敦實이었으나 영종英宗의 구휘舊諱를 피하여 돈이敦頤로 바꾸었다. 중국 북송北宋 성리학性理學의 시초로 일컬어지는 인물로서 말년末年에 염계서당濂溪書堂을 짓고 제자弟子를 가르치며 여생餘生을 보냈기 때문에 후대後代에 염계선생으로 불렸다.

주돈이는 일찍이 학문에 힘써 『태극도설太極圖說』을 저술하여 천리天理의 근원을 밝히는 데 전념하였다. 이 밖에도 『통서通書』(40편)를 지어 태극의 심오深奧한 이치理致를 분명하게 밝혔다. 특히, 그는 공맹孔孟의 근본根本을 터득하여 학문에 크게 기여하였다고 평가되는데, 그의 인품人品에 관한 다음과 같은 일화逸話가 있다. 주돈이가 남안南安에서 벼슬을 할 때 군사통판軍事通判인 정향程珦이란 사람이 그 기상氣像과 용모容貌가 뛰어남을 보고 자기의 두 아들인 정호程顥(1032-1085)와 정이程頤(1033-1107) 형제로 하여금 주돈이를 스승으로 모시고 배우게 했다.

주돈이는 한·당漢·唐 훈고학訓詁學과 송·명宋·明 이학理學을 연구하여 당말·오대唐末五代의 사상적 혼란을 막으려고 노력했다. 따라서 그는 당시 유행하던 도교道教·불교佛教 및 음양오행가陰陽五行家 등의 사상을 유교경전, 특히 『주역周易』 및 『중용中庸』을 기본으로 하고 한유韓愈(768-824) 및 이고李翺(772-841)의 사상적 영향을 받아 기존 유학儒學을 새로운 체계로 종합하였다. 주돈이의 학문적 의의는 천도天道와 인간, 천명天命과 인성人性을 논리적·합리적으로 연결하여 연구하는 사상사적 전환기轉換期를 마련해 준 것이다. 아울러 송·명이학宋明理學의 우주론宇宙論과 인성론人性論의 발전에 중요한 이론적 토대를 마련했다고 평가할 수 있다. 「애련설愛蓮說」은 주돈이의 시詩 중에서도 대표적代表的인 작품作品 중 하나로 손꼽힌다.

야 지
野池
들에 있는 연못

이 황
李滉

로 초 요 요 요 수 애
露草夭夭繞水涯하고
소 당 청 념 정 무 사
小塘淸恬淨無沙라
운 비 조 과 원 상 관
雲飛鳥過元相管이나
지 파 시 시 연 축 파
只怕時時燕蹴波라

이슬 머금은 가냘픈 풀은 파릇파릇 물가를 둘렀고
작은 연못은 맑고 조용하여 모래하나 없이 깨끗하네.
구름이 날고 새가 지나가는 것이야 탓할 바 없으나
다만 때때로 제비가 날아와 물을 찰까 두렵네.

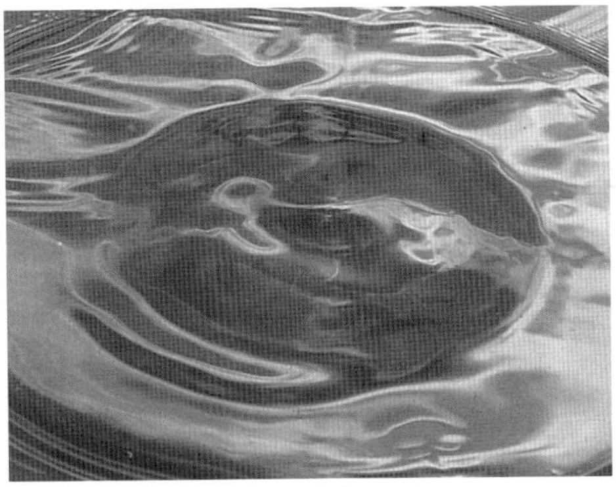
물결이 일렁이는 모습

계상정거도溪上靜居圖[4]

4) 계상정거도溪上靜居圖 : 이황이 후학後學을 양성養成하던 안동 계상서당溪上書堂과 그 주변 산수山水를 그린 겸재謙齋 정선鄭敾의 풍경화이다. 2007년 발행된 천원 권 지폐 뒷면에 실린 이 그림을 자세히 보면 서당 안에 이황이 앉아있는 모습이 보인다. 원본은『퇴우이선생진적첩退尤二先生眞蹟帖』(보물 제585호)에 담겨 있다.

작가소개

이황李滉(1501-1570)은 조선 중기의 성리학자로서 자는 경호景浩, 호는 퇴계退溪, 시호는 문순文純이다. 퇴계退溪라는 아호雅號는 퇴거계상退居溪上의 줄임말인데, '관직官職에서 물러나 시냇가에 거함'을 의미한다. 이황은 경북 안동부 예안현(현재 안동시 예안면) 온계리溫溪里에서 출생하였는데, 아버지인 진사進士 이식李埴이 첫째 부인 의성김씨(2남1녀)와 사별한 후 얻은 두 번째 부인 춘천 박씨(5남)의 7남 1녀 중 막내로 태어났다.

이황이 태어날 때 이황의 부모는 태몽胎夢을 꾸었는데 이식이 40세 때 진사시進士試에 합격한 해에 어머니의 꿈에 '공자孔子가 대문大門 안으로 들어오는 꿈을 꾸고' 이황을 낳았다 하여 대문을 성림문聖臨門이라 일컬었다. 그러나 이황의 아버지는 그가 태어난 지 7개월 만에 40세의 나이로 세상을 떠나 홀어머니 춘천春川 박씨朴氏 아래에서 자라게 되었다.

12세에 작은아버지 이우李堣로부터 『논어』를 배웠고, 14세 때부터 혼자 독서하기를 좋아했는데, 특히 도잠陶潛의 시詩를 사랑하고 그 사람됨을 흠모欽慕하였다. 20세를 전후하여 『주역』 공부에 몰두한 탓에 건강을 해쳐서 평생 그를 괴롭게 했다.

형은 온계溫溪 이해李瀣(1496-1550)인데, 구수담具壽聃의 일파一派로 몰려 유배流配 가는 도중에 병사病死하였다. 가정적으로는 매우 불행하여 일찍이 김해金海 허씨許氏와 결혼하였으나 27세에 상처喪妻하고, 재혼再婚한 안동安東 권씨權氏 역시 46세에 세상을 떠났으며, 둘째 아들과 증손曾孫의 요절夭折을 보았다. 두 번째 부인을 잃은 후 우연히 그의 사람됨을 본 권질權礩(1483-1545)이 병약病弱한 자신의 딸을 부탁한다고 청請하자, 그는 거절하지 못하고 권질의 딸을 받아들였다. 권질의 딸은 정신질환이 있었다.

1527년에 향시鄕試에서 진사시進士試와 생원시生員試 초시初試에 합격하고, 모친의 소원에 따라 과거에 응시하기 위해 성균관成均館에 들어가 다음 해에 진사 회시會試에 급제及第하였다. 1533년 재차 성균관에 들어가 김인후金麟厚(1510~1560)와 교유하고, 『심경부주心經附註』를 입수하여 크게 심취하였다. 1534년에 문과文科에 급제하고 승문원부정자承文院副正字가 되면서 벼슬살이에 발을 들여놓게 되었다. 1537년에 모친상母親喪을 당하자 3년상을 지내고,

1539년에 홍문관수찬이 되었다가 곧 임금으로부터 사가독서賜暇讀書의 은택을 받았다.

중종中宗 말년末年에 조정朝廷이 어지러워지자 먼저 낙향落鄕하는 벗 김인후를 한양에서 떠나보냈는데, 이 무렵부터 관직官職에서 떠나 은퇴隱退할 결심을 하게 된다. 1543년에 성균관사성으로 승진하자 성묘省墓를 이유로 고향으로 되돌아갔다. 을사사화乙巳士禍 후에는 병약病弱함을 구실로 모든 관직을 사퇴하고, 1546년에 고향인 낙동강 상류 토계兎溪의 동암東巖에 양진암養眞庵을 지어서 산운야학山雲野鶴을 벗 삼아 독서에 전념했다. 이때에 토계를 퇴계退溪라 개칭하고, 자신의 아호로 삼았다. 그 뒤에도 자주 관직에 임명되었으나 부패하고 문란한 중앙의 관직을 벗어나고자 외직外職을 지망하여 1548년에 충청도忠淸道 단양군수丹陽郡守가 되었다. 그러나 곧 형이 충청감사忠淸監司에 임명되자 부임하기 전에 임금께 청請하여 경상도慶尙道 풍기군수豊基郡守로 옮겼다.

풍기군수 재임 중에는 주자朱子가 백록동서원白鹿洞書院을 부흥復興시킨 것에 착안하여 고려 말기 주자학의 선구자先驅者 안향安珦(1243-1306)이 공부하던 땅에 전임前任 군수郡守인 주세붕周世鵬(1495-1554)이 세운 백운동서원白雲洞書院에 편액扁額 · 서적書籍·학전學田을 내려줄 것을 조정에 청원請願하여 조선조 사액서원賜額書院의 시초가 된 소수서원紹修書院이 만들어지게 되었다.

1년 후 퇴임한 후 홍문관부제학弘文館副提學, 공조참판工曹參判 등에 임명되었으나 사직을 청하였는데, 이렇게 임관任官에 응하지 않은 일이 20여 회 이상이었다. 1560년 도산서당陶山書堂을 짓고 아호를 도옹陶翁이라 정했다. 이로부터 7년간 서당에 기거起居하면서 독서讀書·수양修養·저술著述에 전념하는 한편, 많은 제자들을 가르쳤다. 대표적인 저서로는 「무진육조소戊辰六條疏」, 「도산십이곡陶山十二曲」, 『주자서절요朱子書節要』, 『성학십도聖學十圖』 등이 있다. 「야지野池」라는 시詩는 「야당野塘」이라고도 불리는데, 숙종 때 권두경權斗經(1654-1726)이 편찬한 『퇴계언행록退溪言行錄』에 보면, "선생께서 젊었을 때(18세) 우연히 연곡燕谷(온계리溫溪里에서 가까운 마을 이름)에 놀러 간 일이 있었다. 연곡에는 조그마한 연못이 있는데, 물이 매우 맑았다. 선생께서 시詩를 지었다."라고 저작著作의 유래由來를 밝히고 있다.

쉬어가기

<ruby>화석정</ruby>

花石亭

화석정에서

이이
李珥

임 정 추 이 만　　　소 객 의 무 궁
林亭秋已晩하니 騷客意無窮이라

원 수 연 천 벽　　　상 풍 향 일 홍
遠水連天碧하니 霜楓向日紅이라

산 토 고 윤 월　　　강 함 만 리 풍
山吐孤輪月이요 江含萬里風이라

새 홍 하 처 거　　　성 단 모 운 중
塞鴻何處去요 聲斷暮雲中이라

숲 속 정자亭子에 가을이 이미 깊으니 시인詩人의 생각은 끝이 없어라.

멀리 강물은 하늘에 맞닿아 푸르고 서리 맞은 단풍은 햇빛 향해 붉구나.

산은 외로운 둥근 달을 토해내고 강은 만 리萬里의 바람을 머금었네.

변방의 기러기는 어디로 가는가? 울음소리 석양夕陽 구름 속에 끊기네.

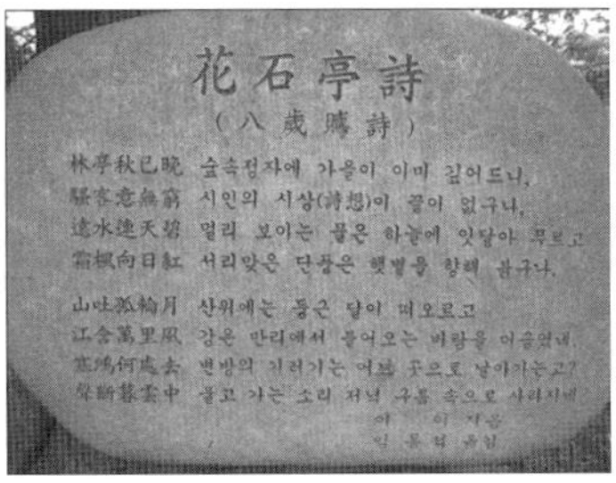

경기도 파평면에 있는 화석정(경기도유형문화재 제61호)은 임진강臨津江 가에 세워진 정자亭子(정면 3칸, 측면2칸)이다. 율곡 이이가 제자들과 시詩를 짓고 노닐던 곳이다.

작가소개

이이李珥(1536-1584)는 조선 중기의 대표적인 문신文臣이자 유학자儒學者이다. 본관은 덕수德水, 자는 숙헌叔獻, 호는 율곡栗谷 · 석담石潭 · 우재愚齋, 시호諡號는 문성文成으로서 아버지는 사헌부감찰司憲府監察을 지낸 원수元秀이며, 어머니는 사임당師任堂 신씨申氏이다.

어려서부터 주로 어머니의 가르침을 받았으며, 1548년(명종 3) 13세의 나이로 진사시進士試에 합격했다. 16세에 어머니가 세상을 떠나자 파주 두문리 자운산紫雲山에서 3년간 시묘侍墓를 했으며, 1554년(19세) 성혼成渾[5]과 친분을 쌓았다. 그해에 금강산에 들어가 불교佛敎를 공부하다가 다음해 하산下山하여 스스로 「자경문自警文」을 짓고 다시 유학에 몰두했다. 1558년(23세) 예안禮安의 도산陶山으로 가서 당시 58세였던 이황李滉을 방문했으며, 1564년 식년문과式年文科에 장원급제壯元及第하기까지 모두 9번에 걸쳐 장원을 하여 당시 사람들로부터 '구도장원공九度壯元公'으로 불렸다.

1564년 호조좌랑戶曹佐郞에 처음 임명된 뒤 예조좌랑禮曹佐郞·정언正言·이조좌랑吏曹佐郞·지평持平 등을 지냈다. 1568년(선조 1) 천추사千秋使의 서장관書狀官으로 명明나라에 다녀왔으며, 부교리副校理로서 춘추관기사관春秋館記事官을 겸하여 『명종실록明宗實錄』 편찬編纂에도 참여했다. 이듬해 사직辭職했다가 1571년 다시 청주목사淸州牧使로 복직復職했고, 다음해 다시 해주海州로 낙향落鄕했다. 1573년 다시 직제학直提學이 되고 여러 관직에 임명任命되었으나 모두 병病으로 사직했으며, 또한 황해도관찰사黃海道觀察使에 임명되었으나 다시 사직하고, 파주坡州의 율곡栗谷과 황해도黃海道의 석담石潭에서 학문연구와 제자교육에 전념專念했

5) 성혼成渾(1535-1598) : 본관은 창녕昌寧, 자는 호원浩原, 호는 묵암默庵 · 우계牛溪로서 증조부는 현령縣令 성충달成忠達, 조부는 지중추부사知中樞府事 성세순成世純이고, 부친은 현감縣監 성수침成守琛이다. 모친은 파평윤씨坡平尹氏로서 판관判官 윤사원尹士元의 딸이다. 서울 순화방順和坊에서 태어났으며, 경기도 파주시 우계에서 거주하여 흔히 우계선생으로 불렸다. 초시初試에 합격했으나 복시覆試에 응하지 않고 학문과 교육에만 전념했다. 고향 친구였던 이이李珥의 권유勸誘로 관직官職에 나아갔으나 대체로 벼슬을 극구 사양辭讓했다. 이이李珥가 죽은 뒤 서인西人의 주요 지도자가 되었고, 이조판서吏曹判書로 임명되었으나 국정운영에 관한 상소上疏를 올리고 귀향歸鄕했다. 성혼이 세상을 떠난 뒤 기축옥사己丑獄事(1589-1591)와 관련되어 삭탈관직削奪官職 되었다가 다시 복권復權되었고, 좌의정左議政에 추증追贈되었으며, 숙종肅宗 때 문묘文廟에 배향配享되었다. 저서로는 『우계집牛溪集』·『주문지결朱門旨訣』·『위학지방爲學之方』 등이 있다.

다. 1581년 대사헌大司憲·예문관제학藝文館提學을 겸임兼任하고, 동지중추부사同知中樞府事를 거쳐 양관대제학兩館大提學을 지냈으며, 이듬해 이조吏曹·형조刑曹·병조兵曹의 판서判書를 역임歷任하고, 1583년 당쟁黨爭을 조장助長한다는 동인東人들의 탄핵彈劾으로 사직했다가 같은 해 다시 판돈녕부사判敦寧府事와 이조판서吏曹判書에 임명되었다. 이듬해 정월 49세로 세상을 떠났다.

이이와 관련된 재미있는 일화逸話가 두 가지 있다. 이이가 3세 때 외조모外祖母 이씨李氏가 석류石榴를 가지고 "이것이 무엇과 같으냐?"라고 묻자, "석류피리쇄홍주石榴皮裏碎紅珠"라고 대답했다. 이것은 고시古詩 "은행각함단벽옥銀杏殼含團碧玉, 석류피리쇄홍주石榴皮裏碎紅珠"라는 구절을 인용한 것이다. 이 시詩의 내용은 "은행은 껍질 속에 푸른 구슬을 머금고 있고, 석류는 껍질 속에는 잘게 부서진 붉은 구슬이 있네."라는 뜻이다. 4세 때에는 『사략史略』 첫머리를 읽다가 시골 훈장이 '제위왕초불치제후개래벌齊威王初不治諸侯皆來伐'이란 구절을 가르치는데, "제齊나라 위왕威王이 처음에 제후諸侯들을 잘 다스리지 못하여 모두 와서 쳤다."고 해석하며 '제위왕초불치제후齊威王初不治諸侯'에서 구두점을 떼었다. 율곡은 훈장에게 "제나라 위왕이 처음에 정치를 잘 하지 못하자 제후들이 모두 와서 쳤다는 뜻이니 '제위왕초불치齊威王初不治'에서 끊어 읽어야 옳지 않겠습니까?"라고 질문하였다고 한다. 어린 나이에 이미 문리文理를 통했음을 알 수 있다. 「화석정花石亭」이란 시詩는 율곡 이이가 8세 때 지었다고 전한다.

부록 2

동양철학 강의

공자孔子의 생애와 그의 제자들

『논어論語』, 소통의 달인 군자의 공부법

『맹자孟子』, 성공한 지도자의 조건과 왕도정치

『대학大學』, 수신제가와 대인의 길

『중용中庸』, 하늘의 길과 사람의 도리

『명심보감明心寶鑑』, 내 마음을 밝히는 보배로운 거울

『채근담菜根譚』, 동양의 탈무드Talmud

중화사상中華思想

『태극도설太極圖說』

공자孔子의 생애와 그의 제자들

子曰 朝聞道면 **夕死**라도 **可矣**니라. 『論語』·「里仁」-8

공자께서 말씀하셨다. "아침에 도道를 들으면 저녁에 죽어도 좋다."

1. 『사기史記』권47 「공자세가孔子世家」를 통해 본 공자

孔子生魯昌平鄉邑. 其先宋人也, 曰孔防叔. 防叔生伯夏, 生叔梁紇. 紇與顔氏女野合而生孔子, 禱於尼丘得孔子. 魯襄公二十二年而孔子生. 生而首上頂, 故因名曰丘云. 字仲尼, 姓孔氏.

丘生而叔梁紇死, 葬於防山. 防山在魯東, 由是孔子疑其父墓處, 母諱之也. 孔子爲兒嬉戲, 常陳俎豆設禮容. 孔子母死, 乃殯五父之衢, 蓋其愼也. 人輓父之母誨孔子父墓, 然後往合葬於防焉.

공자는 노魯나라의 창평향平昌鄕 추읍陬邑에서 태어났다. 그의 선조는 송宋나라 사람 공방숙孔方叔이었다. 방숙은 백하伯夏를 낳고, 백하는 숙량흘叔梁紇을 낳았다. 흘紇은 안씨顔氏를 가진 여인과 야합野合하여 공자를 낳았는데, 니구尼丘에 기도祈禱하여 공자를 얻었다. 공자는 노나라 양공襄公 22(bc.551)년에 태어났다. 태어날 때부터 머리 위쪽 정수리 부분이 움푹 패여 있었기 때문에 그의 이름을 구丘라고 했다. 자字는 중니仲尼이고, 성姓은 공씨孔氏이다.

구丘를 낳고 숙량흘이 죽자 방산防山에 장례 지냈다. 방산은 노나라 동쪽에 있다. 공자께서 그 부친의 묘가 있는 곳을 의심했으나, 그 모친은 가르쳐주기를 꺼렸다. 공자는 어려서 소꿉장난을 할 때, 항상 조두俎豆[네모진 제기祭器 동그란 제기]를 진열하고 제례를 올렸다.

공자의 모친이 죽으매 오부지구五父之衢[노나라의 큰 길]에 빈소殯所를 차렸는데, 이는 삼가기 위함이었다. 추읍인陬邑人 만부輓父[상여를 멨던 사람]의 모친이 공자의 아버지 묘를 가르쳐 준 후에야 방산으로 가서 양친兩親을 합장合葬했다.

2. 공자의 생애

1) 출생~청년기

공자(bc.551-bc.479)는 중국 춘추시대 말기의 사상가 교육자이며 유교儒教의 창시자이다. 공孔은 성姓이며, 자子는 남자에 대한 존칭으로서 오늘날 '선생님'이란 뜻에 해당한다. 이름은 구丘, 자字는 중니仲尼이다. 노魯나라 창평향昌平鄕 추읍鄹邑[지금의 산동성山東省 곡부현曲阜縣 남쪽 추현鄒縣 지방] 출신이다.

아버지는 숙량흘叔梁紇, 어머니는 안징재顔徵在이다. 숙량흘은 60세가 넘어 젊은 안징재와의 사이에서 공자를 낳았다. 안징재는 공자를 낳기 위해 니구산尼丘山에서 100일 동안 기도를 드렸는데, 공자의 이름이 구丘이고 자가 중니仲尼인 것은 니구산의 이름과 관련이 있다는 설이 있다.

공자는 3세(bc.549)에 아버지가 돌아가신 후 힘든 유년기를 보냈으나, 젊은 홀어머니 밑에서도 공자는 비교적 바르고 엄격한 가정교육을 받았다. 공자는 배우기를 좋아했으며 열심히 공부하였으나 한 스승에게서 모든 것을 배운 것은 아니었다. 공자는 훌륭하거나 지식이 많은 사람이라면 누구를 막론하고 배웠다. 담郯이라고 하는 조그만 나라의 제후였던 담자郯子에게 고대의 관제官制에 대하여 묻고 배웠으며, 사양자師襄子에게서는 금琴을 배웠으며, 노자老子를 찾아가 예禮에 대하여 묻기도 하였고, 장홍萇弘에게서 음악을 공부했다는 기록도 있다.

공자는 19세(bc.533)에 생계를 유지하기 위해 노나라의 위리委吏[창고 관리직] 벼슬을 하였고, 그 해에 기관씨亓官氏 집안 딸에게 장가들어 다음 해에 아들 리鯉(자字는 백어伯魚)를 낳았다. 21세(bc.531)에는 승전리乘田吏[가축 관리직]가 되었으며, 24세에 어머니 안징재를 여의었다.

2) 장년기의 공직생활

공자는 30대로 접어들며 문하門下에 제자들이 모여들기 시작했다. 당시 노나라의 정치가 매우 혼란스러워 공자는 한 때 노나라를 떠나 제齊나라로 갔다. 공자는 제나라에서 음악 책임자인 태사太師를 만나 음악을 논하기도 하고, 순舜임금의 음악인 소韶를 듣고 크게 감동하는 등 음악音樂 공부에 심취하기도 했다.

제나라에서 견문을 넓히고 노나라로 돌아온 공자는 학문의 완성을 위해 전력을 기울였다. 이 시기에 특히 힘을 쏟았던 공부는 『주역周易』이었으며, 50세가 되던 해에 학문을 완성하고 진리를 이루었다. 이를 공자는 "50세에 천명天命을 알았다."(五十而知天命)고 표현하였다.

51세에 공자는 다시 벼슬길에 진출하여 노나라 중도재中都宰가 되었다. 2년 후 공자는 육경六卿의 하나로 국토를 관장하는 벼슬인 사공司空에 임명되고, 그 이듬해에는 나라의 법을 다스리는 벼슬인 대사구大司寇에 임명되었다. 공자는 굳은 신념과 올바른 판단을 바탕으로 사구의 직책을 수행하여 국내외에 명성이 떨쳤다. 이 때문에 다음 해에는 사구에 재상宰相의 일까지 겸임하게 되었다.

3) 정치적 좌절과 주유천하周遊天下

공자의 혁신정치가 효력을 나타내자 이웃한 제나라에서는 공자를 경계하여 제거할 계책을 꾸몄다. 이윽고 제나라에서는 노나라 정공定公과 계환자季桓子에게 악무樂舞에 능한 미녀 80명과 좋은 말 120필匹을 선물로 보냈다. 정공定公은 받은 선물로 인해 즐기는 데에 빠져 결국 정사政事를 돌보지 않고 법도에 어긋난 행동을 저질렀다. 공자는 정공의 잘못된 정치를 막으려고 하다가 결국 벼슬자리에서 물러나게 되었다.

벼슬을 버린 후 55세에는 자신의 정치적 이상理想을 함께 실현할 수 있는 나라를 찾아 국외로 떠났다. 그 뒤 13년 동안 공자는 각국의 제후諸侯들을 만나 자신의 도덕정치道德政治 이념을 설파하였다. 그러나 춘추시대라는 난세亂世의 제후들은 공자의 높은 뜻에는 공감하면서도 실제로는 도덕정치를 하려고 하지 않았다. 이로 인해 공자의 정치적 이상은 현실적으로 실패하고 만다.

68세에 공자는 당시 권력을 쥐고 있었던 계강자季康子의 초청으로 노나라에 돌아왔다. 고국故國에 돌아온 공자는 서적 정리와 제자 교육에 전념하였다. 공자는 먼저 후세에 전하기 위해 육경六經을 편찬編纂하였다. 육경이란 『시경詩經』, 『서경書經』, 『역경易經』(주역周易이라고 함), 『예기禮記』, 『악경樂經』, 『춘추春秋』 등 6가지 유가儒家의 기본 경전을 말한다. 육경은 앞서간 성현聖賢들의 정치·사회·문화·사상·생활 등에 관한 여러 가지 지식을 획득하고, 올바른 성정性情을 닦고 인격을 수양하는 데에 중점을 두었던 유가의 기본 경전이었다. 공자는 육경을 기본교재로 하여 최초의 사립학교인 행단杏亶을 만들어 교육하였는데, 그 제자가 3,000명에 이르렀다.

4) 노년기의 이별과 죽음

69세 되던 해(bc.483) 외아들 리鯉가 50세의 나이로 죽었으며, 70세에는 공자께서 자신의 학통을 계승할 것으로 기대했던 제자 안연顔淵(40세)이 죽었다. 공자에게 안연의 죽음은 큰 충격과 절망에 가까운 슬픔을 안겨 주었다.

71세에는 노나라 서쪽에서 기린麒麟이 잡혔다.[1] 『춘추』의 내용도 '서수획린西狩獲麟[서쪽에서 기린이 잡혔다. 애공哀公 14년, bc.481]'에서 끝을 맺는다.

1) 예로부터 기린은 동양에서 신성한 동물로 여겨졌다. 그 겉모습은 노루 같고 뿔은 살처럼 부드러워 사람을 다치게 하는 일이 없는 인애仁愛한 동물이기 때문이다. 전설에 따르면, 훌륭한 임금이 선善한 정치를 펼치면 세상에 그 모습을 드러낸다고 알려져 있었다. 그러나 난세亂世에 잘못 나와서 어리석은 인간들에게 잡혀 죽은 기린을 보고, 공자는 세상에 도道가 출현하였으나 무도無道한 난세亂世를 만나 죽임을 당했으니 곧 자신의 운명運命도 다했음을 깨닫고 슬퍼하였다. 공자는 '나의 도道가 부족하구나.' 라로 생각하여 결국 노나라의 역사서인 『춘추』의 편찬을 중지하였다.

서수획린西狩獲麟[서쪽에서 기린을 사냥하여 잡다][2)]

72세에는 항상 공자의 옆을 지켰던 제자 자로子路(63세)가 위衛나라에서 벼슬살이를 하다가 내란에 휘말려 죽게 되었다. 만년晩年에 이러한 불행을 겪은 뒤 공자는 73세가 되던 해의 4월 기축일己丑日에 숨을 거두었다. 노나라 성城 북쪽의 사상泗上에 장사葬事지냈는데, 오늘날 이곳을 공림孔林이라고 부른다.

공자의 생애 (요약)

- 1세: bc.551년 노魯나라에서 출생 (양력 9월 28일/공부자孔夫子 탄강일)
- 3세: 아버지 숙량흘叔梁紇 별세 (어머니가 공자를 업고 곡부曲阜로 이사)
- 6세: 제기祭器를 갖추고 예의禮儀 연습
- 19세: 송宋나라 기관씨丌官氏의 딸과 결혼 (올관씨兀官氏라는 설도 있음)
  위리委吏로 관직활동 시작 (21세에 승전리乘田吏로 승진)
- 24세: 어머니 안징재顔徵在 별세
- 34세: 주周나라에 가서 노담老聃에게 예禮에 관해 질문
- 35세: 제齊나라로 피신 / 이듬해 제 경공景公에게 "정명正名" 강조
- 37세: 제 경공이 벼슬을 내리자 사양하고 노나라로 귀국
- 51세: 중도中都의 관리로서 선정善政 시행 / 2년 후 사공·대사구로 승진[3)]
- 55세: 혼란한 노나라를 떠나 위衛나라로 망명, 주유천하周遊天下 시작
- 65세: 부인 기관씨丌官氏 별세
- 68세: 노나라로 귀국 후 제자교육과 육경六經 편찬에 전념
- 69세: 외아들 공리孔鯉 사망, 이듬해 제자 안회顔回 사망
- 71세: 춘추春秋 저술 완료 / 이듬해 제자 자로子路 사망
- 73세: 양력 4월 18일 별세, 곡부曲阜에서 장사葬事

3. 『논어』란?

1) 논어의 내용

『논어』란, 공자의 언행록言行錄으로서 유교의 성경聖經[성인聖人의 경전經典]이다. 그 내용은 ①공자의 말씀 ②공자와 제자 사이의 대화 ③공자와 당시 사람과의 대화 ④제자들의 말 ⑤제자들끼리의 대화 등으로 구성되어 있다.[4)]

『논어』는 총 20편으로 구성되어 있다. 편명篇名은 각 편의 첫 구절 두 글자 혹은 세 글자를 딴 것이다. 예를 들면, 첫 번째 학이편學而篇은 첫구절 "학이시습지學而時習之 불역열호不亦說乎"의 맨 처음 두 글자인 '학이學而' 두 글자를 따서 편명으로 삼았다.

2) 논어의 저자

『논어』의 지은이에 대해서는 ①자하를 비롯한 70제자들이 함께 편찬했다는 설 ②자하子夏 중궁仲弓 · 자유子游 등이 편찬하였다는 설 ③증자仲子의 문인門人 악정자춘樂正子春과 자사子思 등이 편찬했다는 설 ④증자曾子와 유자有子의 문인이라는 설 ⑤민자건閔子騫의 문인이라는 설 등이 있다.

중국 한漢나라 때에는 노나라 사람들이 전해 온 노논어魯論語(20편), 제나라 사람들이 전해 온 제논어齊論語(22편), 공자의 옛집 벽 속에서 나왔다고 전하는 고논어古論語(21편) 등 세 종류의 논어가 전해지고 있었다. 이 세 종류의 논어를 종합한 사람이 후한後漢 때의 정현鄭玄(127-200)이다.

---

2) 『공자성적도孔子聖蹟圖』 참조. 공자의 생애를 그린 『공자성적도』는 대략 명明나라 시기에 출현하였으며, 채색본彩色本·목판본木版本·석각본石刻本 등이 있다. 채색본은 색상이 선명하고 그림이 정교하며, 인물들이 생동감이 있기 때문에 비교적 높은 역사·예술적 가치를 지니고 있다. 그림과 문장은 주로 『사기史記』·「공자세가孔子世家」를 근거로 하였으며, 공자의 일생一生 중 비교적 중요한 행적을 선택하였다. 그러나 중요한 사건을 모두 기록하지는 못하고 있는데, 이 때문에 현존하는 것이 잔본殘本이 아닌가 하는 의심을 받고 있다.

3) 사공司空은 '토지 및 민사'를 담당하는 관리이며, 대사구大司寇는 현재의 '법무부장관' 혹은 '총리'에 해당함.

4) 『논어』는 공자 사후死後에 제자들이 그 언행言行을 '논의하여 편찬한 것' 혹은 공자 문하의 제자들이 '글의 뜻을 토론한 것'이라는 뜻이다.

『논어』 20편의 제목			
1.학이學而	6.옹야雍也	11.선진先進	16.계씨季氏
2.위정爲政	7.술이述而	12.안연顔淵	17.양화陽貨
3.팔일八佾	8.태백泰伯	13.자로子路	18.미자微子
4.이인里仁	9.자한子罕	14.헌문憲問	19.자장子張
5.공야장公冶長	10.향당鄕黨	15.위령공衛靈公	20.요왈堯曰

4. 공자의 제자들

공자의 제자는 3천명이라고도 하고, 72명(혹은 77명)이라고도 한다. 3천명이라는 것은 문하門下·문도門徒의 제자로서 공자학당을 한 번이라도 출입한 사람들을 모두 가리키는 말로서 '매우 많다'는 상징적 의미일 뿐 숫자 자체에 큰 의미는 없다. 다만 72명(혹은 77명)이라고 말한 것은 공자학당의 필수과목인 육예六藝에 능통한 사람과 공자를 직접 따라다니던 사람만을 헤아린 것이다. 공자께서 많은 제자들을 거느릴 수 있었던 것은 공자의 차별 없는 교육철학인 '유교무류有教無類[가르치되 차별을 두지 않음]'의 삶에서 비롯된 것이다.

공자와 제자들은 관학官學이 침체하며 사학私學이 번성하던 시기에 이를 주도한 하나의 학파에 불과했다. 그러나 그들의 학문인 유학儒學은 진시황秦始皇 시절만 빼고는 중국사中國史 전 시대에 걸쳐 관학官學이나 국교國教로 대접받았고, 나아가 동아시아 문화를 대표하는 이론이 되었다. 이 과정에서 공자와 그 제자들의 삶과 사상은 과도하게 포장되기도 하고 때로는 폄하貶下되기도 했다.

역사가 사마천司馬遷의 철저한 고증을 거쳐 편찬한 것이 『사기열전史記列傳』이다. 사마천은 "77명의 제자 가운데에서 안연顔淵부터 공손룡公孫龍까지 35명은 나이와 성명이 분명하고 또한 공자에게 직접 가르침을 받았으며, 그에 따른 문답이 전해지기 때문에 비교적 자세하게 적지만, 나머지 42명은 상세한 정보가 제대로 남아 있지 않기 때문에 이름만 적어 둔다."고 밝히고 있다.

그러나 35명의 제자들이 분명한 근거자료가 있더라도 특별히 스승 공자와 친근했거나 학문과 덕행이 뛰어난 제자들은 따로 있다. 공문사과孔門四科에 속한 공문십철孔門十哲이 바로 그들이다. 공문사과란 덕행德行·언어言語·정사政事·문학文學[5]으로서 오늘날 윤리·언어·정치·문학에 해당한다고 볼 수 있다. 공문십철이란, 덕행에서는 안연·민자건·염백우·중궁, 언어에서는 재여·자공, 정사政事에서는 염구·자로, 문학에서는 자유·자하 등 10명의 뛰어난 제자를 가리킨다.

육예六藝의 내용		
예禮(예법-법률),	악樂(음악-예술),	사射(활쏘기-심신단련)
어御(말타기-체육),	서書(글쓰기-작문),	수數(셈하기-과학)

5)『論語』·「先進」-2 : 子曰 從我於陳蔡者, 皆不及門也. 德行, 顔淵閔子騫冉伯牛仲弓, 言語, 宰我子貢, 政事, 冉有季路, 文學, 子游子夏.

『논어』, 소통의 달인 군자의 공부법

子貢이 問曰 有一言而可以終身行之者乎잇가 子曰 其恕乎인저 己所不欲을 勿施於人이니라.

『論語』·「衛靈公」-23

자공이 "한 마디 말씀으로써 평생토록 실천할 만한 것이 있습니까?"하고 묻자, 공자께서 말씀하셨다. "아마도 서恕일 것이다. 자기가 하고 싶지 않은 것을 남에게 베풀지 말라."

1. 고전古典의 의미, 소통疏通의 중요성

일정기간 많이 팔린 책은 베스트셀러bestseller, 꾸준히 잘 팔리는 책은 스테디셀러steady seller라고 한다. 베스트셀러가 1주일이나 1개월을 기준으로 한다면, 스테디셀러는 적어도 1년 혹은 그 이상의 기간을 기준으로 한다. 그럼 10년, 100년 혹은 천 년 이상 꾸준히 읽히는 책은 무엇이라고 할까? 바로 고전古典이다. 고전은 역사에서 살아남은 책이다. 오랜 기간 사람들에게 인정認定을 받아 후대에 전해진 것이다. 무엇으로 인정을 받은 것일까? 사람들의 삶의 문제에 다양한 방법으로 해답을 찾게 해 준 것은 아닐까? 고전이 오래도록 사람들에게 인정받고 도움을 줄 수 있었던 힘은 과연 어디에서 나온 것일까?

동양에는 예로부터 나이가 많은 사람을 선생先生 혹은 장로長老라고 부르며 존중하는 문화가 있다. 그들의 경험經驗과 경륜經綸을 존경하고 높이 사기 때문이다. 그러나 나이가 많다고 해서 누구나 선생과 장로가 되는 것은 아니다. 그들의 경험과 지혜가 반드시 값진 것이어야만 했다. 우리는 인생에서 자신의 멘토mentor를 찾기 위해 노력한다. 그러나 누군가 훌륭하다고 해서 무작정 그를 따라간다면 낭패를 보기 십상이다. 그럼 어떤 사람이 좋을까? 가능한 오랜 시간동안 여러 가지 방법으로 검증된 사람이 좋을 것이다. 그런데 그런 사람을 어디에서 찾을 수 있을까?

『명심보감明心寶鑑』에는 "욕지미래欲知未來 선찰이연先察已然"이란 말이 있다. 미래의 해답은 과거에 있으므로 "미래의 일을 알기 위해서는 과거를 잘 살피라."는 뜻이다. 동서고금東西古今을 막론하고 책은 말없는 스승으로 여겨져 왔다. 고전에는 인간의 역사와 삶의 지혜가 고밀도로 응축되어 있다. 켜켜이 쌓인 시간의 두께만큼 지혜의 깊이가 더해진 셈이다. 바로 이 지혜가 사람들에게 힘이 되고, 그들이 직면한 문제를 해결하는 데 도움을 주었던 것이다.

현대사회에서 소통疏通은 직장과 동호회뿐만 아니라 가정에서도 매우 중요하다. 어느 모임에서나 소통은 중요한 문제로 다루어진다. 소통이 잘 되는 조직은 구성원들이 서로를 이해하고 배려하며 나날이 성장하지만 그렇지 않은 조직은 점차 힘을 잃게 된다. 조직만 그런 것이 아니다. 인간의 몸도 마찬가지다. 사람의 몸에서 순환과 소통은 매우 중요하다. 몸에 넣은 것을 몸 밖으로 잘 배출하는 것이 건강의 비결이다. 『명심보감』에 "음식이 담박하면 정신이 맑고, 마음이 맑으면 꿈자리가 편안하다.(食淡精神爽, 心淸夢寐安.)"라는 말이 있다. 몸의 건강은 담박한 음식의 섭생攝生에 달린 것이고, 건강한 수면은 마음먹기에 달렸다는 뜻이다. 그야말로 인풋input과 아웃풋output의 선순환善循環인 것이다.

『주역周易』에는 "서부진언書不盡言 언부진의言不盡意"란 말이 있다. "글은 말을 모두 표현할 수 없고, 말은 마음을 모두 표현할 수 없다."는 뜻이다. 동양에서 가장 오래된 책인 『주역』에서도 사람 간의 소통이 어렵다고 말한다. 이것으로 보아 인간의 소통은 오래된 난제難題임이 분명하다. 『명심보감』에는 "바다는 마르면 마침내 바닥을 볼 수 있으나, 사람은 죽어도 그 마음을 알지 못한다.(海枯終見底, 人死不知心.)"라는 말이 있다. 그만큼 사람의 마음을 알기 어렵다는 뜻이다.

『논어』의 첫 구절은 그 유명한 "배우고 때때로 익히니 또한 기쁘지 않겠는가!"이다. 꾸준한 공부를 통해 스스로 깨닫는 기쁨을 직접 느껴보라고 공자가 항상 제자들을 독려하며 했던 말이다. 그럼 『논어』의 마지막 구절은 무엇일까? 『논어』는 공자가 73세에 세상을 떠난 뒤 제자들이 스승의 말씀을 모아 토론하여 엮은 책이다. 그래서 토론할 논論, 말씀 어語를 합하여 책의 이름을 정했다. 제자들은 선생님의 언행록言行錄을 정리한 후에 첫 구절을 어떤 내용으로 할지 많이 고민苦悶했을 것이다. 그 결과 "학이시습지學而時習之 불역열호不亦說乎"를 첫 문장으로 삼았다. 스승이 살아있을 때 항상 강조했던 배울 학學자를 책의 제일 첫 머리에 놓은 것이다. 이렇게 본다면, 선생님의 언행록을 끝마칠 마지막 문장에 대해서도 제자들은 많은 토론을 벌였을 것으로 예측할 수 있다. 그래서 결정한 문장이 바로 "말을 알지 못하면 사람을 알 수 없다.(不知言, 無以知人也.)"이다. 우리의 삶은 만남의 연속이다. 그러나 우리가 인생에서 만나는 수많은 사람들의 마음을 모두 알기란 매우 어렵다. 만약 그럴 수만 있다면 얼마나 좋을까? 공자 역시 사람들의 마음을 알기위해 노력했을 것이다. 그래서 자신이 터득한 방법을 제자들에게 알려주었다. '사람의 마음을 알기 위해서는 그 사람의 말을 잘 이해해야 한다.'고 말이다.

"말 한마디로 천 냥 빚을 갚는다."는 속담俗談이 있다. 얼마나 좋은 말이기에 그렇게 큰 빚을 돈이 아닌 말로 갚을 수 있다는 말인가? 그런데 이 속담에는 한 가지 생각해 볼 것이 있다. '말 한마디로 천 냥 빚을 갚을 수 있다면, 반대로 천 냥 빚을 질수도 있다'는 말이 된다는 사실이다. 이쯤 되면 처음엔 마냥 좋게 들렸던 말이 조금 두렵게 느껴질 수도 있다. 그래서 『명심보감』에는 "입과 혀는 재앙災殃과 근심의 문이요, 몸을 해치는 도끼이다.(口舌者, 禍患之門, 滅身之斧.)"라는 구절이 있다. 무심코 내뱉은 말 한마디가 얼마나 중요한지를 새삼 깨닫게 하는 말이다. 이밖에도 『명심보감』에는 "사람을 이롭게 하는 말은 솜과 같이 따뜻하고, 사람을 해치는 말은 가시처럼 날카롭다.(利人之言, 煖如綿絮, 傷人之言, 利如荊棘.)"라거나 "한 마디 말이 이치에 맞지 않으면, 천 마디 말이 쓸모가 없다.(一言不中, 千語無用.)"라는 말도 있다.

공자는 『논어』에서 "군자는 타인의 장점長點을 말하되 단점短點을 말하지 않지만, 소인은 이와 반대로 한다.(君子, 成人之美, 不成人之惡, 小人反是.)"고 말한다. 소통에는 무엇보다 상대방에 대한 칭찬과 격려가 중요함을 강조한 말이다. 다시 한 번 마음에 새겨 두고 음미해 볼 필요가 있다.

2. 군자君子와 소인小人의 차이

유학은 근본적으로 수기치인修己治人 혹은 수기안인修己安人을 학문의 궁극적인 목적으로 삼는다. '자기를 완성하고 남을 편안하게 하는' 군자는 가장 먼저 자기 자신을 수양修養·완성完成하고, 그 다음으로 타인을 교육하거나 이끌어야 할 의무가 있다. 그렇다면 과연 자기를 완성한 군자는 어떠한 모습일까?

공자는 제자 자하에게 "너는 군자다운 선비가 될지언정 소인 같은 선비는 되지 말라!(子謂子夏曰 女爲君子儒, 無爲小人儒.)"고 당부했다. 공자가 말한 군자에 대해 좀 더 알아보기 위해 『논어』에 있는 군자와 소인의 특징을 아래와 같이 요약해 보았다.

군자	소인
① 공평함[周而不比]	① 치우침[比而不周]
② 이치를 추구함[上達]	② 욕심을 추구함[下達]
③ 덕과 법을 중시함[懷德, 懷刑]	③ 편함과 혜택을 중시함[懷土, 懷惠]
④ 옳은 일에 민감함[喩於義]	④ 이익에 민감함[喩於利]
⑤ 마음이 안정됨[坦蕩蕩]	⑤ 늘 불안해 함[長戚戚]
⑥ 남의 장점을 살려줌[成人之美]	⑥ 남의 단점을 부각시킴[成人之惡]
⑦ 뚜렷한 주관을 가지고 있으면서도 남들과 조화를 이룸[和而不同]	⑦ 뚜렷한 주관이 없이 단지 남들을 따라하는 데에 급급함[同而不和]
⑧ 평정심을 유지하면서도 겸손함[泰而不驕]	⑧ 거만하면서도 마음이 편치 못함[驕而不泰]
⑨ 문제가 생기면 내 탓으로 돌림[求諸己]	⑨ 문제가 생기면 남 탓으로 돌림[求諸人]

공자는 군자를 도덕적·인격적 완성자로서 설명하면서 소인과의 차이점을 부각시키고 있다. 군자가 매사에 공평하고 의리와 도덕을 중요시하면서 관용寬容을 베풀고 주위 사람들과 조화를 이루는 사람이라면, 소인은 매사에 공평하지 못하고 자신의 이익과 욕심을 채우기 위해 상대방을 헐뜯으며 분열分裂을 조장하는 사람이다. 그러나 군자와 소인을 도덕적인 의미로만 한정지을 수는 없다. 군자란 본래 고대 중국에서 정치에 종사하는 사대부士大夫를 가리키는 개념으로서 서민庶民을 의미하는 소인과는 계급적으로 구별되어 사용되는 경우가

있기 때문이다. 이처럼 본래 계급적 호칭呼稱이었던 군자라는 개념은 시대 흐름에 따라 그 의미가 점차 확대되어 결국 정치 지도자 및 위정자爲政者의 자격요건인 '도덕적 완성' 혹은 '완성된 인격'이라는 의미를 갖게 되었다.

한편 공자가 말한 것처럼 군자는 지인용智仁勇을 갖추고 있기 때문에 "지혜로운 자가 속지 않고, 어진 자가 근심하지 않으며, 용기 있는 자가 두려워하지 않는(知者不惑, 仁者不憂, 勇者不懼.)" 것처럼 전인적全人的인 존재이다. 이러한 세 가지 덕을 갖춘 "군자는 세 번 변하니 멀리서 바라보면 위엄 있고, 가까이 있으면 온화하며, 그 말을 들어보면 명확하다.(君子有三變, 望之儼然, 即之也溫, 聽其言也厲.)" 이런 군자는 어떤 한 가지에 국한된 융통성 없는 사람이 아니다. 이러한 군자의 무궁무진한 능력에 대해 공자는 "군자는 그릇과 같이 한계가 분명한 존재가 아니다.(君子不器)"라고 말하고 있다.

이처럼 공자는 군자의 인격에 대해 높이 평가하고 있지만, 유학에서 말하는 이상적인 인격체는 다름 아닌 성인聖人이다. 그러나 성인이라고 한다면 그 자체로서 0.1%의 잘못도 용납하지 않는 완전한 존재이기 때문에 이미 보통 사람들처럼 일상생활에서의 수양修養이 요구되지는 않는다. 따라서 공자 자신도 제자들 앞에서 스스로 성인임을 자처하지 않았다. 다만 공자를 따르는 제자들이 스승을 성인으로 높였을 뿐이다. 그러나 공자는 『논어』의 어디를 보아도 그러한 제자들의 말을 그대로 인정한 적은 없다. 다만 공자는 제자들에게 "나는 나면서부터 아는 사람이 아니라, 옛 것을 좋아하여 부지런히 찾아 배운 사람이다.(我非生而知之者, 好古敏以求之者也.)"라고 말했을 뿐이다. 결국 공자는 평범한 인간이 성인이 되기 위해서는 자신과 같은 군자의 길을 걸어야함을 강조하고 싶었던 것이다. 이처럼 군자의 길은 학문의 목표이자 그 자체가 성인이 되기 위한 수양의 방법이기도 했다. 그러므로 군자의 도리, 즉 참인간의 도리인 진리를 얻는 것은 공자에게 있어서 인생의 궁극적 의미를 깨닫는 것이었다. 이에 공자는 "아침에 도道를 들으면 저녁에 죽어도 좋다.(朝聞道, 夕死, 可矣.)"라는 고백을 할 수 있었던 것이다.

『맹자』, 성공한 지도자의 조건과 왕도정치

1. 역사적 배경

1) 하 · 은 · 주 삼대三代와 춘추전국시대

중국의 노예제 사회는 하夏 · 은殷[商] · 서주西周까지의 시기(bc.21세기-bc.771)이다. 하왕조는 우왕禹王에서 걸왕桀王에 이르는 약 500년을 통치한 왕조로서 노예제奴隸制 사회를 확립한 시기였다. 은왕조는 탕왕湯王에서 주왕紂王에 이르는 약 600년을 통치한 왕조로서 노예제 사회가 비약적飛躍的으로 발전한 시기였다. bc.11세기 은왕조는 주왕조에 의해 멸망하고, 주왕조는 약 250년 간 지속되었다. 특히 주왕조 시대는 각종 사회제도가 정비되고 노예제 사회가 최고로 발달한 시기였다.

춘추전국春秋戰國 시대는 노예제 사회에서 봉건사회封建社會로 전환하는 시기(bc.770-bc.221)이다. 주나라가 망하고 도읍을 낙양洛陽으로 옮겨 동주東周를 세우는데, 동주는 다시 전반기인 춘추春秋와 후반기인 전국戰國이라는 두 시기로 구분된다. 당시는 철기鐵器로 무장武裝한 군대가 수많은 침략전쟁侵略戰爭을 일으켜 백성들이 매우 고달픈 시기였다. 특히 춘추전국시대는 노예사회에서 봉건사회로 변화하는 대전환기大轉換期였다.

춘추시대에는 대략 140여 국가가 서로 경쟁을 벌이며 전쟁이 끊이지 않았다. 전국시대에는 춘추시대에 비해 국가 간의 전쟁이 더욱 치열熾烈해 졌다. 그 결과 진秦 · 초楚 · 연燕 · 제齊 · 조趙 · 위魏 · 한韓 등 7개국[戰國七雄]을 중심으로 세력이 재편되고, 결국 진秦나라에 의해 통일(bc.221)되었다. 당시 혼란한 국제정세로 인해 백성들의 삶은 고통의 연속이었다. 특히 음모陰謀와 하극상下剋上, 배신背信과 야합野合이 끊이지 않는 상황에서 위기의식을 느낀 군주들은 정치이론에 통달한 학자를 초빙하여 국가경영에 관한 고견高見을 듣고자 했다. 이에 당대當代의 지식인들은 새로운 학설學說을 제시하여 나름대로의 해결책을 제시했다. 이로 인해 당시 조정朝廷은 일종의 지식인들의 사교장社交場이 되었다. 맹자도 그 중 한 사람이었다. 제자백가諸子百家[6]는 이런 상황에서 등장한 학자들의 총칭이다. 이들의 다양한 학설을 백가쟁명百家爭鳴[7]이라고 한다. 예컨대 공자 맹자를 대표로 하는 유가儒家, 노자 장자를 대표로 하는 도가道家, 한비자를 대표로 하는 법가法家, 묵자를 대표로 하는 묵가墨家 등이다. 이러한 다양한 학파들의 주장은 중국 고대사상의 원류源流가 되었다.

2) 춘추전국시대의 3가지 특징

첫째, 춘추전국시대는 철기鐵器의 발명과 우경牛耕의 등장으로 황무지荒蕪地 개간開墾이 가능해진 '제2의 농업혁명기農業革命期'이다. 철제鐵製 농기구를 이용한 심경深耕으로 단위면적당 생산량이 급증하고 토지 생산력이 높아지면서 토지에 대한 관념이 변화되었다. 이러한 농업생산력의 증대增大는 수공업手工業과 상업商業의 발달로 이어졌다. 당시 여불위呂不韋(?-bc.235)와 같은 거상巨商이 등장한 것은 우연이 아니었다. 철기의 발명은 전쟁의 방식도 변화시켰다. 4-5마리의 말이 끄는 전차戰車를 타고 청동靑銅 무기武器로 무장한 귀족들이 싸우는 전차전戰車戰에서 평민 병사들의 보병전步兵戰으로 변화된 것이다. 또한 부국강병에 위한 패권覇權 경쟁이 국가경영의 목표가 되고 침략侵略과 병합倂合이 일반화됨으로써 기존의 사회적 가치가 모두 붕괴崩壞되고 부국강병이란 하나의 가치로 획일화劃一化되었다.

둘째, 춘추전국시대는 사회·경제적 토대土臺의 변화와 함께 기본적인 사회질서가 붕괴되는 '사회체제의 변혁기變革期'이다. 천자天子를 정점頂點으로 한 기존의 제후諸侯—대부大夫—사士—서인庶人이라고 하는 사회적 위계질서位階秩序가 새롭게 재편되었다. 위계질서의 변화는 가장 먼저 제후와 대부의 세력 강화로 나타났다. 천자의 토지 소유권이 제후와 대부에게 넘어가는 토지 소유권의 하이下移 현상이 광범위하게 일어난 것이다. 이런 변화는 결국 주周

6) 제자백가諸子百家 : 춘추전국시대의 여러 학파學派. 공자孔子·관자管子·노자老子·맹자孟子·장자莊子·묵자墨子·열자列子·한비자韓非子·윤문자尹文子·손자孫子·오자吳子·귀곡자鬼谷子 등의 유가儒家·도가道家·묵가墨家·법가法家·명가名家·병가兵家·종횡가縱橫家·음양가陰陽家 등을 통틀어 지칭하는 말.

7) 백가쟁명百家爭鳴 : 많은 학자學者나 지식인知識人들이 자기의 학설이나 주장을 자유롭게 주장하여 논쟁論爭·토론討論하는 일.

왕실의 물적物的 토대의 약화弱化로 이어졌다. 서주西周의 마지막 임금인 유왕幽王이 왕비 포사褒似의 웃음을 보기 위해 거짓 봉화烽火를 올려 제후들을 불렀을 때, 처음과 두 번째 거짓 봉화에는 각지의 제후들이 군대를 이끌고 달려왔다. 그러나 막상 서방의 만족蠻族이 침범해 왔을 때 올린 세 번째 봉화에는 군대를 이끌고 온 제후가 아무도 없었다는 설화가 이를 증명한다. 비록 설화의 형식을 빌리고 있지만, 제후와 대부의 세력이 강성해지고 중앙 정부로부터 독립했다는 것을 짐작할 수 있다. 결국 주 왕실은 직할지直轄地의 병력과 재원財源에만 의존할 수밖에 없게 되었다. 이로 인해 낙읍洛邑의 주 왕실은 결국 지도력을 잃고, 제후와 대부가 독립하여 나라를 세웠다. 이렇게 등장한 수십 개의 도시국가都市國家가 춘추시대에는 12제후국이었으나, 전국시대에는 7개국으로 바뀌고, 드디어 진秦나라에 의해 통일되었다. 이처럼 춘추전국시대는 주대周代의 종법宗法 질서가 진秦·한漢의 중앙집권적 관료官僚 국가로 전환轉換되는 시기였다.

셋째, 춘추전국시대는 제자백가의 '백화제방기百花齊放期[8]'이다. 당시 주周 왕실의 권위가 실추失墜되면서 왕실 관학官學을 담당하던 관료들은 민간으로 분산分散되어 지식인[士君子] 계층을 형성하게 되었다. 당시 사士 계층은 민간인 신분으로 강학講學 활동을 하거나 학파學派의 출현出現을 주도하게 된다. 공자나 맹자학파 역시 이러한 민간 학파 중 하나였다. 이처럼 춘추전국시대는 급격한 사회·경제적 변동기에 부국강병이라는 국가적 정책 목표 아래 군사력·경제력·사회조직에 이르기까지 국력을 극대화하기 위한 경쟁이 치열한 시기였다. 또한 패권 경쟁을 위한 정치 기구의 확충擴充과 전문적 지식에 대한 요구가 커짐에 따라 정신노동의 상품화가 이루어지는 시기였다. 이런 점에서 일부 학자들은 공자의 사설私設 학숙學塾[학교]을 시대적 수요에 부응하는 일종의 '관리官吏 소개소紹介所'의 성격을 갖는 것이라고 평가하기도 한다.

8) 백화제방百花齊放 : '많은 꽃이 일제히 핀다.'는 뜻으로 온갖 학문이나 예술·사상 따위가 함께 번성함을 비유적으로 표현한 말.

2. 공자의 계승자, 맹자

1) 맹자의 생애

맹자의 연보年譜에 대해서는 정설定說이 없다. 이에 청대淸代 가경嘉慶(1796-1820)에서 도광道光(1821-1850)에 걸쳐 활동한 적자기狄子奇의 『맹자편년孟子編年』을 참고하여 정리하였다.

bc.372 4월 2일 추鄒나라[산동성山東省 곤주부袞州府 추현鄒縣]에서 태어나다.
bc.357(15세) 노魯나라에서 배우다.
bc.333(40세) 부동심不動心의 경지에 이르다.[9]
bc.332(41세) 추鄒 목공穆公을 만나다. 이듬해 노魯 평육平陸에 머무르다.
bc.330(43세) 추鄒에서 임任으로 가다. 이듬해 제齊나라로 가다.
bc.328(45세) 제齊의 빈사賓師[10]가 되다.
bc.326(47세) 제齊를 떠나 송宋나라로 가다.
bc.325(48세) 송宋에서 추鄒로 돌아오다. 이듬해 추鄒에서 등藤나라로 가다.
bc.322(51세) 등藤를 떠나 추鄒로 돌아오다.
bc.320(53세) 양梁 혜왕惠王의 초빙을 받고 양梁나라로 가다.
bc.319(54세) 양梁 혜왕惠王이 죽자, 양梁을 떠나서 제齊로 가다.
bc.318(55세) 제齊의 경卿[11]이 되다.
bc.317(56세) 모친 상喪을 당하여 제齊로부터 돌아와 노魯에서 장례를 모시다.
bc.315(58세) 노魯에서 제齊로 돌아오다.
bc.314(59세) 제齊가 연燕을 공격하니, 제齊를 버리고 송宋으로 가다.
bc.313(60세) 송경宋卿을 석구石邱에서 만나 인의仁義를 권하다.
bc.312(61세) 송宋에서 설薛나라로 가다.
bc.311(62세) 설薛에서 노魯로 갔다가 뜻을 이루지 못하고 추鄒로 돌아오다.
bc.289(84세) 1월 15일 졸卒하다.

9) 공자는 40살에 대해 충분한 지혜智慧와 세상의 경륜經綸이 쌓여 미혹迷惑되지 않는 불혹不惑의 나이라고 설명한다. 子曰 吾十有五而志于學, 三十而立, 四十而不惑, 五十而知天命, 六十而耳順, 七十而從心所欲, 不踰矩.(『論語』·「爲政」-4)

10) 빈사賓師 : 높은 사람에게 귀한 손님으로 대접을 받는 사람.

2) 백가쟁명의 시대에 유학을 외치다

엄격한 가정교육으로 인해 맹자는 어려서부터 유가사상의 영향을 받았다. 어린 맹자가 '절하고 사양辭讓하는' 예절을 흉내 낸 일에서 이것을 짐작할 수 있다. 청소년기의 맹자는 자사子思[孔伋] 계열의 유가학파에서 교육을 받았다. 자사가 공자의 손자孫子인 점을 감안한다면, 맹자는 공자의 유가학파를 계승했다고 말할 수 있다. 사상적 경향에서 볼 때, 맹자와 자사는 유사점이 많다. 이 때문에 두 사람을 '사맹思孟'으로 호칭呼稱하기도 했다.

맹자는 자사의 문하門下에게 배웠지만 그의 포부抱負는 자사를 사숙私淑[12]하는데 그치지 않고, 한 걸음 더 나아가 공자를 계승하고자 했다. 이것은 그가 저술한 『맹자』[13] 책 곳곳에서 공자를 찬미한 것을 통해 알 수 있다. 맹자는 "인류가 생겨난 이후로 공자와 같은 분은 있지 않다.(自有生民以來, 未有孔子也.)"고 보았다. 맹자 자신의 소망은 공자를 본받는 것이었다. 이에 맹자는 "내가 비록 행함이 돈독敦篤하지 못하지만 내가 원하는 것은 오직 공자를 배우는 것이다.(吾未能有行焉, 乃所願則學孔子也.)"라고 말하며 자신이 공자를 '사숙'한 후학後學임을 자처했다.

춘추시대 말기에 유가는 이미 현학顯學[14]의 지위를 차지하고 있었다. 그러나 여러 사상이 출현하고, 많은 논쟁이 벌어지면서 점차 현학의 지위를 도전받게 되었다. 맹자 시대에는 "처사處士들이 마구 의론을 내세우는 것(處士橫議)"이 이미 보편적인 현상이 되었다. 그 가운데에서도 특히 묵자墨子와 양주楊朱 학파가 주목을 받았다. 이 때문에 맹자도 "천하의 언론言論[학설]은 양주에게 돌아가지 않으면 묵적에게 돌아가고 있다.(天下之言不歸楊, 則歸墨.)"라고 말했다. 묵가학파는 춘추시대 말기에 이미 유가와 더불어 현학으로 불리고 있었다.

묵가는 "두루 사랑하는 것[兼愛]"과 "서로 이로움을 나누는 것[交相利]"을 토대로 본연의 인도주의人道主義와 현실적 이익의 결합을 주장했다. 이런 주장은 사람들이 가진 인애仁愛에

11) 경卿 : 장관長官 이상의 높은 벼슬을 가리킴.

12) 사숙私淑 : 직접直接 가르침을 받지는 않았지만 마음속으로 그 사람을 스승으로 삼고 본받아서 도道나 학문學問을 닦는 일.

13) 『맹자』 7편(상·하 총14편)의 제목은 다음과 같다. ①양혜왕梁惠王 상·하 ②공손추公孫丑 상·하 ③등문공滕文公 상·하 ④이루離婁 상·하 ⑤만장萬章 상·하 ⑥고자告子 상·하 ⑦진심盡心 상·하.

14) 현학顯學 : 세상에 이름 높은 학문이나 학파 혹은 당대當代에 유행하여 사람들이 모두 알고 있는 이론理論.

대한 욕구欲求를 채워주었으며 이익을 추구하는 인간의 욕망欲望에도 잘 부합符合했다. 따라서 묵가의 이론은 흡인력吸引力이 매우 컸으며, 그 영향력 역시 점차 유가를 압도壓倒해 나갔다. 한편, 양주학파는 이기利己를 원칙으로 개인의 권리를 강조했다. 전란戰亂이 끊이지 않던 시대상황에서 위아주의爲我主義[15]를 주장한 양주의 사상은 많은 사람들의 관심을 끌었다. 법가학파도 이 무렵에 등장했다. 그들은 농사와 전쟁을 장려奬勵하고 폭력을 높이 평가했다. 법가학설은 유가의 인도仁道 원칙에 비해 부국강병富國强兵을 추구하던 제후들의 전략戰略에 더 잘 맞았다.

양주와 묵자의 주장이 이론적으로 유가에 도전했다면, 당시 장의張儀[16] 등의 종횡가縱橫家[17]가 보여준 정치적 권모술수權謀術數는 '성인의 경지에 도달한다[成聖]'라는 유가의 인격적 이상理想을 부정했다. 그들은 '합종合縱'을 통해 개별 약소국들이 연합하여 하나의 강대국에 맞서야 한다고 주장했다. 또한 하나의 강대국에 밀착해서 다른 약소국을 공격하는 '연횡連橫'을 주장하기도 했다. 이러한 권모술수로 인해 종횡가는 당시 강력한 지위를 얻게 되었다.

유가에서 숭상하는 성인·군자와 종횡가는 전혀 다른 부류의 인간이었다. 유가의 성인과 군자는 완전한 품격品格과 덕성德性을 갖추고, 덕의 힘으로 위정자爲政者를 감화感化시키는 것을 중시한다. 그러나 종횡가는 자신들의 정치적 목적을 달성하기 위해서는 수단과 방법을 가리지 않는다. 심지어 최소한의 인격이나 염치廉恥까지도 쉽게 내팽개치기도 한다. 그러나 현실 정치에서 주류가 된 것은 유가의 군자가 아니라, 권모술수에 뛰어난 종횡가들이었다. 『맹자』에서도 이런 현상을 볼 수 있다. 맹자와 동시대 사람인 경춘景春이 맹자 앞에서 종

15) 위아주의爲我主義 : 개인의 자기 생명보존과 자아실현을 중시하는 철학. 이 사상은 당시 지배적이었던 유교나 묵가의 이타주의利他主義 사상과는 대조적인 개인주의적 성향을 띠고 있어 주목을 받았다.

16) 장의張儀(?-bc.309) : 연횡連橫을 주장한 사람. 합종 전략과 상대되는 것으로서 진나라와 연맹하여 안전을 보장받으려는 정책이 연횡전략[연횡책連橫策]이다. 연連은 연결連結의 뜻이고, 횡橫은 가로 방향을 뜻한다. 각국이 진나라와 함께 동서로 연합한다는 뜻을 담고 있다.

17) 종횡가縱橫家 : 전국시대戰國時代에 독자적인 정책을 가지고 제후들을 찾아다니며 유세遊說하며 돌아다닌 외교가外交家 혹은 이론가理論家를 가리키는 말. 합종책合從策을 주장한 소진蘇秦과 연횡책連橫策을 주장한 장의張儀가 대표적인 학자임.

횡가를 칭찬한 대목을 보자.

"공손연公孫衍[18]과 장의張儀가 어찌 진정한 대장부大丈夫가 아니겠습니까? 그들이 한 번 노怒하면 제후들이 두려워하고, 그들이 편안히 앉아 있으면 온 천하가 잠잠해집니다."[19]

종횡가가 득세했다는 것은 유가가 현실적인 영향력을 잃어가고 있음을 증명해 준다. 이런 상황에서 어떻게 유학을 다시 부흥復興시킬 것인가를 생각한 사람이 바로 맹자이다. 맹자의 이론 중에서 이단異端에 관한 설이 많은 것은 당시 상황을 반영한 결과이다. 이 때문에 당시 사람들은 '맹자가 논쟁을 좋아한다[好辯]'고 평가했다. 어느 날 맹자의 제자 공도자公都子가 '왜 사람들과 논쟁論爭하기를 좋아하는지' 맹자에게 물었다. 이 질문에 대해 맹자는 다음과 같이 말한다.

"내가 어찌 논쟁論爭하기를 좋아하겠느냐? 어쩔 수 없어서 그런 것이다. 천하에 사람이 생겨난 지 오래되었고, 세상은 한 번 다스려지고 한 번 혼란해지기를 되풀이해왔다. …… (공자 이후로 세상에는) 성왕聖王이 나오지 않아 제후諸侯는 방자放恣하고, 처사處士는 마구 의론議論을 내세우고, 양주楊朱와 묵적墨翟의 언론言論[학설]이 세상에 가득 차서 천하의 언론은 양주에게 돌아가지 않으면 묵적에게 돌아간다. …… 양주와 묵적의 도道가 없어지지 않으면 공자의 도道는 드러나지 않으니, 그것은 사악한 학설[邪說]이 백성을 속여 인의仁義를 막아버리기 때문이다. 인의가 꽉 막히면 짐승을 내몰아 사람을 잡아먹게 하다가 사람들이 장차 서로 잡아먹게 될 것이다. …… 나는 이것을 걱정하여 돌아가신 성인들의 도道를 지키고, 양주와 묵적을 막으며, 방자한 말을 몰아내서 사악한 학설을 내세우는 자가 나오지 못하게 하려는 것이다. …… 나는 사람들의 마음을 바로잡아 사악한 학설을 없애고, 치우친 행동을 막으며, 방자한 말을 몰아내 세 분의 성인[禹·周公·孔子]을 계승하려고 한다. 내가 어찌 논쟁하기를 좋아하겠느냐? 어쩔 수 없어서 그런 것이다."[20]

---

18) 공손연公孫衍(?-238) : 합종전략[합종책合從策]을 주장한 사람. 전국시대 후기로 접어들면서 진秦 나라가 점차 강성해지자 다른 여섯 나라인 제齊·연燕·한韓·위魏·조趙·초楚는 진나라의 침공을 두려워하고 있었다. 이에 6개국이 단결하여 강대한 진나라에 대항하기로 했는데, 이것이 합종 전략이다. 합合은 연합聯合의 뜻이고, 종縱은 세로 방향을 뜻한다. 서쪽 지방에 있던 진나라에 대응하여 6개국이 남북 방향으로 연합한다는 뜻을 담고 있다. 이 정책을 추진한 대표적 인물로는 공손연公孫衍과 소진蘇秦이 있다.

19) 『孟子』·「滕文公下」-2 : 景春曰, 公孫衍張儀豈不誠大丈夫哉, 一怒而諸侯懼, 安居而天下熄.

맹자가 유학을 부흥시키기 위해 노력한 결과는 대략 두 가지 성과를 거두었다.

첫째, 유가의 기본 관점을 요약要約·심화深化하는 작업을 통해 유학이론이 점차 체계를 갖추게 되었다. 유가의 창시자인 공자가 인仁 중심의 유학의 기본 틀을 제시했으나 이론적인 면에서는 여전히 보완할 필요가 있었다. 이에 자사를 계승한 맹자는 유가의 기본 원칙을 바탕으로 하늘과 인간, 집단과 개인, 인간의 자유와 천명天命 등의 관계를 중심으로 유가학설을 확충擴充하고 체계화體系化시켰다. 이러한 맹자의 노력으로 유학은 철학적으로 좀 더 풍부한 내용과 체계를 갖추게 되었으며, 백가쟁명 속에서도 이론적 우월성優越性을 확보할 수 있었다.

둘째, 맹자는 사악한 학설을 없애고[息邪說] 방자한 말을 몰아냄[放淫辭]을 자신의 임무로 여겼다. 이에 맹자는 논쟁을 통해 유가 이외의 학설이나 관점을 배척排斥했다. 맹자는 당시 거의 모든 학파와 논쟁을 벌였다. 예컨대 맹자는 등滕나라에서 농가農家의 인물인 진상陳相과 사회적 분업分業 문제에 관해 논쟁을 했다. 이 과정에서 그는 "마음을 수고롭게 하는 사람은 남을 다스리고, 몸을 수고롭게 하는 사람은 남에게 다스림을 받는다.(勞心者治人, 勞力者治於人.)"라는 이론의 합리성合理性을 주장했다. 이밖에도 고자告子가 인성人性 문제에서 성선설性善說과 다른 주장을 제시하자 맹자는 그를 비난하며 인성이 본래 선한 것임을 논증했다. 또한 경춘景春이 종횡가에게 찬성하는 말을 했을 때에도 맹자는 곧바로 반박하며, 공손연과 장의의 주장은 제후의 환심歡心을 사려는 "부인네나 따르는 도리[妾婦之道]"에 불과할 뿐, 그들을 대장부大丈夫라고 말할 수 없다고 비판했다. 이러한 역사적 역할로 인해 맹자는 유가사상의 상징적 인물이 되었으며, 후대에는 공자에 버금가는 인물이라는 뜻의 '아성亞聖'이라는 영예榮譽를 얻게 되었다.

20) 『孟子』·「滕文公下」-9 : 孟子曰 予豈好辯哉, 予不得已也. 天下之生久矣, 一治一亂. …… 聖王不作, 諸侯放恣, 處士橫議, 楊朱墨翟之言, 盈天下, 天下之言, 不歸楊則歸墨. …… 楊墨之道不息, 孔子之道不著, 是邪說誣民, 充塞仁義也. 仁義充塞, 則率獸食人, 人將相食. …… 吾爲此懼, 閑先聖之道, 距楊墨, 放淫辭, 邪說者不得作. …… 我亦欲正人心, 息邪說, 距詖行, 放淫辭, 以承三聖者, 豈好辯哉, 予不得已也.

맹자의 사당祠堂인 아성묘亞聖廟에 있는 패방牌坊[21]

3. 여민동락與民同樂과 왕도정치王道政治

1) 의리義理와 이익利益, 무엇을 따를 것인가?

공자는 "이익에 따라 행동하면 원망이 많아진다."[22]고 말한다. 이 말은 '사람이 의로움을 따르지 않고 이익에만 집착한다면, 언젠가는 다른 사람과 갈등葛藤하고 대립對立하여 다투게 된다.'는 것이다. 공자는 개인과 개인의 분쟁이 점차 확대되어 집단과 집단 더 나아가 국가와 국가 간의 전쟁으로 발전하고, 결국은 천하가 혼란混亂하게 된다고 생각했다. 이처럼 의로움과 이로움 중에 어떤 것을 선택하느냐에 따라 세상의 평화와 혼란이 결정된다고 본 것이다.

공자는 군자와 소인을 설명하면서도 의리와 이익의 관계를 엄격히 구분한다. 공자는 "군

21) 패방牌坊 : 문짝이 없는 대문大門 모양의 중국 특유의 건축물. 궁전宮殿·능陵을 비롯하여 사찰의 앞에 세우는데 도시都市의 십자로十字路 등에도 장식裝飾이나 기념紀念으로 세움. 기둥은 2-6개이며 지붕을 여러 층으로 얹은 것도 있음.

22) 『論語』·「里仁」-12 : 子曰 放於利而行, 多怨.

자는 의리에 민첩敏捷하고, 소인은 이익에 민첩하다."[23]라고 말한다. 사람이 무엇을 추구追求하고 민감敏感하게 반응反應하느냐에 따라 그 사람의 본질과 수준이 드러난다는 뜻이다. 이 밖에도 공자는 제자 자하子夏가 관직官職에 나아갈 때, "성급性急하게 달성達成하려 하지 말고, 작은 이익을 얻으려 하지 말아야 한다. 성급하게 달성하려고 하면 도달到達하지 못하고, 작은 이익을 얻으려고 하면 큰일을 이루지 못한다."[24]라고 조언한다. 이처럼 공자는 작은 이익에 얽매이는 사람은 큰일을 할 수 없다고 말하며 매사每事에 의리를 선택해야 함을 강조한다. 맹자는 이러한 공자의 의리관을 충실히 따르고 있다. 『맹자』의 첫 구절은 양梁 나라 혜왕惠王과 맹자의 대화로 시작한다.

◆ 양혜왕: 선생께서 천리千里 길을 멀다하지 않고 여기까지 오셨으니, 장차 내 나라를 얼마나 이롭게 해주실 수 있겠습니까?
◆ 맹자: 왕께서는 어찌 이익만을 말씀하십니까? 인仁과 의義가 있을 뿐입니다. 만일 왕께서 '내 나라를 어떻게 하면 이롭게 할까' 생각하시면, 대부大夫가 말하기를 '어떻게 나의 집을 이롭게 할까' 생각하며, 하급 관리와 서민庶民이 말하기를 '어떻게 나의 몸을 이롭게 할까' 생각할 것입니다. 이처럼 상하가 서로 이익을 취하면 결국 나라가 위태危殆롭게 될 것입니다. 만승萬乘[天子]의 나라에서 그 임금을 죽이는 자는 반드시 천승千乘[諸侯]의 나라이고, 천승의 나라에서 그 임금을 죽이는 자는 반드시 백승百乘[大夫]의 집이니, 만萬에서 천千을 취하며 천千에서 백百을 취하는 것이 대부분입니다. 진실로 의로움을 뒤로 하고 이로움만을 앞세운다면, 모든 사람들이 빼앗지 않고서는 만족하지 않을 것입니다. 어질면서도 자신의 어버이를 버리는 사람은 없으며, 의로우면서도 임금을 뒷전으로 여기는 자는 없습니다. 왕께서는 어짊[仁]과 의리[義]에 대해 말하시지 하필이면 이익만을 말씀하십니까?[25]

맹자는 군주가 현실적인 이익보다는 백성에 대한 사랑[仁]과 의리[義]를 중시해야 한다고

23) 『論語』·「里仁」-16 : 子曰 君子喩於義, 小人喩於利.

24) 『論語』·「子路」-17 : 子夏爲莒父宰, 問政, 子曰 無欲速, 無見小利, 欲速則不達, 見小利則大事不成.

25) 『孟子』·「梁惠王上」-1 : (孟子見梁惠王) 王曰 叟不遠千里而來, 亦將有以利吾國乎. 孟子對曰 王何必曰利, 亦有仁義而已矣. 王曰何以利吾國, 大夫曰何以利吾家, 士庶人曰何以利吾身, 上下交征利, 而國危矣. 萬乘之國, 弑其君者, 必千乘之家, 千乘之國, 弑其君者, 必百乘之家, 萬取千焉, 千取百焉, 不爲不多矣, 苟爲後義而先利, 不奪不饜. 未有仁而遺其親者也, 未有義而後其君者也. 王亦曰仁義而已矣, 何必曰利.

말한다. 만일 한 나라의 군주가 이익만 앞세운다면, 그 나라의 신하들은 물론 일반 백성들까지도 모두 이익을 우선시 하게 되고, 결국은 모든 백성이 이익을 다투는 상황에 이르게 된다는 것이다. 따라서 한 국가의 지도자가 올바른 자세를 가질 때만이 나라의 평화와 안정은 물론 상하上下 계층階層의 진정한 소통疏通이 이루어진다고 보았다.

맹자는 국가 지도자와 백성들 간의 진정한 소통과 화합은 즐거움을 함께 나누는 여민동락與民同樂에서 시작한다고 보았다. 제齊 나라 선왕宣王과 맹자의 대화를 보자.

◆ 맹자: 어떤 신하에게 들으니 왕께서 음악을 좋아한다는 데 사실입니까?
◆ 제선왕: (왕은 얼굴이 빨개지며 부끄러운 듯) 과인寡人이 좋아하는 음악은 선대先代의 훌륭한 왕의 음악이 아니라 유행가流行歌일 뿐입니다.
◆ 맹자: 왕께서 음악을 매우 좋아하신다면 제나라는 잘 다스려질 것입니다.
◆ 제선왕: 무슨 뜻입니까?
◆ 맹자: 혼자서 음악을 즐기는 것과 여럿이 함께 음악을 즐기는 것 중에 왕께서는 어느 것이 더 좋습니까?
◆ 제선왕: 여럿이 함께 즐기는 것이 더 좋습니다.
◆ 맹자: 그러면 음악을 가지고 얘기해 보겠습니다. 왕께서 음악을 연주하는데 백성들이 그 음악을 듣고는 얼굴을 찡그리고 고개를 저으면서 '우리 임금님이 음악을 좋아하니까 우리가 이렇게 비참悲慘하게 사는 거야!'라고 원망怨望하기도 하고, 반대로 그 음악을 듣고는 서로 기뻐하면서 '우리 임금님이 건강하니까 이런 음악을 연주演奏하는 거야. 참으로 다행이네!'라고 말하기도 합니다. 똑같은 음악을 듣는데도 백성들이 각각 다른 반응反應을 보이는 것은 오직 왕께서 음악을 백성과 함께 하느냐 함께 하지 않느냐의 차이差異 때문입니다.
◆ 제선왕: (그 후 며칠 뒤 맹자를 다시 만나서 말하기를) 과인에게는 재물財物을 좋아하는 못된 버릇이 있어서 아무래도 왕도정치王道政治는 할 수 없을 것 같습니다.
◆ 맹자: (이 말이 핑계인 줄 알았던 맹자가 대답하기를) 그것은 그다지 어려운 문제가 아닙니다. 왕께서 재물을 좋아하는 것을 백성들과 함께 하십시오. 그렇게 한다면 왕께서도 왕도정치를 할 수 있을 것입니다.
◆ 제선왕: …… (맹자의 날카로운 충고忠告에 왕은 아무 말도 할 수 없었다.)[26]

26)『孟子』·「梁惠王下」-1 : 他日, 見於王曰 王嘗語莊子以好樂, 有諸. 王變乎色曰 寡人, 非能好先王之樂也, 直

2) 덕德으로 이끌고, 예禮로 다스려라!

맹자는 대인大人을 '갓난아기 때의 순수한 마음을 잃지 않은 사람[不失其赤子之心者]'으로 정의한다. 대인이란 성인聖人과 같은 경지境地로서 완성된 인격체를 말한다. 그런데 대인이 갓난아기 때의 순수한 마음을 보존한 사람이라는 것은 도대체 무슨 뜻일까? 이는 "만물이 모두 나에게 갖추어져 있다.(萬物皆備於我)"라는 맹자의 말을 통해 그 실마리를 찾을 수 있다. 맹자에 따르면, 인간은 본래 도덕적으로 완전한 존재로 태어나지만 일상생활에서 다양한 요인[욕심慾心·유혹誘惑]들로 인해 점차 그 온전함을 잃게 된다는 것이다. 따라서 맹자에게 학문의 최우선最優先 목표는 하늘로부터 부여附與받은 선善한 본성本性의 회복回復, 즉 '자기 본래성 회복[復其性]'으로 귀결된다. 이것이 바로 공자가 말한 '위기지학爲己之學'[27]이다. 따라서 맹자는 학문의 길은 곧 '그 놓아버린 마음을 찾는 것[求其放心]'이라고 말한다.

맹자에게 있어서 잃어버린 자기 본래성을 찾는 학문의 길이란 하늘의 명령[天命]을 따르는 것이었다. 즉 하늘과 하나가 되는 것, 만물일체萬物一體의 회복을 의미한다. 이것을 천인합일天人合一이라고 말할 수 있다. 천인합일의 경지란 『주역周易』에서 말하는 "천지天地와 그 덕을 같이 하고, 일월日月과 그 밝음을 같이하며, 사시四時와 그 질서를 같이 하고, 귀신鬼神과 그 길흉을 같이하며, 하늘보다 먼저 해도 하늘이 어기지 않고, 하늘보다 뒤에 해도 천시天時를 본받는"[28] 대인大人의 경지를 말한다. 무한한 천지자연의 생명력을 본받아 만물과 조

好世俗之樂耳. 曰 王之好樂甚, 則齊其庶幾乎. 今之樂, 由古之樂也. 曰 可得聞與. 曰 獨樂樂, 與人樂樂, 孰樂. 曰 不若與人. 曰 與少樂樂, 與衆樂樂, 孰樂. 曰 不若與衆. 臣請爲王言樂. 今王, 鼓樂於此, 百姓, 聞王鍾鼓之聲, 管籥之音, 擧疾首蹙頞而相告曰 吾王之好鼓樂, 夫何使我至於此極也, 父子不相見, 兄弟妻子離散, 今王, 田獵於此, 百姓, 聞王車馬之音, 見羽旄之美, 擧疾首蹙頞而相告曰 吾王之好田獵, 夫何使我至於此極也, 父子不相見, 兄弟妻子離散, 此無他, 不與民同樂也. …… 王曰 寡人有疾, 寡人好貨. 對曰 昔者, 公劉好貨, 詩云 乃積乃倉, 乃裹餱糧, 于橐于囊, 思戢用光, 弓矢斯張, 干戈戚揚, 爰方啓行, 故居者有積倉, 行者有裹糧也然後, 可以爰方啓行, 王如好貨, 與百姓同之, 於王何有(『孟子』·「梁惠王下」-5). …… 王顧左右而言他(『孟子』·「梁惠王下」-6).

27) 위기지학爲己之學 : 자기의 인격수양을 위하여 하는 학문. 공자는 "옛날에 배우는 자들은 자신을 위한 학문을 하였는데, 지금에 배우는 자들은 남을 위한 학문을 한다.(『論語』·「憲問」-25 : 子曰 古之學者, 爲己, 今之學者, 爲人.)"라고 말하며 배움의 궁극적인 목표는 '남에게 보여주는 학문[爲人之學]'이 아니라 자기의 인격 수양이나 완성임을 강조한다.

28) 『周易』·「乾卦·文言」: 夫大人者, 與天地合其德, 與日月合其明, 與四時合其序, 與鬼神合其吉凶, 先天而天不

화를 이룰 수 있는 인간의 본래성이 회복할 수만 있다면, 인간은 누구나 '자기 목숨을 버리고 인仁을 이루는[殺身成仁]' 희생적이고 헌신적인 완전한 인격을 갖추게 된다는 것이다. 이처럼 자신의 부족함을 완성시켜 나아가는 과정에서 자기의 욕심과 욕망을 극복하고 모든 사람과 화합해 나아가는 것은 '만물과 하나가 되기' 위한 중요한 전제조건이 된다.

유학에서는 수양을 통해 개인의 도덕을 완성하는 것뿐만 아니라 도덕적으로 성숙한 개인이 사회와 국가발전에 적극적으로 참여參與해야 한다고 말한다. 사회참여 역시 자기완성의 과정이며, 군자와 성인이 되는 길이라고 생각하기 때문이다. 따라서 유학에서는 개인윤리와 가정윤리, 사회윤리와 국가윤리의 통합統合을 지향指向한다. 개인의 도덕적 완성이 사회윤리의 완성으로 발전하고, 궁극적으로는 국가윤리와 세계윤리의 완성으로까지 확장된다는 동심원同心圓 구조인 셈이다. 이러한 사고방식은 자연스럽게 한 국가의 지도자 역시 도덕적으로 군자가 되어야 한다는 왕도정치王道政治의 이상으로 구체화된다.

왕도정치는 요堯·순舜·우禹·탕湯·문文·무武·주공周公 등 성왕聖王들의 이상적인 정치이념을 말한다. 『서경書經』에서 처음 등장하는 왕도王道의 개념을 구체화시키고 발전시킨 사람이 바로 맹자이다. 맹자에 의해 체계화된 왕도정치는 본래 공자의 덕치주의德治主義에서 출발한다.

공자는 "법法으로써 이끌고 형벌刑罰로써 다스리면 백성들은 도망쳐서 형벌을 면하더라도 잘못에 대한 부끄러움이 없게 된다. 덕德으로써 이끌고 예禮로써 다스린다면 백성들은 잘못에 대한 부끄러움도 있게 되고 스스로 바르게 된다."[29]고 말한다. 이처럼 공자는 덕과 예를 통해 백성을 올바르게 이끄는 것이 진정한 의미의 정치라고 말한다. 이에 공자는 정치에 대해 묻는 계강자季康子에게 "정치는 백성들을 바르게 만드는 것이다. 그대가 백성들을 바른 도리道理로 이끈다면 누가 감히 바르게 되지 않겠는가?"[30]라고 말한다. 이러한 공자의 정치관은 제齊 나라 경공景公이 정치에 대해 물었을 때, "임금은 임금답고, 신하는 신하답고,

---

違, 後天而奉天時.

29) 『論語』·「爲政」-3 : 子曰 道之以政, 齊之以刑, 民免而無恥. 道之以德, 齊之以禮, 有恥且格.

30) 『論語』·「顏淵」-17 : (季康子問政於孔子, 孔子對曰) 政者, 正也, 子帥以正, 孰敢不正.

아버지는 아버지답고, 자식은 자식다운 것이다."[31]라고 말하며 정명正名[32]을 강조한 대목에서도 잘 드러난다.

덕치는 법치法治와 상대되는 개념으로서 덕으로써 백성을 교화하고 예에 따라 백성을 다스리는 것을 의미한다. 공자가 볼 때, 덕과 예가 아닌 법과 형벌로 다스리는 것은 힘과 강제에 의한 통치행위로서 진정한 의미의 정치가 될 수 없다. 맹자는 이것을 왕도王道의 상대 개념으로 패도霸道라고 정의한다. 패도정치란, 인간을 도덕적으로 변화시키고 교육하여 선도하는 것이 아니라, 힘이나 법과 같은 강제적인 수단을 동원하여 위정자 자신의 목적을 달성하는 정치행위를 말한다. 따라서 패도정치는 덕치주의보다는 법치주의에 좀 더 가깝다.

그러나 공자의 덕치주의를 법치주의와 정반대 개념이라고 말할 수는 없다. 왜냐하면, 공자의 덕치주의는 법 자체를 완전히 부정하는 것이라기보다는 개인의 도덕적 자각을 좀 더 강조하는 정치이념이기 때문이다. 그러나 유학에서의 법이란 덕치를 보완하는 보조적 역할에 지나지 않는다. 형벌의 부과賦課라는 현실적 측면에서만 법이 불가피하게 활용될 뿐이다. 따라서 유학에서 지향하는 대동사회大同社會[33]에서 법은 궁극적으로는 소멸消滅할 수밖에 없다. 이러한 공자의 덕치주의 이념은 맹자에게로 계승된다.

맹자는 정치의 핵심이 인의仁義임을 강조하며 그것을 실천하는 사람은 "한 가지 일이라도

31) 『論語』·「顔淵」-11 : (齊景公問政於孔子, 孔子對曰) 君君臣臣父父子子. (公曰 善哉, 信如君不君, 臣不臣, 父不父, 子不子, 雖有粟, 吾得而食諸.)

32) 정명正名 : 명분名分에 상응相應하여 실질實質을 바르게 함. 예를 들면, 임금과 신하 혹은 부모와 자식에게는 그 호칭呼稱에 부합符合하는 윤리倫理·질서秩序가 존재한다고 하는 사상思想이나 관념觀念.

33) 대동사회大同社會 : 모두가 편안하고 안전하게 살아갈 수 있는 유학의 이상사회理想社會. 『예기禮記』·「예운禮運」편에서는 "세상에 큰 도道가 행해지면 전체 사회가 공정해져서 현명한 사람과 능력 있는 사람이 지도자로 뽑히고, 신의信義가 존중되며 친목親睦이 두터워진다. 그러므로 모든 사람들은 자기 부모만을 부모로 생각하지 않고 남의 부모도 내 부모와 똑같이 공경하며, 자기 자식만을 자식으로 생각하지 않고 남의 자식도 내 자식과 똑같이 사랑한다. 늙은이는 여생餘生을 편안히 마치게 되고, 젊은이는 각각 자기 적성適性과 능력能力에 맞는 일자리를 얻게 되며, 어린이들은 곱고 바르게 자라게 되고, 홀아비·홀어미·고아 등 사회적 약자弱者들은 모두 보호를 받게 된다. 남자는 자기 분수에 맞는 일을 하게 되고, 여자들은 적당한 곳으로 시집가 살게 된다. 재물과 물건들이 헛되이 버려지는 것을 싫어하지만 그것을 자기 집에다 감춰 두는 일이 없으며, 자기가 직접 노력하여 얻은 것이 아니라면 좋아하지 않으며, 설령 자기의 것이라도 개인을 위한 것으로만 생각하지 않는다. 그렇기 때문에 권모술수權謀術數가 필요 없으며, 도둑이나 불량배가 있을 수 없어서 집집마다 문을 열어 두어도 큰 문제가 없다."라고 말하며 대동사회를 유토피아utopia에 가까운 이상적인 사회로 묘사하고 있다.

불의不義를 행하며, 한 사람이라도 죄 없는 사람을 죽여서 천하를 얻는다고 하더라도 그것을 취하지 않는다."[34]라고 말한다. 이러한 왕도정치 이념은 이론적으로 그의 성선설性善說에 바탕을 두고 있다. 맹자는 제나라 선왕宣王과의 대화에서 다음과 같이 말한다.

"사람들은 누구나 '차마 사람을 해치지 못하는 마음[不忍人之心]'을 가지고 있습니다. 선왕先王은 '차마 사람을 해치지 못하는 마음'을 가지고 '차마 사람을 해치지 못하는 정치[不忍人之政]'를 시행했습니다. 만일 임금께서 '차마 사람을 해치지 못하는 마음'을 가지고 '차마 사람을 해치지 못하는 정치'를 행하신다면, 천하를 다스리는 것은 손바닥 위에 놓고 움직이는 것처럼 쉬운 일이 될 것입니다."[35]

맹자는 위정자爲政者가 자기의 본성인 인의예지仁義禮智에 따라 정치를 한다면, 백성들은 누구나 쉽게 따를 것이라고 말한다. 이처럼 맹자는 인간의 선善한 본성이 왕도정치의 핵심이라고 보았다. 그러나 맹자는 이런 주관적인 조건 외에도 객관적인 조건으로서 경제적 토대土臺의 중요성을 강조한다. 맹자는 "백성들은 일정한 물질적인 조건이 갖추어지지 못하면 도덕적인 행위를 할 수 있는 마음이 없어진다."[36]라고 말한다. 인간의 도덕적 행위는 단순히 내면적 수양을 요구하는 것만으로 이루어지는 것이 아니라 최소한最小限의 물질적인 조건이 갖추어져야 한다는 말이다.

따라서 맹자는 왕도정치의 출발점을 "백성들이 살아있는 사람을 봉양奉養할 수 있으며, 죽은 사람을 장례葬禮지내는 데에 어려움이 없게 하는 것"[37]이라고 말한다. 맹자는 여기에서 한 발 더 나아가 상하上下의 인화人和를 강조한다. 추鄒 나라 목공穆公과 맹자의 대화를 보자.

---

34)『孟子』·「公孫丑上」-2 : 行一不義, 殺一不辜, 而得天下, 皆不爲也.

35)『孟子』·「公孫丑上」-6 : 孟子曰 人皆有不忍人之心. 先王有不忍人之心, 斯有不忍人之政矣. 以不忍人之心, 行不忍人之政, 治天下可運於掌上.

36)『孟子』·「梁惠王上」-7 : 若民則無恒産, 因無恒心.

37)『孟子』·「梁惠王上」-3 : 養生喪死無憾, 王道之始也.

◆ 목공: 이웃 나라와 전쟁 중에 관리官吏들은 33명이나 죽었는데, 일반 백성들은 1명도 죽은 자가 없습니다. 그 책임責任을 물어 백성들을 벌罰한다면 죽일 자가 너무 많고, 책임을 묻지 않는다면 앞으로도 그러한 일이 생길 텐데 어찌하면 좋습니까?
◆ 맹자: 흉년凶年이 들어 많은 백성들이 굶어 죽거나 먹을 것을 찾아 사방으로 흩어졌는데도 임금의 창고倉庫는 가득 차 있었는데, 그 실상實狀을 임금께 보고報告한 관리가 한 명도 없었습니다. 이는 윗사람이 자기 임무任務에 태만怠慢하여 백성을 해친 것이니, 이제 와서 백성들이 그것을 되갚은 것뿐입니다. 임금께서는 백성들을 벌하지 마십시오. 만일 임금께서 어진 정치를 행한다면, 백성들은 윗사람과 친하게 되고, 윗사람들을 위해 죽을 수도 있을 것입니다.[38]

맹자는 물질적인 조건이 백성들의 마음을 변화시킨다고 보았다. 따라서 백성들의 도덕적 행위 역시 최소한의 물질적인 조건이 없다면 보장될 수 없다고 말한다. 뿐만 아니라 백성의 어려움에 대해 위정자들이 어떤 태도를 취했는지에 따라 백성들도 그들의 위정자들을 대우待遇할 것이라고 경고警告한다.

맹자의 왕도정치를 현대정치와 관련하여 설명한다면 두 가지로 정리할 수 있다.

첫째, 정치지도자는 국민을 존중해야 한다. 맹자가 살던 전국시대는 끊임없는 전쟁으로 인해 백성들이 심각深刻한 어려움에 처해 있었다. 따라서 정치의 급선무急先務는 도탄塗炭에 빠진 백성을 구제救濟하는 것이었다. 이에 맹자는 당시의 군주들에게 '백성이 가장 귀貴하고, 사직社稷[39]은 그 다음이며, 임금은 가장 가벼운 존재'[40]임을 강조한다. 당시가 철저徹底한 봉건사회였다는 점을 고려한다면, 이러한 맹자의 위민爲民 정신은 매우 혁신적革新的인 것이었다.

38)『孟子』·「梁惠王下」-12 : (鄒與魯鬨) 穆公問曰, 吾有司死者三十三人, 而民莫之死也. 誅之, 則不可勝誅, 不誅, 則疾視其長上之死而不救, 如之何則可也. 孟子對曰 凶年饑歲, 君之民老弱轉乎溝壑, 壯者散而之四方者, 幾千人矣, 而君之倉廩實, 府庫充, 有司莫以告, 是上慢而殘下也. (曾子曰 戒之戒之, 出乎爾者, 反乎爾者也.) 夫民今而後得反之也. 君無尤焉. 君行仁政, 斯民親其上, 死其長矣.

39) 사직社稷 : 토지신土地神 사社와 곡식신穀食神 직稷. 고대국가에서 임금은 국가의 무사안녕無事安寧을 기원祈願하기 위해 사직단社稷壇이라는 제단祭壇을 만들어 그곳에서 토지신과 곡식신에게 제사祭祀를 지냈다. 이로 인해 사직이란 단어는 '국가의 기반基盤' 혹은 '국가[나라] 그 자체'라는 뜻으로 사용되었다.

40)『孟子』·「盡心下」-14 : 孟子曰 民爲貴, 社稷次之, 君爲輕.

둘째, 정치지도자는 민심民心을 얻어야 한다. 맹자는 '왕이 지위를 얻거나 잃게 되는 것은 모두 민심에 달려있다'고 보았다. 따라서 맹자는 "걸桀·주紂가 천하를 잃은 것은 백성을 잃었기 때문이며, 백성을 잃었다는 것은 백성의 마음을 얻지 못한 것이다."[41]라고 말한다. 민심이 곧 정치의 필수요건必須要件임을 강조한 말이다. 맹자는 임금이 자신의 힘만을 믿고 백성들을 업신여긴다면, 백성의 원망怨望과 한恨이 깊어져 마침내 임금의 지위地位도 잃게 된다고 경고하고 있다.

4. 공자의 정명正名, 맹자의 혁명革命

1) 지도자의 자격資格과 천명天命

맹자는 국가 최고 지도자인 군왕君王에 대해 '천명天命을 받은 사람'이라고 생각했다. 그리고 천명은 덕이 있는 사람에게 하늘이 부여附與하는 것이라고 믿었다. 그렇다면, 하늘의 뜻은 어떻게 알 수 있을까? 맹자는 왕이 다스리는 백성을 통해서 확인할 수 있다고 말한다. 그것은 바로 민심民心이다. '민심이 곧 천심天心'이기 때문에 천명은 군왕에 대한 백성들의 마음으로 알 수 있다는 것이다.[42] 따라서 여민동락與民同樂은 국가지도자의 필수 덕목이 될 수밖에 없다. 백성과 함께 동고동락同苦同樂하는 군왕이라야 백성들로부터 신뢰信賴와 존경尊敬을 받을 수 있기 때문이다. 결국 여민동락과 동고동락은 지도자의 필수적인 자격 조건인 셈이다. 이처럼 정치의 근본을 백성에 두는 것을 민본정치民本政治라고 말한다. 물론 민본民本은 근대 이후에 등장한 민주民主 개념과는 다르다. '주권재민主權在民'의 민주와 '군주민본君主民本'이 같을 수 없기 때문이다.

맹자는 민심民心을 잃은 지도자는 천심天心을 잃고, 결국 지도자의 자격도 상실하게 된다고 말한다. 그러나 현실정치에서는 군주의 자리를 끝까지 지키려는 경우도 있다. 맹자는 걸

41) 『孟子』·「離婁上」-9 : 孟子曰 桀紂之失天下也, 失其民也, 失其民者, 失其心也.

42) 『서경書經』「태서상泰誓上」에 "백성이 바라는 것에 하늘이 반드시 따른다.(民之所欲, 天必從之.)"라고 했다.

桀·주紂를 예로 들며, 그들을 왕이 아닌 '한 사내[一夫]'라고 말한다. 폭정을 일삼던 걸·주는 결국 백성들로부터 신뢰를 잃고 탕湯·무武에게 제거되었다. 탕·무는 혁명革命을 일으켜 각각 은殷·주周 왕조를 창업했다. 그들의 이러한 행위를 맹자는 역성혁명易姓革命이라고 말하며 긍정적으로 평가했다. 그 이유는 탕·무의 혁명과 통치행위가 군주 한 사람을 위한 것이 아니라 백성을 위한 것으로 보았기 때문이다. "군주는 배, 백성은 물"[43]이라는 순자荀子의 말처럼 배는 평상시에 물위를 떠다니지만, 물은 경우에 따라서는 배를 전복시킬 수도 있다는 뜻이다. 그러므로 고대 성왕聖王들의 가르침과 업적을 기록한 『서경書經』에서는 백성의 마음에 대해 '일정함이 없는 상태'라는 뜻의 '무상無常[변할 수 있음]'[44]이라고 표현하고 있다.

> "(권력자權力者의) 주방廚房에 살찐 고기가 있고 마구간에는 살찐 말이 있는데, 백성들은 굶주린 얼굴빛이 있고 들에는 굶어 죽은 시체가 나뒹군다면, 이것은 짐승을 몰아다가 사람을 잡아먹게 하는 것이다."[45]
>
> "백성들과 함께 즐거움을 같이 하면 왕王이 되는데 아무런 어려움이 없다."[46]
>
> "하늘이 보는 것은 우리 백성들이 보는 것을 따르고, 하늘이 듣는 것은 우리 백성들이 듣는 것을 따른다."[47]
>
> "백성이 가장 귀貴하고, 사직社稷이 그 다음이며, 군주가 가장 가볍다."[48]

43) 『순자荀子』「왕제王制」에 "군주는 배요, 백성은 물이다. 물은 배를 띄어주지만 배를 엎어버리기도 한다.(君者舟也, 庶人者水也. 水則載舟, 水則覆舟.)"라고 했다.

44) 『서경書經』「채중지명蔡仲之命」에 "민심은 일정하지 않다.(民心無常)"라고 했다.

45) 『孟子』·「梁惠王上」-4 : 庖有肥肉, 廐有肥馬, 民有飢色, 野有餓莩, 此率獸而食人也.

46) 『孟子』·「梁惠王下」-5 : 與百姓同之, 於王何有.

47) 『孟子』·「萬章上」-5 : 天視, 自我民視, 天聽, 自我民聽.

48) 『孟子』·「盡心下」-14 : 民爲貴, 社稷次之, 君爲輕.

2) 역성혁명의 조건과 방법

공자의 정명론正名論에 따르면, 맹자의 혁명론革命論이 불가능할 수도 있다. 왜냐하면, "임금은 임금다워야 하고 신하는 신하다워야 하며 부모는 부모다워야 하고 자식은 자식다워야 한다.(君君臣臣父父子子)"는 정명론적 사고방식에서는 애초부터 혁명을 생각할 수도 없기 때문이다. 따라서 여민동락하지 않고 백성을 근본으로 생각하지도 않는 지도자에 대한 신臣·민民의 저항은 여러 가지로 제약을 받을 수밖에 없다. 물론 공자가 애초부터 이러한 상황을 의도한 것이라고 단정할 수는 없다. 그러나 분명한 사실은 정명론의 입장에서 볼 때, 설령 폭군暴君을 만난다 하더라도 신하와 백성은 끝까지 자신의 역할과 책임을 다해야 한다.

공자를 계승한 맹자는 이러한 문제점을 보완할 수 있는 방법을 제시한다. 그것이 바로 혁명론이다. 혁명론에 따르면, 비록 신臣·민民의 계급이라 하더라도 지도자의 덕을 갖추고 민심을 얻는다면 그 누구라도 군주君主가 될 수 있다. 맹자의 이러한 정치사상의 저변에는 철학적으로 맹자의 성선설性善說이 전제되어 있다. 성선설에 따르면, 인간은 누구나 선善한 본성本性이 있기 때문에 군君·신臣·민民 모두가 본질적으로는 평등하다. 다만 도덕적 역량力量과 자질資質에 따라 군자와 소인의 구별이 있을 뿐, 본질적으로 모든 인간이 선한 존재로서 동등하다는 것은 혁명론을 가능하게 만든 중요한 이론적 근거가 되었다.

맹자는 혁명을 무혈혁명無血革命과 유혈혁명有血革命 2가지로 구분한다. 무혈혁명이 평화적 정권교체政權交替라면, 유혈혁명은 군주를 시해弑害하고 많은 희생犧牲이 따른다. 예컨대 요堯 임금이 순舜 임금에게 권력을 넘겨준 것은 민심民心에 따라 선양禪讓한 일종의 평화적인 정권교체이다. 반면 하夏·은殷의 걸桀·주紂가 은殷·주周의 탕湯·무武에 의해 제거된[放伐] 것은 무력武力에 의한 유혈혁명이다. 그러나 맹자는 이것을 민심에 따른 정당한 혁명이라고 말한다.

"인仁을 해치는 자를 도적[賊]이라 하고, 의義를 해치는 자를 해치는 사람[殘]이라 한다. 잔적殘賊을 가리켜 한 사내[一夫]라고 말한다. 나는 한 사내 주紂를 죽였다는 말은 들었지만, 임금을 시해弑害했다는 말은 듣지 못했다."[49)]

"사람은 반드시 스스로 자신을 업신여긴 다음에 남이 그를 업신여기고, 집안은 반드시 스스로 헐뜯은 다음에 남들이 그 집안을 헐뜯으며, 나라는 반드시 스스로 망친 다음에 다른 나라가 공격하는 것이다. (『서경』의) 「태갑太甲」에 말하기를, '하늘이 만든 재앙災殃은 오히려 피할 수 있지만, 스스로 만든 재앙은 피할 수 없다'고 한 것은 이것을 두고 말한 것이다."[50)]

"순舜이 요堯 임금을 28년 간 도왔는데, 이것은 사람의 힘으로는 할 수 있는 것이 아니요, 하늘의 뜻[天心]이다. 요임금이 돌아가시자 3년 상喪을 마치고 순은 요임금의 아들[丹朱]을 피하여 남하南河의 남쪽으로 도망갔다. 천하의 제후로서 조회朝會하는 자들이 요임금의 아들에게 가지 않고 순에게로 갔으며, 옥사獄事를 송사訟事하는 자들이 요임금의 아들에게 가지 않고 순에게로 갔다. …… 그러므로 하늘의 뜻이라고 말한 것이다. 그런 뒤에 도읍[中國]에 가서 천자天子의 자리에 올랐다. 요임금의 궁궐宮闕에 살면서 요임금의 아들을 핍박했더라면, 이것은 찬탈簒奪이지 하늘의 뜻이 아니다."[51)]

"군주에게 허물이 있어서 간언諫言을 함에 반복해서 하더라도 듣지 않으면 군주의 지위地位를 갈아 치운다."[52)]

49) 『孟子』·「梁惠王下」-8 : 賊仁者謂之賊, 賊義者謂之殘, 殘賊之人謂之一夫. 聞誅一夫紂矣, 未聞弑君也.

50) 『孟子』·「離婁上」-8 : 夫人必自侮, 然後人侮之, 家必自毁, 而後人毁之, 國必自伐, 而後人伐之. 太甲曰, 天作孽, 猶可違, 自作孽, 不可活, 此之謂也.

51) 『孟子』·「萬章上」-5 : 舜相堯二十有八載, 非人之所能爲也, 天也. 堯崩, 三年之喪畢, 舜避堯之子於南河之南. 天下諸侯朝覲者, 不之堯之子而之舜, 訟獄者, 不之堯之子而之舜. …… 故曰 天也. 夫然後之中國, 踐天子位焉. 而居堯之宮, 逼堯之子, 是簒也, 非天與也.

52) 『孟子』·「萬章下」-9 : 君有大過則諫, 反覆之而不聽, 則易位.

『대학』, 수신제가와 대인의 길

1. 저자

중국 한漢나라 때에는 유교儒敎를 국교國敎[53]로 채택하여 오경五經(『시경』·『서경』·『역경』·『예기』·『춘추』)을 기본경전으로 정했다. 이후 송宋나라에 이르러 주희朱熹(1130-1200)가 불교·도교에 맞설 수 있는 새로운 유학체계인 성리학性理學을 완성하면서 『예기』(49편) 중 「중용中庸」(31편)과 「대학大學」(42편)을 독립시켜 사서四書 체계를 확립하였다.

주희는 『대학』의 문장과 구절을 나누어 자세한 해설을 붙이고 착간錯簡[글의 순서 오류]을 바로잡았으며, 『대학』을 경經 1장, 전傳 10장으로 구분하였다. 주희는 '경經'은 공자의 뜻을 제자 증자曾子가 서술한 것이고, '전傳'은 증자의 생각을 그의 문인門人들이 기록한 것이라고 정리하였다.

『대학』의 저자에 대해서는 여러 설이 있는데, 전통적으로 『대학』과 『중용』을 공자의 손자인 자사子思가 지었다고 전해진다. 『공자세가孔子世家』에는 급伋[子思]이 지었다고 기록되어 있고, 한漢나라 때 학자인 가규賈逵(174-228)도 '공급孔伋이 『대학』을 경經으로 삼고 『중용』을 위緯로 삼아 지었다'고 했으며, 정현鄭玄도 이 설을 지지했다. 송나라의 정호程顥·정이程頤[54]는

53) 국교國敎state religion : 일반적으로 '국가에 의해 공인公認된 종교'를 의미하지만, 역사·철학분야에서는 '국가에서 인정하여 일정한 재정지원과 특권을 부여하고, 국민으로 하여금 그 이념理念과 교리敎理를 따르게 하는 학문체계'를 총칭하기도 한다. 종교국가를 지향하는 나라는 국론國論의 일치와 이념의 통일을 목적으로 단일 종교를 채택하고 있는데, 국가의 동의 없이 그 내용과 형식 등을 마음대로 바꿀 수 없다. 우리나라의 경우, 역사적으로 신라·고려는 불교를 국교로 삼고 종교의식을 국가적으로 시행하였으나 다른 신앙信仰을 적극적으로 막지는 않았다. 그러나 조선은 유교 사상 부흥의 일환으로 불교를 억제하였으며, 천주교를 사교邪敎로 몰아 박해하기도 하였다.

54) 정이程頤(1033-1107, 호는 이천伊川)는 중국 북송北宋 중기의 유학자로서 이천백伊川伯에 봉해져 이천선생이라고 불렸다. 1살이 많은 형 정호程顥(1032-1085, 호는 明道)와 함께 주돈이周敦頤(1017-1073, 호는 염계濂溪)에게 배웠다. 형과 함께 '이정자二程子'라고 불리며 정주학程朱學의 창시자로 알려져 있다. '이기이원론理氣二元論'의 철학을 수립하여 주희朱熹에게 큰 영향을 주었다.

"공씨孔氏가 남긴 책"이라고만 언급하였다. 주희는 전傳을 "증자의 사상을 그의 문인들이 기술記述한 것이다."라고 하였는데, 자사가 증자의 문인이기 때문에 그의 주장도 『대학』은 자사 저작이라는 견해에 따르고 있음을 알 수 있다.

한편 청淸나라에 이르러 실증적·고증적으로 검토·비판하는 학풍이 생기면서 기존의 자사子思 저작설도 비판을 받았다. 이로 인해 ①진·한대秦漢代 혹은 전국시대 어느 사상가의 저작이라는 설 ②자사가 지은 것이 틀림없다는 설 등이 제시되었다. 그러나 유가儒家 학자가 지은 것이라는 점에 대해서는 대체로 일치하고 있다.

2. 핵심 내용

『소학小學』[55]은 '소인지학小人之學'의 줄임말로서 '어린이의 학문'이란 뜻이다. 따라서 『소학』은 어린이들이 기본적으로 갖추어야 몸가짐과 마음가짐에 대해 상세하게 설명한 청소년 필독 수양서修養書이다. 반면, 『대학』은 '대인지학大人之學'의 줄임말로서 '지도자를 위한 학문'으로서 교육자 혹은 국가와 사회의 리더leader들을 위한 필독 교양서라고 말할 수 있다.

『대학』의 내용은 지도자의 덕목인 삼강령三綱領과 팔조목八條目으로 구성되어 있다. 강령이란 어떤 이론의 핵심核心 원리原理를 가리키며, 조목이란 강령을 설명하는 세부細部 항목項目이다. 삼강령은 명명덕明明德·친민親民·지어지선止於至善으로서 지도자[군자]가 실천해야할 핵심과제이다. 팔조목은 격물格物·치지致知·성의誠意·정심正心·수신修身·제가齊家·치국治國·평천하平天下로서 삼강령 달성을 위한 세부과제이다.

명명덕明明德이란 내 마음 속에 있는 '밝은 덕明德'을 밝힌다는 뜻이며, 친민親民은 '백성을 사랑한다[愛民]'는 뜻이다. 즉 인간이 타고난 '밝은 마음, 곧은 마음, 순수하고 자연스러운 마

55) 『소학小學』: 주희朱熹(1130-1200)가 제자 유자징劉子澄에게 청소년들에게 교육할 수 있는 내용의 책을 편집하게 하여 초안草案을 만들고, 주희가 마무리 한 책이다. 집필 기간은 2년이었으며, 「내편內篇」(4권)과 「외편外篇」(2권)으로 구성되어 있다.

음'인 명덕明德을 밝히는 것은 지도자가 가장 먼저 갖추어야 할 기본 소양素養이다. 이렇게 자신의 본성이 선善함을 분명히 인식한 후에 비로소 타인에 대한 사랑, 나아가 백성들에 대한 사랑을 의미하는 친민親民을 실천할 수 있다는 것이다. 주희는 친민의 친親을 신新으로 해석한다. 이것 역시 백성을 사랑하여 그들을 새롭게[新]한다는 뜻이다. 지어지선止於至善은 '지극한 선[至善]에 그친다 혹은 이른다'는 뜻으로서 '최고의 선善에 도달하는 것'을 말한다. 이러한 경지에 도달하기 위해서는 끊임없는 자기노력이 필요한데, 이것을 절차탁마切磋琢磨[56]라고 표현한다.

주희는 격물格物의 격格을 '이르다[至]·다하다[盡]'의 뜻으로서 '사물事物을 연구하여 이치理致에 도달함'의 뜻으로 해석한다. "천하의 사물은 모두 이치를 가지고 있기 때문에 그 이치를 연구하다보면 결국 만물의 이치를 모두 통달通達할 수 있다."고 생각한 것이다. 그러나 양명학陽明學의 창시자創始者인 왕수인王守仁(1472-1529)은 "사물은 곧 내 마음[의지]이 있는 곳이니 내 마음을 직접 연구하고 실천해야 한다."고 주장한다. 주희와 왕수인의 이론은 주자학과 양명학이란 이름으로 오랜 기간에 걸쳐 논쟁의 중심 주제가 되었다.[57]

---

56) 절차탁마切磋琢磨 : '옥玉이나 돌 따위를 갈고 닦아서 빛을 낸다.'는 뜻. 부지런히 학문學問과 덕행德行을 닦음을 뜻하는 말이다. 『논어』에 이와 관련된 일화가 있다. 어느 날 자공이 "가난하여도 아첨阿諂하지 않으며 부유富裕하여도 교만驕慢하지 않으면 어떻습니까?"라고 물으니, 공자는 "그것도 괜찮으나 가난해도 즐거워하며, 부유해도 예禮를 좋아하는 사람만 같지 못하다."라고 대답했다. 그러자 자공이 "『시경』에 말하기를 '자르는[切] 듯하고 가는[磋] 듯하며, 쪼는[琢] 듯하고 가는[磨] 듯하다.'라고 했으니 이것을 말한 것 같습니다."라고 하였다. 제자의 말을 들은 공자는 흐뭇한 표정을 지으며 "사賜[자공]는 비로소 더불어 시詩를 말할 만하다. 지난 것을 알려주니 올 것을 아는구나."라고 말했다.(『論語』·「學而」-15 : 子貢曰 貧而無諂, 富而無驕, 何如. 子曰 可也, 未若貧而樂, 富而好禮者也. 子貢曰 詩云如切如磋, 如琢如磨, 其斯之謂與. 子曰 賜也, 始可與言詩已矣, 告諸往而知來者.)

57) 양명학陽明學 : 주희가 세상을 떠난 지 270년 후인 명明나라에서 태어난 왕수인은 당시 주류학문이었던 주자학에 의심을 품고 주희의 경전 해석과는 다른 새로운 견해를 제시하며 양명학이라고 하는 새로운 학풍學風을 이끌었다. 왕수인은 주희의 성즉리性卽理와 달리 심즉리心卽理를 주장했다. 주희는 기氣로 이루어진 현상 세계의 근본 원인을 리理로 규정하고, 이기理氣는 서로 떨어질 수 없지만[不相離] 서로 섞일 수도 없다[不相雜]고 말한다. 따라서 마음도 리와 기로 이루어진 것이며, 내 마음의 작용을 온전히 알기 위해서는 외물外物에 객관적으로 존재하는 리를 먼저 탐구할 것을 주장했다. 그러나 왕수인은 우주 만물의 이치이자 원리인 리理가 이미 내 마음[心]에 갖추어져 있으므로 외부에서 찾을 필요가 없다고 보고, 외부 세계를 지각하고 판단하는 마음의 전체적인 역할에 주목하였다. 그러므로 주희는 외물에 대한 끊임없는 학습과 경전經典에 대한 연구를 통해 리理를 깨달아야 비로소 실천할 수 있다는 선지후행先知後行을 주장했다. 반면, 왕수인은 이미 마음속에 리가 있기 때문에 타고난 도덕적 능력인 양지良知를 발휘한다면 누구나 실천할 수 있다는 지행합일知行合一을 주장했다.

치지致知는 '극치에 도달한다.'는 치致의 뜻을 살려 '격물'을 통해 '앎을 완성한다.'는 의미로 이해할 수 있다. 성의誠意는 '뜻을 성실히 함'이며, 정심正心은 '마음을 바르게 함'을 뜻한다. 이러한 4가지 실천을 통해 비로소 달성되는 것이 바로 수신修身인데, 수신은 '자신을 수양한다.'는 뜻이다. 이렇게 수신이 완성되면, 자연스럽게 '집안이 다스려지는' 제가齊家가 이루어지며, 궁극적으로는 '나라가 다스려지는' 치국治國과 '천하가 평화롭게 되는' 평천하平天下를 이룰 수 있다는 것이 『대학』의 팔조목이 갖는 의미이다.

3. 주희의 설명

정자程子[程顥·程頤]가 말했다. "『대학』은 공씨孔氏가 남긴 글이니, 처음 배우는 사람이 덕德에 들어가는 문[初學入德之門]이다. 오늘날 예전 사람이 학문을 했던 순서를 알 수 있는 것은 다만 이 『대학』이 남아 있기 때문이며, 『논어』와 『맹자』는 그 다음의 단계이다. 배우는 자가 반드시 『대학』부터 시작하여 배운다면 거의 어긋나지 않을 것이다."

子程子曰 大學은 孔氏之遺書而初學入德之門也라 於今에 可見古人爲學次第者는 獨賴此篇之存이요 而論孟次之하니 學者必由是而學焉이면 則庶乎其不差矣리라

주희와 왕수인은 『대학』의 격물치지格物致知에 대한 해석도 달랐다. 주희는 '외부의 사물에 이르러 그 앎[知]을 다한다'로 해석한 반면, 왕수인은 물物을 사事의 의미로 해석하고, 나아가 현실의 대상이나 일을 마음이 받아들여 생겨난 사념思念까지 포함하는 것으로 보았다. 또한 지知를 양지良知로 보아 '내면에 존재하는 일을 바로잡아 양지良知에 이른다'고 해석하여 주체의 도덕적 결단을 강조하였다. 이처럼 왕수인의 학설은 지루한 학습 단계를 과감히 제거하여 수양에서 실천의 측면을 더욱 부각浮刻시켰다. 특히 왕수인은 진정한 의미의 수양이란 정좌靜坐나 독서·토론뿐만 아니라 개개인이 일상에서 활동하고 대처해 나가는 모든 과정에서 이루어져야 한다고 주장하여 사대부 계층이 아닌 농민·수공업자·상인 계층에서 많은 호응을 얻었다.

『중용』, 하늘의 길과 사람의 도리

1. 저자

『중용中庸』은 『대학』·『논어』·『맹자』와 함께 사서四書라고 불린다. 유학에서 사서라는 명칭이 생긴 것은 중국 송宋나라 때 주희朱熹가 『예기禮記』 49편 중 『대학』·『중용』을 독립시킨 이후부터이다.[58] 『중용』은 『예기』 속에 포함된 한 편이었으나 주희가 태어나기 전부터 많은 학자들의 주목을 받아 왔다. 한漢나라 이후에는 『중용』에 관한 다양한 주석서註釋書가 나왔는데, 대체로 33장으로 나누어져 있었다. 송나라 때에는 정이程頤가 37장으로 나누었으나, 주희가 다시 33장으로 재정리하여 독립된 하나의 경전經典으로 만들었다.

예로부터 『중용』은 『사기史記』의 「공자세가孔子世家」에서 "(공자의 외아들) 백어伯魚가 급伋을 낳으니, 그가 자사子思였다. 나이 62세에 송宋나라에서 어려움을 겪으며 『중용』을 지었다."라고 적고 있으므로 공자의 손자孫子인 자사의 저작著作으로 알려져 왔다. 그러나 『중용』의 저자에 대해서는 여전히 여러 학자들의 다양한 의견이 있다.[59]

2. 핵심 내용

『중용』은 예로부터 '작은 주역[小周易]'이라고 불릴 정도로 유교의 심오深奧한 철학적 내용을 담고 있는 책으로 알려져 있다. 제1장 첫 구절에서 "하늘이 명命한 것을 성性이라 하고,

---

58) 『예기禮記』 49편 중 「대학大學」은 42편, 「중용中庸」은 31편에 해당한다.

59) 청淸나라 고증학考證學이 등장하면서 자사의 저작著作이라는 설에 반대하는 의견이 제시되었다. 즉 ①진·한秦漢시대의 어떤 학자에 의해 이루어진 저작이라는 설, ②자사의 저본底本을 바탕으로 후세의 학자들이 상당기간 동안 가필加筆하여 완성했다는 설 등이다.

성을 따르는 것을 도道라 하고, 도를 닦는 것을 교敎라 한다.(天命之謂性, 率性之謂道, 修道之謂敎.)" 라고 한 것은 유교 철학의 출발점과 핵심사상을 담고 있다. '사람이 사람답게 살기 위해서는 끊임없이 배워야 하고, 그 배움에는 길道이 있고, 길은 바로 본성本性에 바탕을 두고 있으며, 본성은 태어나면서부터 이미 갖추어진 것이다.'라는 뜻이다. '태어나면서 이미 갖추어진' 본성을 유교에서는 맹자의 '성선性善'으로 이해했으며, 이것은 송宋나라에 이르러 성리학의 핵심核心이자 기초基礎가 되었다.

『중용』은 총 33장으로 되어 있는데, 전반부·후반부로 구분할 수 있다. 전반부에서는 주로 중용中庸과 중화사상中和思想[60]을 중심으로 설명하고, 후반부에서는 우주의 원리原理인 동시에 인간의 도리道理인 성誠에 대해 설명하고 있다. 구체적으로 살펴보면, 수장首章인 1장에서는 중화中和, 2-11장에서는 군자의 중용中庸, 12-19장에서는 비이은費而隱[61], 20-26장에서

60) 중화사상中和思想 : 『중용』 1장에 중용 철학의 핵심을 표현한 말. 사람의 감정感情인 희노애락喜怒哀樂이 드러나기 이전以前의 순수純粹한 마음의 상태狀態를 중中이라고 하며, 마음에서 감정이 생겨 드러남에 모두 절도節度와 도리道理에 맞는 것을 화和라고 한다. 만일 사람이 이러한 '중화中和를 이루게 되면 하늘과 땅이 제자리에 있게 되고 만물萬物이 잘 자라게 된다'는 뜻으로서 우주 만물이 각기 제 모습대로 순조順調롭게 운행運行하게 된다는 뜻이다. 1장의 전체 내용은 다음과 같다. "하늘이 명命한 것을 본성本性[性]이라 하고, 본성을 따르는 것을 도道라 하고, 도道를 닦는 것을 가르침[敎]이라 한다. 도道란 것은 잠시[須臾]도 떠날 수 없는 것이니, 떠날 수 있다면 그것은 도道가 아니다. 그러므로 군자는 그 보이지 않는 곳에서도 경계하고 삼가며[戒愼] 그 들리지 않는 곳에서도 조심하고 두려워하는[恐懼] 것이다. 은미隱微함보다 더 잘 드러남이 없으며 미세微細함보다 더 잘 나타남이 없으니, 그러므로 군자는 그 홀로 있을 때를 삼가는 것이다. 기뻐하고 분노忿怒하고 슬퍼하고 즐거워하는 감정이 드러나지 않은 것을 중中이라 하고, 감정이 드러나 모두 절도節度에 맞는 것을 화和라고 하니, 중中이란 천하天下의 큰 근본根本이요, 화和란 천하의 공통共通된 도道이다. 중中과 화和의 지극함을 이루게 되면 하늘과 땅이 제자리에 있게 되고, 만물이 잘 생육生育될 것이다.(『중용』 1장 : 天命之謂性, 率性之謂道, 修道之謂敎. 道也者, 不可須臾離也, 可離, 非道也. 是故, 君子, 戒愼乎其所不睹, 恐懼乎其所不聞. 莫見乎隱, 莫顯乎微, 故君子, 愼其獨也. 喜怒哀樂之未發, 謂之中, 發而皆中節, 謂之和, 中也者, 天下之大本也, 和也者, 天下之達道也. 致中和, 天地位焉, 萬物育焉.)"

61) 비이은費而隱 : 『중용』 12장에서 군자君子의 도道를 설명하며, 그 '작용作用과 쓰임은 넓고[費], 본체本體의 오묘奧妙함은 은미隱微하다'는 뜻을 짧게 표현한 말. 12장의 전체 내용은 다음과 같다. "군자의 도는 비費하고 은미隱微하다. 부부夫婦의 어리석음으로도 알 수 있지만 그 지극함에 이르러는 비록 성인聖人이라도 알지 못하는 바가 있으며, 부부의 불초不肖함으로도 행할 수 있지만 그 지극함에 이르러는 비록 성인聖人이라도 할 수 없는 바가 있으며, 천지天地의 廣大함도 사람이 오히려 서운한[恨] 바가 있는 것이다. 그러므로 군자가 큰 것을 말할진댄 천하天下가 능히 싣지 못하며, 작은 것을 말할진댄 천하가 능히 깨뜨리지 못한다. 『시경詩經』에 이르기를 "솔개는 날아 하늘에 이르는데, 물고기는 연못에서 뛰논다." 하였으니, 상하上下에 이치理致가 밝게 드러남을 말한 것이다. 군자의 도는 실마리[端緖]가 부부夫婦에게서 시작되니, 그 지극至極함에 미쳐서는 천지天地에 밝게 드러난다.(『중용』 12장 : 君子之道, 費而隱. 夫婦之愚, 可以與知焉, 及其至也, 雖聖人, 亦有所不知焉, 夫

는 성誠, 27-32장에서는 대덕大德과 소덕小德, 33장에서는 수장首章의 뜻을 다시 한 번 강조하고 있다.

주희는 중中에 대해 "한쪽으로 치우치지 않고 기울어지지 않으며, 지나침도 미치지 못함도 없는 것[不偏不倚, 無過不及]"을 가리키며, 용庸은 "떳떳함·당연함[平常]"을 뜻하는 것이라고 설명하였다. 주희의 스승인 정자程子는 "기울어지지 않는 것[不偏]"을 중中이라 하고, "바꾸어지지 않는 것[不易]"을 용庸이라고 하였다.

중화中和사상은 중용을 철학적으로 설명한 말로서 중中은 희노애락喜怒哀樂의 감정感情이 밖으로 드러나기 이전의 순수한 마음의 상태를 말하는 것이다. 반면 화和는 희노애락의 감정이 밖으로 드러나 모두 절도節度와 도리道理에 맞는 것을 말한다. 이러한 "중화中和를 이루게 되면 하늘과 땅이 제자리에 있게 되고, 만물이 잘 자라게 된다는 것[致中和, 天地位焉, 萬物育焉.]"은 우주 만물이 제 모습대로 운행運行되는 것을 깨닫게 된다는 뜻이다.

성誠은 성실誠實과 진실眞實을 뜻하는 개념으로서 우주 만물이 운행되는 원리이며, 천지와 인간이 하나로 통하는 이치이다. 따라서 "성실함은 하늘의 원리이며, 성실하려고 노력하는 것은 사람의 도리이다.[誠者, 天之道也, 誠之者, 人之道也.]"라고 말할 수 있다. 이처럼『중용』에서는 사람이 우주의 운행 원리인 성誠을 깨닫고 배우고 실천하는 과정을 통해 인격을 완성하며, 최종적으로는 천인합일天人合一의 경지에 도달할 수 있다고 말한다.

3. 주희의 설명

중中은 치우치지 않고 기울어지지 않으며 지나치거나 모자람이 없는 것을 말한 것이며, 용庸은 평상平常이다. 정자程子가 말했다.[62] "치우치지 않는 것을 중中이라 말하고 바뀌지 않

婦之不肖, 可以能行焉, 及其之也, 雖聖人, 亦有所不能焉, 天地之大也, 人猶有所憾, 故君子語大, 天下莫能載焉, 語小, 天下莫能破焉. 詩云 鳶飛戾天, 魚躍于淵, 言其上下察也. 君子之道, 造端乎夫婦, 及其至也, 察乎天地.)"

62) 정자程子 앞에 '자子'를 붙인 것은 매우 존경하고 있음을 뜻하는 것으로서 '극존칭極尊稱'의 표현이다.

는 것을 용庸이라 말하니, 중이라는 것은 천하의 바른 도리이고 용이라는 것은 천하의 일정한 이치이다. 『중용』은 공자 문하門下에서 전수傳受되는 심법心法이니, 자사子思가 오래되어 어그러질까 두려워하였기 때문에 책에 써서 맹자에게 주었다. 그 글이 처음에는 한 가지 이치理致를 말하고 중간에는 흩어져서 만萬 가지 일이 되고, 끝에는 다시 합하여 하나의 이치가 된다. 풀어 놓으면 육합六合[63]에 가득하고 거두면 물러가 은밀隱密한 데에 감추어져서 그 맛이 다함이 없으니 모두 실질적實質的인 학문이다. 잘 읽는 자가 음미吟味하고 찾아서 얻으면, 평생平生을 쓰더라도 다 쓰지 못할 것이다."

中者는 不偏不倚無過不及之名이요 庸은 平常也라.
子程子曰 不偏之謂中이요 不易之謂庸이니 中者는 天下之正道요 庸者는 天下之定理라. 此篇은 乃孔門傳授心法이니 子思恐其久而差也하사 故로 筆之於書하여 以授孟子하시니 其書始言一理하고 中散爲萬事하고 末復合爲一理하니 放之則彌六合하고 卷之則退藏於密하여 其味無窮하니 皆實學也라. 善讀者玩索而有得焉이면 則終身用之라도 有不能盡者矣리라.

63) 육합六合 : 상하동서남북上下東西南北을 가리키는 말로서 천지天地의 공간에 있는 우주만물宇宙萬物을 뜻한다.

『명심보감』, 내 마음을 밝히는 보배로운 거울

"세상에 모든 사람이 반드시 읽어야 할 책冊이란 없다. 다만 어떤 시간時間이나 장소場所, 어떤 환경環境이나 시기時期에 읽어야 할 책이 있을 뿐이다. 독서讀書는 결혼結婚과도 같다. 운명運命이나 인연因緣에 의해 결정決定되기 때문이다."[64]

1. 책에 관하여

1) 서명과 저자

명심보감明心寶鑑을 글자 그대로 풀이해 보면, '마음을 밝히는 보배로운 거울'이다. 자신의 내면內面을 신중愼重하게 살피고, 혹시라도 잘못된 것이 있다면 그것을 바로잡기 위해 거울처럼 비추어 보는 귀중貴重한 보물寶物 같은 책이란 의미를 담고 있다.

『명심보감』은 오래 전부터 고려 말기 충렬왕忠烈王 때의 예문관藝文館 제학提學(정3품)을 지낸 노당露堂 추적秋適(1246-1317) 선생이 지은 것으로 알려져 있었다. 그러나 최근 연구에 따르면, 명明나라 초기의 유학자인 무림武林 사람 범입본范立本(?-?)이 1393(홍무洪武 26)년에 지은 것으로 밝혀졌다. 그러나 아쉽게도 범입본에 대한 자세仔細한 기록記錄은 남아있지 않다. 범입본이 지은 원문原文이 여러 경로經路를 통해 우리나라에 전해진 후에는 1454년 청주淸州에서 처음 간행되었는데, 이것을 초간본初刊本이라고 한다.

---

64) 중국의 소설가小說家이자 문명비평가文明批評家인 임어당林語堂(Lin Yutang: 1895-1976)이 지은 『The Importance of Living』(1937), Chapter-12 「The Enjoyment of Culture」의 제3절 'The art of Reading'에 있는 원문은 다음과 같다. "There are no books in this world that everybody must read, but only books that a person must read at a certain time in a given place under given circumstances and at a given period of his life. I rather think that reading, like matrimony is determined by fate or yinyúan." 이 책은 한국에서 『생활의 발견』이란 제목으로 여러 번 출간되었다.

2) 내용과 구성

『명심보감』은 예로부터 전해져 온 선현先賢들의 금언金言과 명구名句를 모아 초학자初學者들의 교육敎育과 계몽啓蒙을 위해 만든 수신교양서修身敎養書이다. 따라서 유교儒敎의 사서오경四書五經뿐만 아니라 불교佛敎, 도교道敎 등 다양한 종교宗敎와 사상가思想家들의 가르침이 담겨 있다.

그러나 『명심보감』에 대한 비판도 있다. 명말明末·청초淸初의 유학자인 왕부지王夫之(1619-1692)는 그의 저서 『독사서대전설讀四書大全說』·「중용中庸」에서 "이런 계몽서啓蒙書들은 사람들이 성현聖賢의 심오深奧한 말을 간략簡略하게 쓴 책을 통해 이해하여 마치 그것이 오경五經과 사서四書 전체의 뜻인 양 오해誤解하게 만든다."고 지적했다. 이밖에 21세기 남녀평등男女平等의 시대에 부합符合하지 않는 성차별적性差別的 느낌을 주는 문장들도 포함包含되어 있으므로 주의注意가 필요하다.

『명심보감』은 본래 계선편繼善篇에서 부행편婦行篇까지 총 19편으로 구성되어 있었다. 그러나 후대後代의 학자들이 교육에 도움이 될 만한 내용을 조금씩 덧붙여서 읽으면서 최근까지 5편이 첨가添加되어 현재에는 총 24편으로 구성構成되어 통용通用되고 있다.

3) 목차와 편명

1. 계선편繼善篇_선행을 계승하는 글	13. 입교편立敎篇_가르침을 세우는 글
2. 천명편天命篇_하늘의 명에 관한 글	14. 치정편治政篇_정치에 관한 글
3. 순명편順命篇_하늘의 명에 순응하는 글	15. 치가편治家篇_집안을 다스리는 글
4. 효행편孝行篇_효행에 관한 글	16. 안의편安義篇_의리에 편안한 글
5. 정기편正己篇_자기를 바르게 하는 글	17. 준례편遵禮篇_예를 따르는 글
6. 안분편安分篇_분수에 만족하는 글	18. 언어편言語篇_언어에 관한 글
7. 존심편存心篇_마음을 보존하는 글	19. 교우편交友篇_친구 사귐에 관한 글
8. 계성편戒性篇_성품을 경계하는 글	20. 부행편婦行篇_부인의 행실에 관한 글
9. 근학편勤學篇_부지런히 공부하는 글	21. 증보편增補篇_더하여 보충한 글

10. 훈자편訓子篇_자식을 가르치는 글
11. 성심편省心篇(上)_마음을 살피는 글(상)
12. 성심편省心篇(下)_마음을 살피는 글(하)
22. 팔반가八反歌_8가지 반어적인 노래
23. 효행편孝行篇(續)_효행에 관한 글(속편)
24. 염의편廉義篇_청렴과 의리에 관한 글
25. 권학편勸學篇_배움을 권장하는 글

2. 배움의 기쁨

2-1. 학이시습學而時習

子曰 學而時習之면 **不亦說乎**아. (『論語』, 學而-1)

공자께서 말씀하셨다. "배우고 때때로 그것을 익히면 또한 기쁘지 않겠는가?"

少年易老學難成이요 **一寸光陰不可輕**이라 **未覺池塘春草夢**인대 **階前梧葉已秋聲**이라. (『明心寶鑑』, 勸學篇-2)

소년이 늙기는 쉽지만 학문은 이루기 어려우니, 짧은 시간이라도 가벼이 여길 수 없어라. 연못가의 봄풀은 꿈에서 아직 깨어나지 않았는데, 계단 앞의 오동나무 잎은 벌써 가을 소리가 나는구나.

『논어』의 첫 구절句節이면서 가장 유명有名한 말이 바로 '배우고 때때로 익힘[學而時習]'이다. 그만큼 공자가 학문을 중시重視했음을 알 수 있다. 그러나 공자가 말한 학문은 책에 있는 지식知識만을 의미하지 않는다. 물론 지식 습득習得도 중요하지만 타인他人의 좋은 점을 본받는 것도 학문의 중요한 부분이라는 것이다. 학문에 뜻을 두는 것은 사람마다 차이差異가 있을 수 있다. 일찍부터 배움에 뜻을 둔 사람도 있고, 조금 늦는 경우도 있다. 그러나 시기가 절대적絶對的으로 중요한 것은 아니다. 오히려 어떤 마음으로 결심決心하고, 어떻게 실천實踐하느냐가 더욱 중요하다. 공자의 '학이시습'은 바로 이러한 생활태도生活態度의 중요성을 강조强調한 말이다.

생활하다보면, 배움을 즐기며 생활하는 사람들을 종종 만날 때가 있다. 대체로 나이가 지긋한 분들이 많다. 젊어서는 살기 바빠서 알지 못했던 배움의 즐거움을 나이가 들어 비로소 깨달은 것이다. 비록 젊었을 때보다 눈은 흐릿하고 기억력記憶力도 약해졌지만 배움에 대한 열정熱情만큼은 젊은 사람 못지않은 그들을 볼 때, 여러 가지 생각이 든다. 공자는 15세에 학문에 뜻을 두었다. 이것을 지우학志于學이라 한다. 다른 사람이 억지로 시켜서 학문을 한 것이 아니라 스스로 배움에 즐거움을 느끼며 학문에 전념專念했다는 것이다. 이런 점 때문에 공자가 훌륭한 성인聖人으로 推仰받은 것이다.

습習은 새가 자주 날갯짓 하는 모습을 형상形像한 글자이다. 그래서 습習이란 어린 새가 하늘을 날기 위해 수십 수백 번 연습練習하는 것처럼 끊임없이 반복反復하고 익히는 것을 말한다. 새가 하늘을 나는 연습을 하는 것처럼 학문에서 중요한 것은 예습豫習보다 복습復習이다. 어제 배운 것을 충분充分히 익힌 다음에 새로운 것을 배워야 효과적效果的이다. 그런데 요즘 사람들은 선행학습先行學習에 치중置重하며 남보다 먼저 배우는 것을 자랑으로 여긴다. 그 결과 공교육公敎育은 무너지고 사교육私敎育만 과열過熱되는 엉뚱한 일이 벌어지고 있다. 설령 남들보다 미리 앞서서 배운다고 하더라도 이전에 배운 내용을 제대로 이해하지 못한다면 결코 앞으로 나갈 수는 없다. 단지 남들보다 먼저 배웠다는 헛된 만족감滿足感만 남을 뿐이다.

나이든 사람들에게 "인생을 살아오면서 가장 후회後悔되는 일이 무엇인가?"라는 질문을 하면 적지 않은 사람들이 젊을 때 열심히 공부하지 않은 것을 후회한다고 말한다. 배움의 중요성을 뒤늦게 깨달은 것이다. 그런데 젊어서는 쉽게 깨닫지 못했던 것을 나이가 들면서 저절로 깨닫게 되는 경우도 종종 있다. 그러나 조금 늦게 깨달았다고 해서 크게 문제될 것은 없다. 학문에는 나이가 없기 때문이다. 역사를 통해 보더라도 죽을 때까지 배움을 포기하지 않았던 많은 위대한 사람들이 있다는 것을 반드시 기억해야 한다.

무엇인가를 배우고 반복하며 실천하는 일은 말처럼 쉬운 일은 아니다. 더구나 배운 것을 완전完全히 자기 것으로 만드는 것은 더욱 어렵다. 그럼에도 불구하고 배우고 익히는 일은 죽을 때까지 멈춰서는 안 된다. 단지 인생에서 후회를 남기지 않기 위해서도 아니고 남들에게 좋은 평가評價를 받기 위해서도 아니다. 그저 배우고 익히는 일이란 인간다운 인간 즉 참다운 사람이 되기 위한 지름길이기 때문이다.

배움의 시작은 가정家庭이다. 가족이 어울려 사는 가정이라는 공간은 인생에서 최초最初의 학교學校이다. 부모父母는 스승이며, 형제兄弟는 선후배先後輩인 셈이다. 이 속에서 질서秩序와 예의禮儀를 배우고 사회생활의 기초를 닦는다. 이러한 가정교육을 제대로 받지 못한 사람은 사회에서도 제 역할을 하기가 어렵다. 예로부터 가정교육을 중요하게 여긴 이유가 바로 여기에 있다. 공자는 집안에서 효도孝道하고 형제간에 우애友愛를 지키는 것이 학문의 시작이며, 그 다음으로 글을 배우고 지식知識을 습득習得해야 한다고 말한다. 인간의 도리道理를 알지 못하는 사람이 지식만 쌓는다면 그것은 치명적致命的인 독毒이 될 수 있기 때문이다.

2) 오일삼성吾日三省

曾子曰 吾日三省吾身하노니 **爲人謀而不忠乎**아 **與朋友交而不信乎**아 **傳不習乎**아니라. (『論語』, 學而-4)

증자가 말하였다. "나는 날마다 내 자신을 세 가지로 반성反省하였다. 남을 위하여 일을 도모圖謀할 때 진심盡心을 다하지 않았던가? 친구親舊와 더불어 사귈 때 믿음을 주지 못했던가? 스승에게 배운 것을 익히지 않았던가?"

忍一時之忿이면 **免百日之憂**니라. (『明心寶鑑』, 戒性篇-2)

한 때의 분노忿怒를 참으면 백일百日의 근심을 면한다.

자신을 돌이켜 볼 줄 하는 사람은 훌륭한 인격人格을 갖춘 사람이다. 자신의 잘못을 반성反省하고 그 잘못을 스스로 고칠 줄 아는 사람은 더욱 훌륭한 사람이다. 공자의 제자인 증자曾子는 매일 3가지를 반성했다. 이것만으로도 그의 인품人品을 어느 정도 짐작할 수 있다. 그 3가지는 다음과 같다.

첫째, 다른 사람을 위해서 일을 할 때 최선最善을 다했는가? 증자는 왜 이런 반성을 했을까? 매일 사람을 만나고 일을 하면서 대부분의 사람들은 자신이 진심을 다한다고 생각한다. 그렇다면 굳이 반성할 이유도 없는데, 증자는 왜 반성했던 것일까? 곰곰이 생각해보면, 우리는 종종 진심보다는 습관적으로 사람을 대하거나 일에 임하는 경우가 많다. 더구나 이기적利己的인 모습에 길들여진 사람은 남을 위해 자신의 진심을 다하는 경우가 거의 없다. 이런 점에서 내 자신이 누군가를 위해 어떤 일을 할 때에는 과연 나의 최선을 다하고 있는지 항상恒常 살펴보고 반성해야 한다.

둘째, 친구와 사귈 때 신뢰信賴를 잃지 않았는가? 친구는 뜻이 같은 사람을 말한다. 뜻이 같은 친구란 마음이 통하는 친구다. 마음이 통하는 친구 사이에는 서로를 신뢰하고 서로에게 진심을 다할 것이다. 어찌 보면 당연當然한 일이다. 그러나 이렇게 당연한 일을 과연 내가 매일 지키며 생활하고 있는지 다시 한 번 반성해 볼 필요가 있다. 친구를 의심疑心하거나 남들에게 친구의 험담險談을 하지는 않았는지, 나의 이익을 위해 친구를 궁지窮地에 빠뜨린 적은 없는지, 남들이 자기 친구를 비난非難할 때 같이 그들과 맞장구 치지지 않았는지 등등. 관중管仲과 포숙아鮑叔牙가 서로 믿음을 지켰던 일[管鮑之交]이나 백아伯牙와 종자기鍾子期가 서로의 마음을 알았다[知音]는 이야기를 아는 사람은 많지만 실제로 그렇게 했다는 사람은 쉽게 찾아 볼 수 없다. 남들을 뭐라고 하기 전에 내 자신을 먼저 되돌아보아야 한다.

셋째, 스승에게 배운 것을 잊지 않고 잘 익혔는가? 요즘 한국 교육에는 스승은 없고 선생만 있다거나 제자는 없고 학생만 있다는 말을 종종 듣는다. 얼마나 슬픈 현실現實인가? 누구의 책임責任인지 구분할 수 없을 정도로 이미 교육현장은 많이 무너져 버렸다. 지식교육에 치중置重한 결과가 참혹慘酷한 현실을 만들어 낸 것이다. 스승은 지식知識만 가르치는 사람이 아니다. 지식과 더불어 내면의 인격人格을 다듬어 주고 미래의 길을 열어주는 중요한 안내자 역할을 하는 사람이 바로 스승이다. 따라서 스승의 언행言行은 제자의 본보기가 되어야 하고, 제자는 그런 스승의 가르침을 마음에 새겨 완전히 자기 것으로 만들어야 한다. 이것이 바로 우리 모두가 바라는 교육의 참모습일 것이다.

증자는 위의 3가지를 날마다 반성하여 만일 허물이 있으면 고치고, 허물이 없으면 더욱 그 일에 힘썼다. 성인聖人이 아닌 이상 인간은 부족한 자신을 반성하고 끊임없이 고치며 앞으로 나갈 수 있어야 한다. 자신을 반성하는 마음이 없다면 이런 사람에게는 어떠한 발전도 기대期待할 수 없기 때문이다.

3) 학여불급學如不及

論語曰 學如不及이요 **猶恐失之**니라. (『明心寶鑑』, 勤學篇-8)/(『論語』, 太伯-17)

『논어』에서 말하였다. "배움은 따라가지 못할 듯이 하고 오히려 배운 것을 잃을까 두려워해야 한다."

禮記曰 玉不琢이면 **不成器**하고 **人不學**이면 **不知道**니라. (『明心寶鑑』, 勤學篇-3)

『예기』에서 말하였다. "옥玉은 다듬지 않으면 훌륭한 물건을 만들 수 없고, 사람은 배우지 않으면 도道를 알지 못한다."

절차탁마切磋琢磨라는 말이 있다. '옥玉이나 뿔 따위를 갈고 다듬어서 빛을 낸다'는 뜻이다. 절切은 뼈[상아]를 자르는 것, 차磋는 뼈를 다듬는 것, 탁琢은 옥[돌]을 쪼는 것, 마磨는 옥의 표면을 매끄럽게 갈아내는 것이다. 절차탁마를 통해 귀한 물건[器物]을 만드는 것처럼 사람도 끊임없이 배우고 수양修養해야 함을 비유譬喩한 말이다.

절차탁마라는 말은 본래 위衛나라 사람이 주周나라 무왕武王의 덕을 칭송稱頌하며 "훌륭하신 우리 임금은 뼈와 상아象牙 다듬은 듯 옥과 돌을 간 듯하다."는 시詩에서 유래由來한 말이다. 이 시詩 구절은 『논어』「학이學而」 편에서 공자와 자공子貢의 대화對話에서 나온다. 어느 날 제자 자공이 물었다. "가난해도 아첨阿諂하지 않고 부유富裕해도 교만驕慢하지 않으면 어떻습니까?" 공자가 말했다. "괜찮다. 그러나 가난해도 즐거워하며, 부유해도 예禮를 좋아하는 것만 못하다." 자공이 물었다. "『시경』에서 '자르는 듯하고 가는 듯하며, 쪼는 듯하고 가는 듯하다'는 것이 바로 이 말이군요." 공자가 말했다. "너와 더불어 시詩를 말할 수 있겠구나! 지난 것을 알려주니 올 것을 아는구나." 공자는 자신의 말을 정확히 이해하고 있는 자공을 따뜻하게 격려激勵했다.

아무리 좋은 옥돌이나 상아象牙라도 자르고 끊고 쪼고 갈지 않는다면 그저 돌멩이와 뼈 조각일 뿐이다. 통나무도 잘 다듬어야 훌륭한 건물의 대들보와 기둥이 될 수 있듯 사람도 마찬가지다. 배움을 통해 자신을 갈고 닦지 않는다면, 결국 아무짝에도 쓸모없는 사람이 될 것이다. 끊임없이 배우고 익히며, 깨달은 것을 실천하려 노력하는 것을 공자는 호학好學이라고 말한다. 공자가 제자들에게 강조했던 것도 바로 이 호학好學의 태도態度였다.

배움을 학문學問이라고 말한다. 글자 그대로 배우고[學] 묻는[問] 과정의 연속連續이 학문이다. 그런데 공부하다 보면 궁금한 것이 생기기 마련이다. 이 때 질문質問할 대상對象을 선생님으로 한정限定할 필요는 없다. 내가 모르는 것에 대해 나보다 많이 아는 사람이라면 누구라도 나의 스승이 될 수 있기 때문이다. 이처럼 내가 질문하는 사람의 지위고하地位高下를 막론莫論하고 묻기를 부끄러워하지 않는 것을 공자는 불치하문不恥下問이라고 말한다. 직역하면, '아랫사람에게 묻기를 부끄러워하지 않는다.'는 뜻이다. 이것은 호학好學하는 사람만이 가능한 일이다.

4) 불치하문不恥下問

子貢이 **問曰 孔文子**를 **何以謂之文也**잇고. **子曰 敏而好學**하며 **不恥下問**이라. **是以謂之文也**니라. (『論語』, 公冶長-14)

자공이 물었다. "공문자孔文子는 왜 문文이라고 하였습니까?" 공자께서 말씀하셨다. "민첩敏捷하고 학문을 좋아하며 아랫사람에게 묻기를 부끄러워하지 않았다. 이 때문에 문文이라고 한 것이다."

不經一事면 **不長一智**니라. (『明心寶鑑』, 省心篇 上-28)

한 가지 일을 겪지 않으면, 한 가지 지혜智慧를 자라게 할 수 없다.

춘추시대 위衛 영공靈公이 등용登用한 인재人才 중에 공어孔圉라는 사람이 있었다. 그의 시호諡號가 문文이라서 사람들은 그를 공문자孔文子라고 불렀다. 공자의 제자인 자공이 어느 날 공자에게 물었다. "공문자는 왜 시호를 문文이라고 한 것입니까?" 공자가 대답했다. "그는 머리가 영리한데도 배우는 것을 좋아하여 아랫사람에게 묻는 것을 부끄러워하지 않았다. 이 때문에 문文이라고 한 것이다."

학문을 하는 사람은 잘 모르는 것이 생기면 누구에게라도 물어 배우는 자세로 학문을 익혀야 발전할 수 있다. 낯선 길을 헤매는 것보다 나이 어린 사람에게라도 물어서 길을 빨리 찾는 것이 현명賢明한 것이기 때문이다. 이것은 결코 부끄러운 일이 아니다. 직장職場에서 가장 골치 아픈 사람은 아무에게도 묻거나 상의相議하지 않으면서 자기 마음대로 생각하고 판단判斷하며 일하는 사람이다. 그래서 자신은 열심히 일했다고 생각하지만 결국 일을 망치거나 더욱 어렵게 만드는 경우가 있다. 어떻게 해야 할지 모르면 물어보는 것이 최선이다. 그래서 공자는 "아는 것을 안다고 말하고, 모르는 것을 모른다고 말하는 것이 진정으로 아는 것이다."[65]라고 말한다.

자신이 많이 안다고 자만自慢하다가 큰 코 다치는 경우가 종종 있다. 변호사가 오히려 편법便法에 당하거나 부동산不動産 중개업자仲介業者가 사기詐欺를 당하는 경우, 경찰警察이 보이스피싱voice phishing에 속는 경우 등이다. 비록 자신이 많이 알고 있지만 자칫 방심放心한 결과 곤란困難한 상황狀況에 이르게 된 것이다. 어리석은 사람은 누구에게도 배우려고 하지 않기 때문에 좀처럼 다른 사람에게 묻지 않는다. 어떤 사람은 스승이나 연장자 혹은 상급자에게만 물어보려고 한다. 자신이 배울 수 있는 대상을 스스로 한정하는 셈이다. 그러나 진정으로 현명한 사람은 자신보다 나이가 어리거나 지위가 낮은 사람에게라도 배우고 묻는 사람임을 기억해야 할 것이다.

제齊 나라 관중管仲은 환공桓公을 따라 고죽孤竹이라는 나라를 공격攻擊했다가 돌아오는 도중途中에 길을 잃었다. 관중이 말했다. "이럴 때는 늙은 말의 지혜를 빌리는 것이 도움이 될 것입니다." 늙은 말이 가는 곳을 따라가니 정말 그곳에 길이 있었다. 또 한 번은 겨울에 산 속을 가는데 먹을 물이 떨어져 어렵게 되었다. 이 때 환공의 신하臣下가 말했다. "개미는

65)『論語』「爲政」17 : 知之爲知之, 不知爲不知, 是知也.

겨울 동안에는 양지陽地 바른 남쪽에 살고 여름에는 그늘진 북쪽에 사는데, 그 개미집의 한 치 높은 곳에서 그 밑으로 여덟 자를 파 내려가면 물이 있습니다." 과연 땅을 파보니 정말 물이 있어 목마름을 면할 수 있었다. 말이나 개미에게도 지혜를 배우는데 하물며 아랫사람에게 묻는 일이 부끄러운 일이겠는가? 많이 배우고 높은 지위地位에 있는 사람일수록 더욱 새겨보아야 할 대목이다.

3. 천명天命과 인간

1) 순천자존順天者存

王孫賈問曰 與其媚於奧론 **寧媚於竈**라하니 **何謂也**잇고 **子曰 不然**하다 **獲罪於天**이면 **無所禱也**니라. (『論語』, 八佾-13)

왕손가가 물었다. "안방 신神에게 아첨阿諂하기보다는 차라리 부엌 신에게 아첨하는 것이 낫다고 하니 무엇을 말한 것입니까?" 공자께서 말씀하셨다. "그렇지 않다. 하늘에 죄罪를 지으면 빌 곳이 없다."

孟子曰 順天者는 **存**하고 **逆天者**는 **亡**이니라. (『明心寶鑑』, 天命篇-1)

맹자가 말하였다. "하늘[天理]을 따르는 자는 살고, 하늘을 거역拒逆하는 자는 죽는다."

공자는 사람의 나이 50세를 '하늘의 명命을 아는 나이'라는 뜻으로 '지천명知天命'이라고 했다. 그러나 현실적으로 모든 사람이 공자처럼 천명을 알 수는 없는 일이다. 사람의 성향性向과 수준水準이 사람의 얼굴만큼이나 천차만별千差萬別이기 때문이다. 그래서 공자는 평소平素에 제자들에게 3가지에 관해서는 드물게 가르쳤다. 그것은 이익[利], 어짐[仁], 천명[命]이었다.[66] 이익은 군자가 추구追求해야 할 바가 아니며, 어짐과 천명은 중요한 것이기는 하지

66)『論語』「子罕」-1 : 子罕言利與命與仁.

만 말과 글로는 쉽게 설명할 수 없기 때문이다.

공자는 "하늘에 죄를 지으면 빌 곳이 없다."고 말한다. 공자를 계승한 맹자는 "하늘을 따르는 자는 살고, 하늘을 거스르는 자는 죽는다."라고 말한다. 여기에서 하늘에 죄를 짓는다거나 하늘을 따른다는 것은 단순히 종교宗教나 운명적運命的인 의미가 아니다. 『맹자』 원문을 보면 이를 명확하게 알 수 있다. 맹자는 하늘을 따르는 것은 '시대의 변화를 정확하게 이해하는 것'이라고 말한다.

예로부터 천하에 도道가 있을 때에는 사람들이 모두 덕德을 쌓는 일에 최선最善을 다했다. 그러나 천하에 도가 없을 때에는 사람들이 모두 힘을 기르는 데에만 몰두했다. 올바른 도가 행해지지 않으니 믿을 수 있는 건 오직 힘뿐이기 때문이다. 따라서 도道가 있을 때에는 덕이 부족한 사람이 덕 있는 사람에게 부림을 받게 되고, 도道가 없을 때는 힘이 부족한 사람이 힘 있는 사람에게 부림을 받게 된다는 것이다. 맹자는 이 두 가지를 세상의 당연當然한 이치理致이며, 부득이한 형세形勢이자 하늘의 순리順理라고 말한다. 만일 어떤 사람이 이런 이치와 형세를 거스르고자 한다면, 그는 지혜知慧가 부족한 사람이거나 혹은 천리天理를 거슬러 명예名譽를 얻으려는 사람일 가능성可能性이 많다. 결국 이런 사람은 자기는 물론 자신이 속한 공동체共同體의 안전安全도 보장保障받기 어려운 상황狀況에 직면直面하게 될 것이라고 맹자는 경고警告한다.[67]

2) 사생유명死生有命

공자의 제자 자하子夏는 "죽음과 삶은 명命이 있고, 부귀富貴는 하늘에 달려 있다."라고 말했다. 인생을 살다보면, 인간의 지혜로는 결코 알 수 없는 그 어떤 경지境地가 있다는 뜻이다. 그래서 예로부터 "백년百年도 살지 못하는 사람이 천년千年의 근심을 가지고 산다."는 말

67) 『맹자』의 원문 내용은 다음과 같다. "맹자가 말하였다. '천하에 도道가 있을 때에는 소덕小德이 대덕大德에게 부림[使役]을 당하고 소현小賢이 대현大賢에게 부림을 당한다. 천하에 도道가 없을 때에는 작은 자가 큰 자에게 부림을 당하고 약자弱者가 강자强者에게 부림을 당한다. 이 두 가지는 천리天理이니, 하늘[天理]을 따르는 자는 살고, 하늘을 거역하는 자는 죽는다.'(『孟子』·「離婁上」-7 : 孟子曰 天下有道, 小德役大德, 小臣役大賢, 天下無道, 小役大, 弱役强, 斯二者, 天也, 順天者存, 逆天者亡.)"

이 있는 것이다.

司馬牛憂曰 人皆有兄弟어늘 我獨亡로다 子夏曰 商은 聞之矣로니 死生이 有命이오 富貴在天이라호라 君子敬而無失하며 與人恭而有禮면 四海之內 皆兄弟也니 君子何患乎無兄弟也리오. (『論語』, 顔淵-5)

사마우가 걱정하면서 말하였다. "사람들은 모두 형제兄弟가 있는데 나만 없구나!" 자하가 말하였다. "나는 들으니, 살고 죽는 것은 명命에 달려 있고, 부귀富貴는 하늘에 달려 있다고 하였다. 군자가 공경恭敬하고 잘못이 없으며, 남과 더불어 공손恭遜하고 예禮가 있으면 사해四海의 안이 모두 형제이니, 군자가 어찌 형제가 없음을 걱정하겠는가?"

子夏曰 死生有命이요 富貴在天이니라. (『明心寶鑑』, 順命篇-1)

자하가 말하였다. "죽음과 삶은 명命이 있고, 부귀富貴는 하늘에 달려 있다."

참으로 알다가도 모르는 것이 사람의 마음이고 생각이다. 오래 살아도 100년을 채우기 어려운 게 인생인줄 알면서도 끊임없이 근심과 걱정 속에 사니 말이다. 그래서 그런지 사람들은 간혹 큰 걱정이 없으면 작은 것을 크게 만들어 걱정하거나, 어쩌다 걱정거리가 없어지게 되면 굳이 쓸데없는 것까지 애써 찾아내어 걱정하기도 한다. 특히 걱정 중에서도 가장 흔한 것이 바로 공연空然히 남들과 비교比較해서 자신을 비참悲慘하게 만드는 일이다. 그러나 자신을 진정眞情으로 행복幸福하게 만드는 것은 외부外部가 아닌 자기를 존중尊重하는 내면內面으로부터 나온다는 사실을 잊어서는 안 된다. 만일 어떤 사람이 타인과 자신을 비교하며 우월감優越感과 만족감滿足感을 얻는다면, 그것은 결과적으로 자기 운명을 남에게 맡기는 것과 같다. 내 자신이 내 운명의 주인이 되지 못하고 타인에 의해 좌지우지左之右之되는 것이다. 그렇다고 타인을 전혀 고려考慮하지 말라는 것은 아니다. 다만 사사건건事事件件 자신과 타인을 비교할 필요는 없다는 것이다.

한 가지를 덧붙이자면, 타인의 의견意見은 감사한 마음으로 듣되 항상 판단判斷의 주체主體는 내 자신이라는 사실을 결코 잊지 말아야 한다는 것이다. 우리에게 중요한 것은 내면에서 우러나오는 자존감自尊感을 지키는 일이다. 남들이 뭐라 말하든, 나는 결코 그들의 말처럼 대단하지도 그렇게 형편없지도 않다는 사실을 명심銘心해야 한다. 내가 한 일이 스스로 마음에 들고 떳떳한 일이라면, 괜히 다른 사람의 의견 때문에 가장 중요한 자신의 감정을 쉽게 무시하거나 망치지 말라는 것이다.

3) 군자삼계君子三戒

子曰 君子有三戒하니 少之時엔 血氣未定이라 戒之在色하고 及其長也하여는 血氣方剛이라 戒之在鬪하고 及其老也하여는 血氣旣衰라 戒之在得이니라.

(『明心寶鑑』, 正己篇-9)/(『論語』, 季氏-7)

공자가 말하였다. "군자는 3가지 경계警戒하는 것이 있으니 어릴 때는 혈기血氣가 확정되지 않았기 때문에 경계할 것이 여색女色에 있고, 장성長成함에 이르러서는 혈기가 바야흐로 강성强盛하기 때문에 경계할 것이 싸움에 있고, 몸이 늙음에 이르러서는 혈기가 이미 쇠衰해졌기 때문에 경계할 것이 얻음에 있다."

사람들은 흔히 남들이 잘한 것을 보면 시샘을 하거나 헐뜯고, 남들이 잘못한 것을 보면 험담을 하거나 비난을 한다. 그러나 이런 시샘이나 험담은 자기를 수양修養하는 데에는 아무런 도움이 되지 않는다. 차라리 남들이 잘한 것을 보면 그것을 배우려고 노력하고, 남들이 잘못한 것을 보면 혹시 나에게는 그런 일이 없는지 반성反省하는 기회機會로 삼는 것이 좋다.

자기를 칭찬稱讚하는 말을 듣는 것은 생각만 해도 기분 좋은 일이다. 그러나 남들의 칭찬에 너무 익숙해지게 되면 자신도 모르게 내면內面을 돌아보고 부족不足함을 채우는 일에 소홀疏忽해지기 쉽다. 경우에 따라서는 남들의 칭찬으로 인해 자칫 교만驕慢해질 수도 있다. 그래서 칭찬하는 말을 들을 때에는 경계警戒하고 조심操心해야 하는 것이다. 나를 충고忠告하는 말은 나의 단점短點과 잘못을 지적해 주는 말이기 때문에 듣는 순간瞬間에는 기분氣分이 나쁠 수도 있다. 그러나 현재 나의 모습을 진지眞摯하게 돌아보고 잘못을 고쳐서 더욱 성숙成熟한 자아自我를 만들고자 한다면, 진심盡心이 담긴 충고는 달게 받아들이는 것이 좋다.

사람은 누구나 자신의 단점을 스스로 발견하기 어렵기 때문이다.

예로부터 군자들은 인생의 주기별週期別로 성욕性慾, 승부욕勝負慾, 소유욕所有慾 등 3가지를 가장 경계했다. 청소년기青少年期에는 끓어오르는 육체적肉體的 욕망慾望을 이겨내기 힘들고, 장성長成해서는 넘치는 승부욕勝負慾으로 인해 다툼이 생길 수 있으며, 나이가 들어 힘이 빠지게 되면 자꾸만 자기 손에 쥐려고 욕심慾心을 낸다는 것이다. 따라서 자기 내면을 올바르게 가꾸기 위해서는 평상시부터 욕심과 욕망, 분노忿怒 등 자신의 감정을 잘 조절하는 능력을 길러야 한다.

4. 리더의 자세

1) 수기안인修己安人

子路 問君子한대 **子曰 修己以敬**이니라 **曰 如斯而已乎**잇가 **曰 修己以安人**이니라. **曰 如斯而已乎**잇가 **曰 修己以安百姓**이니 **修己以安百姓**은 **堯舜**도 **其猶病諸**시니라. (『論語』, 憲問-45)

자로가 군자에 대하여 물으니, 공자께서 "경敬[신중함]으로 몸을 닦는 것이다."라고 하셨다. 자로가 "이와 같을 뿐입니까?"라고 하자, "자기를 수양修養하여 사람을 편안하게 하는 것이다."라고 대답하셨다. 다시 "이와 같을 뿐입니까?"라고 묻자, 말씀하셨다. "자기를 수양하여 백성을 편안하게 하는 것이니, 자기를 수양하여 백성을 편안하게 하는 것은 요堯 순舜 임금도 오히려 부족하게 여기셨다."

童蒙訓曰 當官之法이 **唯有三事**하니 **曰清 曰愼 曰勤**이니 **知此三者**면 **則知所以持身矣**니라. (『明心寶鑑』, 治政篇-3)

『동몽훈』에서 말하였다. "관리官吏가 된 사람이 지켜야 할 법法은 오직 세 가지가 있으니 '청렴清廉', '신중愼重', '근면勤勉'이다. 이 세 가지를 알면 몸가짐의 방법을 아는 것이다."

군자君子에 관해 묻는 제자 자로子路의 질문에 공자는 '신중愼重함으로써 자신을 수양修養하고, 백성百姓을 편안하게 하는 사람'이라고 말한다. 수기이안인修己以安人과 수기이안백성修己以安百姓은 흔히 수기안인修己安人 혹은 수기치인修己治人으로 줄여 말한다. '편안할 안安'은 남들을 편안하게 한다는 뜻으로 '다스릴 치治'의 뜻이 있기 때문이다. 공자는 군자가 학문하는 궁극적窮極的인 목표目標를 수기안인으로 보았다. '자기를 완성完成하고 남을 편안하게 하는' 군자란 사회 정치적으로는 지도자指導者와 리더leader이며, 교육적으로는 스승과 멘토mentor를 가리킨다. 이 때문에 공자는 제자 자하子夏에게 "너는 군자다운 선비가 되어야지, 소인 같은 선비가 되지 말라."[68]고 훈계하기도 한다.

군자란 어떤 사람인가? 공자는 『논어』에서 바람직한 인격의 표상表象으로 군자를 제시提示한다. 공자가 말하는 군자란, '매사每事에 공평무사公平無私하고 덕과 법을 중시하며 옳은 일에 민감敏感하고 마음이 안정安定되어 있으며, 상대방相對方의 단점短點을 지적指摘하기보다는 장점長點을 칭찬稱讚하고, 뚜렷한 주관主觀을 가지고 있지만 남들과 조화調和를 이루며 편안한 마음을 유지維持하면서도 겸손謙遜하고, 이치理致를 따르면서도 문제가 발생하면 남을 탓하기 전에 자신을 반성하는 사람'이다. 반면 소인小人이란, '매사를 불공평하게 처리處理하고 자신의 이익과 욕심을 채우기 위해 상대방을 헐뜯고 분열分裂을 조장助長하며, 평상시 불안不安한 심리상태心理狀態를 가지고 있으며 타인의 단점만을 지적하고 문제가 발생하면 그 책임責任을 남에게 전가轉嫁하거나 회피回避하는 사람'이다.

역사적으로 보면, 군자와 소인을 도덕적인 의미로만 한정限定할 수는 없다. 군자는 본래 고대사회에서 정치에 종사從事하는 사대부士大夫 계층階層을 가리키는 용어用語로 사용되었기 때문이다. 따라서 일반一般 서민庶民을 의미하는 소인과는 계급적階級的으로 구별되어 사용되는 경우가 일반적이다. 이처럼 특정特定한 계급과 계층階層 혹은 지도층指導層 인사人士를 의미하던 '군자'는 시대의 변천에 따라 점차 그 의미가 확장擴張되었다. 특히 공자에게 이르러 군자는 비로소 신분을 지칭指稱하던 개념槪念에서 정치지도자의 내면적 자격요건資格要件인 '도덕적道德的 완성完成' 혹은 '완전完全한 인격人格'이라는 의미를 갖게 되었다.

68) 『論語』「雍也」-11 : 女爲君子儒, 無爲小人儒.

공자 제자 중에 자로는 성격이 가장 쾌활快活하고 조금은 성급性急했던 사람이다. 어느 날 그는 군자에 관한 스승의 가르침을 듣고 그것을 대수롭지 않게 생각했다. 그러자 공자는 '성왕聖王이었던 요·순堯舜 임금도 어렵게 생각한 것을 네가 어찌 감히 쉽게 생각하느냐!'고 은근히 핀잔을 주었다. 이러한 공자와 자로와의 일화逸話를 통해 두 가지를 생각해 볼 수 있다. 첫째, '군자의 길은 누구나 알고 있다'는 것이다. 자로가 그랬던 것처럼 누구나 조금만 생각해 보면 쉽게 이해할 수 있는 것이 군자의 길이다. 이처럼 군자의 길이란 '자신의 내면을 완성하고 그것을 활용하여 사람들을 이롭게 하는 것'으로 요약할 수 있다. 둘째, '군자의 길은 쉽게 완성할 수 없다'는 것이다. 요·순 임금조차 부족하다고 생각할 만큼 어려운 것이 바로 '수기안인'의 길이기 때문이다.

군자의 길은 학문의 궁극적인 목표이자 성인聖人이 되기 위한 필수적인 과정이다. 그러므로 군자의 도道를 얻는다는 것은 학문하는 이유와 인생의 궁극적인 의미를 깨닫는 것이라고 말할 수 있다. 이 때문에 공자는 "아침에 도道를 들으면 저녁에 죽어도 좋다."[69]라는 고백告白을 할 수 있었던 것이다.

2) 여견대빈如見大賓

出門에 **如見大賓**하고 **入室**에 **如有人**이니라. (『明心寶鑑』, 遵禮篇-5)

문을 나갈 때는 큰손님을 만나는 것과 같이 하고, 방房으로 들어갈 때는 사람이 있는 것과 같이 하라.

曾子曰 朝廷엔 **莫如爵**이요 **鄕黨**엔 **莫如齒**요 **輔世長民**엔 **莫如德**이니라.

(『明心寶鑑』, 遵禮篇-3)

증자가 말하였다. "조정朝廷에는 벼슬만한 것이 없고, 마을에는 나이만한 것이 없으며, 세상을 돕고 백성百姓을 다스리는 데는 덕德만한 것이 없다."

69)『論語』「里仁」-8 : 朝聞道, 夕死可矣.

인간은 사회적社會的 동물이다. 우리는 세상에 태어나면서부터 이미 혼자가 아니다. 나이가 들어감에 따라 인간관계는 더욱 확장擴張되고 복잡複雜해진다. 인생은 인간관계의 연속連續이기 때문이다. 인간관계를 원만圓滿하게 만들기 위해 필요한 것 중 하나가 바로 예절禮節이다. 예절은 예의범절禮儀凡節의 줄임말이다. 예의란 인간을 존중尊重하고 사회질서를 유지維持하기 위한 규칙規則·관례慣例이며, 범절이란 모든 일의 순서順序·절차節次를 말한다. 그러므로 예절이란 인간 존중의 마음을 실현하기 위한 규칙의 순서와 절차를 의미한다고 말할 수 있다. 우리가 무심無心코 사용하는 '무례無禮하다'는 말도 예절과 관련된 말이다. 이밖에도 차례茶禮, 혼례婚禮, 장례葬禮, 제례祭禮, 통과의례通過儀禮, 허례허식虛禮虛飾, 동방예의지국東方禮儀之國 등 우리 주위에 예절과 관련된 말이 생각보다 많음을 알 수 있다.

『예기禮記』에는 "도덕인의道德仁義는 예禮가 아니면 이루어지지 않는다. 가르치고 풍속을 바르게 하는 것도 예가 아니면 갖추어지지 않는다. 분쟁紛爭을 해결하고 소송訴訟을 판결判決하는 것도 예가 아니면 가려지지 않는다. 임금과 신하, 윗사람과 아랫사람, 부모와 자식, 형과 동생도 예가 아니면 정해지지 않는다. 벼슬함과 학문을 할 때, 스승을 모시는 것도 예가 아니면 가까워질 수 없다. 조정朝廷에서 자리를 정하고 군대軍隊를 지휘指揮하며, 관직官職에 오르고 법을 집행할 때에도 예가 아니면 위엄威嚴이 서지 않는다. 사당祠堂에 기도祈禱하고 제사祭祀지내며 귀신鬼神에게 제물祭物을 바치는 것도 예가 아니면 정성精誠이 이루어지지 않고 장엄莊嚴하지 못하다. 그러므로 군자는 공경恭敬하고 절도節度를 지키고 사양辭讓하고 겸손謙遜하여 예를 밝히는 것이다."[70]라는 구절이 있다. 세상의 모든 일이 예禮에 기초하고 있다는 말이다. 이처럼 예를 따른다는 것은 인간에 대한 존중과 사회질서에 대한 준수를 의미한다. 공자가 예禮의 조목條目에 대해 묻는 안연에게 "예禮가 아니면 보지 말고, 예가 아니면 듣지 말며, 예가 아니면 말하지 말고, 예가 아니면 행하지 말라."[71]고 가르친 것도 이와 같은 맥락이다.

70)『禮記』·「曲禮上」: 道德仁義, 非禮不成, 教訓正俗, 非禮不備, 分爭辨訟, 非禮不決, 君臣上下父子兄弟, 非禮不定, 宦學事師, 非禮不親, 班朝治軍, 涖官行法, 非禮威嚴不行, 禱祠祭祀, 供給鬼神, 非禮不誠不莊. 是以君子恭敬撙節, 退讓以明禮.

71)『論語』·「顔淵」-1 : 非禮勿視, 非禮勿聽, 非禮勿言, 非禮勿動.

인간은 지구상에서 언어와 문자를 사용하여 문화를 계승繼承·발전發展시켜 나가는 유일唯一한 존재이다. 인류 문명이 지금까지 발전할 수 있던 것도 따지고 보면 언어와 문자 덕분이다. 언어는 의사소통意思疏通의 중요한 수단手段이다. 인간은 자신의 생각과 감정을 언어로 전달하고, 말을 통해 서로의 지식과 정보를 소통疏通한다. 그런데 생활하다보면 무심코 던진 말 한 마디 때문에 수 십 년간 쌓아온 정情과 덕德이 한 순간에 무너질 때가 있다. 서로에게 상처傷處가 되는 말 한 마디 때문에 큰 소동騷動이 벌어진 후에 깨닫는 경우도 종종 있다. 그럼, 어떻게 해야 말로 인한 실수失手를 줄이고 가능한 남들에게 힘이 되는 말을 할 수 있을까?

"말 한마디로 천 냥 빚을 갚는다."는 속담俗談이 있다. 얼마나 좋은 말이기에 이처럼 큰 빚을 갚을 수 있다는 말인가? 그런데 다시 생각해 보면, 이 속담에 긍정적인 의미만 있는 것은 아니다. 말 한마디로 천 냥 빚을 갚을 수 있다면, 반대로 말 한마디로 천 냥 빚을 질수도 있기 때문이다. 이 때문에 예로부터 "입과 혀는 재앙災殃과 근심의 문이요, 몸을 망치는 도끼다."[72]라는 말이 있는 것이다. 평소에 내뱉기 쉬운 말 한마디가 얼마나 중요한지 새삼 깨닫게 하는 말이다.

사람은 '된 사람'·'든 사람'·'난 사람'으로 구분할 수 있다고 한다. '된 사람'은 인격人格이 훌륭한 사람, '든 사람'은 똑똑한 사람, '난 사람'은 잘난 사람을 가리킨다. 이 중에 무엇이 가장 중요한가를 묻는다면, 많은 사람들이 '된 사람'이라고 말한다. 그러나 실제 자녀子女를 기르는 학부모들에서 물어본다면, '된 사람'도 좋지만 우선은 우리 아이가 '든 사람'이나 '난 사람'이 되기를 바란다고 말한다. 무한경쟁 시대에는 훌륭한 인격도 중요하지만, 공부 잘해서 좋은 학벌學閥을 갖추는 것이 세상 살기에 편하다는 것을 부모들은 잘 알기 때문이다. 어찌 보면, 이런 문제로 인해 오늘날의 교육문제가 시작되었을 지도 모른다. 내 자녀를 어떻게 양육養育할 것인가의 문제는 동서고금東西古今을 막론莫論하고 매우 민감하고 어려운 문제이다. 그러나 해답解答이 전혀 없는 것은 아니다. 명문가名門家의 자녀교육 비결祕訣을 살펴보면, 공통된 2가지 특징이 있다. 그것은 바로 '본보기'와 '일관성一貫性'이다. 자녀교육의 출발점은

---

72) 『明心寶鑑』「省心上」-28 : 君平曰 口舌者, 禍患之門, 滅身之斧也.

부모이다. 대부분의 자녀들은 어려서부터 자기 부모의 모습을 보고 느끼고 그 행동을 따라 하며 배우기 때문이다. 따라서 부모의 올바른 행동行動과 가치관價値觀을 일관성 있게 유지하는 것은 자녀들의 내적內的 성장成長에 큰 영향影響을 주게 된다. 결국 자녀교육의 성공비결은 멀리 있는 것이 아니라 가장 가까이에 있는 부모인 셈이다.

3) 견득사의見得思義

孔子曰 君子有九思하니 **視思明**하며 **聽思聰**하며 **色思溫**하며 **貌思恭**하며 **言思忠**하며 **事思敬**하며 **疑思問**하며 **忿思難**하며 **見得思義**니라.

(『論語』, 季氏-10)

공자께서 말씀하셨다. "군자는 9가지 생각이 있으니, 볼 때는 분명하게 볼 것을 생각하고, 들을 때는 분명하게 들을 것을 생각하고, 얼굴빛은 온화함을 생각하고, 용모는 공손함을 생각하고, 말은 충실함을 생각하고, 일은 경건함을 생각하고, 의심스러울 때는 물을 것을 생각하고, 화날 때는 어려움을 당할 것을 생각하고, 이익을 보면 의로움을 생각한다."

景行錄云 爲政之要는 **曰 公與淸**이요 **成家之道**는 **曰 儉與勤**이니라.

(『明心寶鑑』, 立教篇-2)

『경행록』에서 말하였다. "정치의 요점要點은 공평公平과 청렴淸廉이요, 집을 일으키는 길은 검약儉約과 근면勤勉이다."

공자는 군자가 가져야 할 마음자세를 9가지로 정리하고 이것을 구사九思라고 했다. 이 중 아홉 번째가 바로 견득사의이다. 공자는 군자와 소인의 다른 점을 각각 무엇에 민감하게 반응하느냐에 있다고 말한다. 즉 "군자는 의리義理에 민감敏感하고 소인은 이익利益에 민감하다."[73]라고 말한다. 사람은 저마다 민첩하게 반응하는 영역이 있다. 예컨대 식욕食慾이 왕성旺盛한 사람은 먹을 것에 민감하고, 돈에 쪼들린 사람은 금전적金錢的인 문제에 민감하다.

73)『論語』「里仁」-16 : 君子, 喩於義, 小人, 喩於利.

그래서 어떤 사람이 무엇에 민감한 지를 잘 살펴보면, 그 사람의 약점弱點과 단점短點까지도 알 수 있는 경우가 많다. 이런 점에서 공자는 이익을 볼 때 의로움을 생각하는 사람이 바로 군자라고 말한다.

견리사의와 함께 자주 인용되는 것이 견위수명見危授命이다. 견위수명이란 '위태로움을 보고, 목숨을 바친다.'는 뜻이다. 한국 사람이라면 어디에선가 한 번쯤 보았을법한 안중근安重根(1879-1910) 의사의 유묵遺墨에 있는 내용이다. 1910년 3월 26일, 중국 뤼순[旅順] 감옥에서 사형집행死刑執行을 기다리고 있던 안중근 의사는 마지막까지 조선선비의 기개氣槪를 잃지 않았다. 차가운 감옥監獄과 다가오는 죽음의 그림자 앞에서도 꿋꿋하게 써내려간 안중근 의사의 붓글씨 중에 '이익을 보면 의로움을 생각하고, 위태로움을 보면 목숨을 바친다.'라는 뜻의 '견리사의見利思義, 견위수명見危授命'이란 휘호揮毫가 있다. 이 밖에도 안중근 의사의 붓글씨 중에는 '나라를 위해 몸을 바치는 것은 군인의 본분이다.'라는 뜻의 '위국헌신爲國獻身, 군인본분軍人本分'과 '국가의 안위를 노심초사하다.'는 뜻의 '국가안위國家安危, 노심초사勞心焦思', '하루라도 책을 읽지 않으면 입 안에 가시가 돋는다.'는 뜻의 '일일부독서一日不讀書, 구중생형극口中生荊棘' 등이 남아 있다.

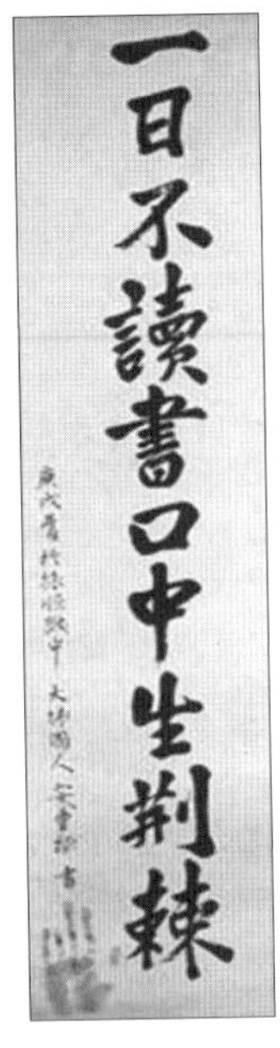

안중근 의사 표준 영정
(순흥안씨대종회 홈페이지 참조)
http://www.shahn.co.kr/

의義란 행동行動과 판단判斷의 기준基準을 의미한다. 우리는 평생 크고 작은 일을 판단·결정·결단하고 그것을 실천하며 살아간다. 이 때 기준이 되는 것이 바로 의로움이다. 그러나 의로움을 일관되게 지키며 생활하는 것은 말처럼 쉬운 일이 아니다. 특히 내가 무언가 매우 부족하거나 극한極限의 결핍상태缺乏狀態에서 간절懇切하게 필요했던 것이 눈앞에 있을 때, 과연 그것을 취取할 것인가 아니면 포기抛棄할 것인가의 갈림길에 서게 된다면 더욱 그렇다. 공자는 바로 이런 상황에서도 의로움을 생각하고 의로움에 따르는 사람이 바로 군자라고 말한다. 이렇게 볼 때, 견득사의란 '개인의 욕심欲心을 이기고 공공公共의 정의正義를 실천하는 것'이라고도 말할 수 있다.

『명심보감』에 "길이 멀어야 말의 힘을 알 수 있고, 날이 오래되어야 사람의 마음을 알 수 있다."[74]라는 말이 있다. 이 구절은 흔히 사람의 마음을 알기란 참으로 어렵다는 뜻으로 풀이되곤 한다. 그러나 다른 각도에서 보면, 인간이 마주하게 되는 많은 선택상황에서 하나의 올바른 도리를 일관되게 실천하는 것이 얼마나 어려운가를 표현하는 말로도 이해할 수 있다. 군자의 견득사의란 한 번 두 번의 실천으로 달성되는 것이 아니라 그의 생애 전체에 걸쳐 일관되게 실천할 때 비로소 완성된다는 뜻이다. 따라서 어떤 사람이 의롭게 산는 것은 그의 삶 전체가 의로움으로 가득 차 있다는 뜻이 된다. 공자가 말한 견득사의란 바로 이러한 경지境地를 말하는 것이다.

4) 의인막용疑人莫用

疑人莫用하고 **用人勿疑**니라. (『明心寶鑑』, 省心篇 上-17)

사람을 의심하거든 쓰지 말고, 사람을 쓰거든 의심하지 마라.

畵虎畵皮難畵骨이요 **知人知面不知心**이니라. (『明心寶鑑』, 省心篇 上-19)

범을 그리되 가죽은 그릴 수 있으나 뼈는 그리기 어렵고, 사람을 알되 얼굴은 알지만 마음은 알지 못한다.

74) 『明心寶鑑』「交友」-8 : 路遙知馬力, 日久見人心.

추사체를 창안創案한 추사秋史 김정희金正喜(1786-1856)의 작품 중 「묵소거사자찬默笑居士自讚」[75]이란 글은 성숙成熟한 인격을 묘사描寫한 글로 유명하다. 내용은 이렇다. "말하지 않아야 할 때 말하지 않고 잠잠한 것은 그 때에 알맞은 것이다. 웃어야 할 때 자연스럽게 웃는 것은 그 상황狀況에 맞는 것이다. 이럴까 저럴까 옳은가 옳지 못한가를 구분할 때와 구부릴까 펼까 없앨까 늘릴까를 결단할 때 움직여서 하늘의 이치에 어긋나지 않으며, 고요하여 인정人情에 어긋나지 않고 예법禮法에 맞으니, 침묵沈默하고 웃는 뜻이 크도다. 말하지 않아도 알아들으니 침묵한들 무슨 잘못이 있겠으며, 그럴만할 때에 자연스럽게 웃으니 웃는다고 무슨 잘못이 있겠는가? 나는 오직 스스로를 반성反省하여 크게 잘못함이 있는가를 생각함에 힘쓸 뿐이다."

<묵소거사자찬>, 김정희, 1840년 이전, 두루마리/종이에 먹, 32.7×136.4cm, 보물

우리는 간혹 내가 처한 상황에서 어떻게 해야 할지 결정하기 힘들 때가 있다. 말을 해야 할지 침묵해야 할지, 웃어야 할지 울어야 할지, 나서야 할지 그냥 가만히 있어야 할지 등이다. 마치 비포장도로를 걸어갈 때 흙먼지가 심하게 날려 방향 감각을 잃게 되는 경우와 같

75) 「묵소거사자찬默笑居士自讚」: 묵소거사는 '침묵을 지켜야 할 때에는 침묵을 지키고 웃어야 할 때에 웃는다.'는 뜻으로 황산黃山 김유근金逌根(1785-1840)의 필명筆名이다. 김유근이 글을 짓고 김정희가 해서체楷書體로 쓴 것이 바로 「묵소거사자찬」이다. 추사는 행서行書·예서隸書 등 다양한 서체書體에 능했는데, 그 중 일점일획을 정자체로 정확하게 쓰는 해서에 있어서는 구양순歐陽詢(557-641), 저수량褚遂良(596-658), 안진경顔眞卿(709-785)을 근본으로 삼았다. 소식蘇軾(1037-1101), 황정견黃庭堅(1045-1105), 유용劉用(1206-1270), 옹방강翁方綱(1733-1818)의 영향도 일부 받았으며, 육조시대六朝時代의 해서에도 깊은 관심을 가졌다. 추사의 해서체 작품은 매우 희귀하기 때문에 「묵소거사자찬」은 그의 해서체 작품 중 대표작이라고 말할 수 있다. 붉은 바탕의 냉금지冷金紙에 행간行間과 자간字間을 맞추기 위해 줄을 친 후, 단정하고 정중한 필치筆致로 한 줄에 네 글자씩 모두 21줄에 82자를 해서로 쓰고 마지막에 검은 먹으로 '완당阮堂', '김정희인金正喜印' 인장을 찍었다. 이 작품은 보물로 지정돼 국립중앙박물관에 보관중이다. 국립중앙박물관 홈페이지(https://www.museum.go.kr/) 참조.

다. 이럴 때 만일 성급性急하게 움직이면 난처難處한 상황에 처하게 될 수 있다. 그러면 어떻게 행동해야 할까? 한 가지 좋은 방법은 우선 가던 길을 잠시 멈추는 것이다. 그리고 흙먼지가 조금 잦아들 때까지 잠시 기다리며 주위 상황을 살핀다. 위의 「묵소거사자찬」의 내용도 이와 비슷하다. 절대로 성급하게 결정하지 말고, 주어진 상황을 잘 살펴보고, 그리고 사람들의 상식과 예법에 맞는 것인지 혹은 이치에 맞는 지를 잘 분별하여 행동해야 한다는 것이다. 현재 상황에만 얽매이지 말고 좀 더 넓은 시각으로 주어진 상황을 장기적長期的 관점觀點에서 객관적客觀的으로 평가評價할 줄 아는 것이 중요하다는 말이다.

사람이 어떤 것을 좋아한다는 것은 평소 그 사람의 감정이 그곳에 모아져 있음을 의미한다. 사람의 감정이 어떤 대상對象에 집중集中하게 되면 그로 인해 그 사람의 마음도 조금씩 바뀔 수 있다. 결국 내가 무엇을 좋아하느냐에 따라 내 마음도 어떻게 변할 지가 결정되는 것이다. 그러므로 어떤 것을 좋아할 때에는 그것이 장기적으로 나에게 유익한 것인지 아니면 손해되는 것인지를 잘 분별해야 한다.

'의심疑心스러운 사람은 쓰지 말고, 한번 썼다면 의심하지 말라.'는 말은 사람을 쓰면서 그의 허물을 자꾸 들추어내거나 괜한 의심이나 비난非難을 하지 말라는 뜻이다. 그것은 사람을 쓰는 입장에서나 또는 부림을 받는 입장에서나 모두 쓸데없는 의혹疑惑만 증폭增幅시킬 뿐 정작 일을 추진하는 데에는 전혀 도움이 되지 않기 때문이다. 만일 어떤 일을 시작하려 한다면, 가장 먼저 깊이 생각하고 장기적인 관점에서 결정하되 한번 결정한 일에 대해서는 괜한 의심을 하거나 자신의 결정을 쉽게 번복해서는 안 된다. 이때 필요한 것이 바로 리더leader의 통찰력洞察力이다.

『채근담』, 동양의 탈무드Talmud

1. 저자

『채근담菜根譚』의 저자는 명대明代 말기의 활동한 유학자인 홍응명洪應明(?-?)이다. 흔히 홍자성洪自誠으로 불리는데, 자성自誠은 홍응명의 자字이며, 호는 환초도인還初道人이다. 홍자성의 출생지는 정확히 알 수 없으며, 생애에 관한 자세한 기록도 남아있지 않다.

홍자성이 지은 『선불기종仙佛奇踪』(1602)에 따르면, 그는 '젊어서 과거공부에 열중했지만 말년에는 산림山林에 은거隱居하여 불교를 믿었다.'고 전한다. 또 만력萬曆 30년(1603) 전후로 남경南京 진회하秦淮河 일대에 살면서 저술에 힘썼다고 한다. 원황袁黃(1533-1606)·풍몽정馮夢禎(1548-1605) 등과 교류했는데, 풍몽정은 『선불기종』의 「적광경인寂光鏡引」에서 "홍자성은 어려서 화려함을 좋아했지만, 말년에는 조용히 불교를 믿었다."고 말했다. 이를 근거로 추측해 보면, 홍자성은 젊었을 때는 입신양명立身揚名[76]에 힘썼으나 결국 실패하고, 말년에는 도교道教와 불교에 귀의歸依한 것으로 보인다. 온갖 세상풍파와 고난을 겪은 홍자성이 자신의 인생경험을 바탕으로 삶의 지혜와 올바른 인간관계의 원리와 비결을 담은 『채근담』을 지은 것으로 보인다. 이밖에 홍자성은 자신의 서재書齋 이름을 '계승하다'·'서술하다'는 뜻의 '술述'이라 했다고 전한다.

절강대학浙江大學 중국문학 교수인 임가려林家驪(1951-)는 「홍응명과 채근담(洪應明與菜根譚)」이란 글에서 홍자성에 관한 두 가지 사실을 밝혀냈다. 첫째, 홍자성은 사천四川 신도新都(현재 신도현) 사람이지만, 이후 남경南京에 벼슬을 구하러 갔다가 남경에서 거주했다. 둘째, 홍

76) 입신양명立身揚名 : '몸을 세워 이름을 날리다'라는 뜻이다. 입신立身은 '사회적으로 인정認定을 받고 출세出世하는 것'이며, 양명揚名은 '훌륭하게 되어 세상에 이름을 알리는 것'을 의미한다. 동양에서는 전통적으로 '사회적으로 인정을 받고 출세하여 이름을 세상에 드날리고, 마침내 후세後世에 이름을 떨쳐 부모를 영광榮光되게 해 드리는 것'을 효도孝道의 완성完成으로 생각했다.

자성은 원황, 풍몽정, 우공겸于孔兼[77]과 교류했는데, 원황과 풍몽정은 홍자성보다 나이가 많았으며, 우공겸은 홍자성과 비슷했다. 특히 『채근담』의 서문序文에 해당하는 「채근담 제사題詞」를 쓴 우공겸은 명明나라 13대 황제皇帝인 신종神宗에게 상소上疏했으나 끝내 받아들여지지 않자 작향落鄕한 후 유유자적悠悠自適하며 여생餘生을 보냈는데, 홍자성도 그와 유사한 인물이라고 짐작할 뿐이다.

2. 책 소개

『채근담』은 홍자성의 어록語錄으로 「전집前集」(225조)·「후집後集」(134조) 2권으로 이루어져 있으며, 흔히 동양의 탈무드Talmud[78]로 불린다. 「전집」에서는 주로 세상에 나아가 입신양명立身揚名하여 벼슬길에 올라 사람들과 사귀고 일을 처리하는 사회생활의 도리道理와 방법을 말하고 있다. 「후집」에서는 주로 은퇴隱退하여 낙향落鄕한 후에 자연과 더불어 유유자적하며 생활하는 비결과 즐거움을 말하고 있다. 모두 359문장으로 이루어져 있으며, 주로 단문短文에 대구對句 형식을 많이 사용하고 있다.

사상적으로는 유교 위주로 구성되어 있는데, '우리 유학자'라는 뜻의 오유吾儒라는 단어가 문장 중에 종종 보이는 것이 그 증거이다. 하지만 불교와 도교의 사상이 포함된 유불도儒佛

77) 우공겸于孔兼(?-?) : 명대明代의 진강부鎭江府 금단金壇 사람이다. 자는 원시元時·경소景素이며, 호는 삼봉주인三峰主人이다. 만력萬曆 8년(1580) 진사進士가 되어 구강추관九江推官이 되었다가 이후 조정에 들어가 예부주사禮部主事에 오르고 의제랑중儀制郎中이 되었다. 청렴한 선비였던 그는 신종 황제에게 아첨하는 환관宦官 일파一派에 대항하여 상소를 올렸다가 유배流配에 처해졌으며, 만력 21년(1593) 결국 사직辭職하고 낙향落鄕했다. 이후 20년 동안 고향에 머물면서 독서에 전념하는 한편 고헌성顧憲成 등과 함께 동림서원東林書院에서 학문을 익혔는데, 무엇보다 의리의 실천을 중시했다. 저서로는 『부운산거집浮雲山居集』, 『강주여초江州餘草』 등이 있다.

78) 탈무드Talmud : 율법학자들이 지은 유대교 율법서律法書로서 그들의 가치관과 전통적 습관習慣·축제祝祭·구전口傳·해설解說 등 사회전반의 사상事象을 총망라한 유태인의 정신적·문화적인 유산이다. 유대교에서는 『토라(Torah)』라고 하는 '모세의 오경五經' 다음으로 중요시되며, 오늘날까지 유대인 정신문화의 원천으로 평가되고 있다. 『탈무드』는 팔레스타인에서 나온 것(4세기 말경에 편찬)과 메소포타미아에서 나온 것(6세기경까지의 편찬) 등 두 종류가 있다. 전자를 '팔레스타인 탈무드' 혹은 '예루살렘 탈무드'라고 부르며, 후자를 '바빌로니아 탈무드'라고 부른다.

道 합일사상合一思想도 담고 있다. 사서오경四書五經과 명대明代의 진백사陳白沙[79], 북송대北宋代의 소요부邵堯夫[80]·소동파蘇東坡[81], 당대唐代의 백거이白居易[82] 등 유학자들의 시구詩句를 자주 인용하고 있다. 또한 석가釋迦나 고승高僧들의 어록과 『노자』, 『장자』 등의 문장도 인용하고 있다.

79) 진백사陳白沙(1428-1500) : 명明나라의 유학자로서 이름은 헌장獻章, 자는 공보公甫, 호는 석재石齋인데, 흔히 백사선생白沙先生으로 불린다. 오강재吳康齋에게 배웠으나 매우 짧은 기간이었으며, 향리鄉里로 돌아와서 주자학과는 다른 입장을 취했다. 짧은 기간 관직에 몸담았다가 학문 연구와 제자교육으로 일생을 보냈다. 독서를 통해 이치理致를 얻는 주자학적 학문관에 실망하여 오로지 정좌靜坐에 의해 마음을 가라앉히고 우주의 이치를 몸으로 인식해야 한다고 주장했다. 주관적主觀的으로 마음의 문제를 탐구했던 왕양명王陽明과 함께 명대를 대표하는 심학자心學者이다. 저서로 후세에 편집한 『백사자전집白沙子全集』 6권이 있다.

80) 소요부邵堯夫(1011-1077) : 송宋나라의 학자·시인으로서 이름은 옹雍, 호는 안락선생安樂先生, 자는 요부堯夫, 시호는 강절康節인데, 흔히 소강절邵康節이라 불린다. 도가道家의 영향을 받았으며, 음·양·강·유陰陽剛柔의 사원四元을 근본으로 하고, 4의 배수倍數로써 모든 것을 설명하는 유교의 역철학易哲學을 발전시켜 독특한 수리철학數理哲學을 완성했다. 주렴계周濂溪와 같은 시대 사람이며, 이지재李之才로부터 도서圖書·천문天文·역수易數를 배워 인종仁宗의 가우연간嘉祐年間(1056-1063)에는 장작감주부將作監主簿로 추대推戴 받았으나 사양辭讓하고, 일생을 낙양洛陽에 숨어 살았다. 사마광司馬光 등의 구법당舊法黨과 친교하면서 시정市井의 학자로서 평생을 마쳤다. 남송南宋의 주자朱子는 주렴계, 정명도程明道, 정이천程伊川과 함께 도학道學의 중심인물로 평가받고 있다. 『황극경세서皇極經世書』 62편을 저작하여 천지간天地間 모든 현상의 변화를 수리數理로서 해석하고 미래를 예측豫測하였으며, 또 『관물내외편觀物內外編』 2편에서는 허심虛心, 내성內省의 도덕수양법을 설명하였다. 또한 자유로운 시체詩體의 시집詩集 『이천격양집伊川擊壤集』(20권)의 작품이 있고, 『어초문답漁樵問答』(1권) 등이 있다.

81) 소동파蘇東坡(1037-1101) : 송宋나라의 학자·시인으로서 이름은 식軾, 자字는 자첨子瞻, 호는 동파거사東坡居士인데, 흔히 소동파로 불린다. 당송팔대가唐宋八大家의 한 사람인 구양수歐陽修 문하門下에서 배웠으며 시詩·사詞·부賦·산문散文 등 모든 분야에 능해 아버지 소순蘇洵, 동생 소철蘇轍과 함께 당송팔대가로 손꼽혔다. 20세 되던 해인 1057년에 진사 시험에 합격했지만 만족하지 않고 공부를 계속하여 26세(1061)에는 제과制科에 합격했다. 그러나 왕안석王安石의 신법新法에 반대하여 구법당舊法黨에 속했던 소동파는 항주杭州로 좌천左遷된 후 서호西湖를 배경으로 많은 시詩를 남겼다. 신법파新法派의 모함으로 관직생활 대부분을 유배와 지방관으로 생활하다가 생을 마감한 그는 유가사상儒家思想을 근간으로 도가사상道家思想과 불가사상佛家思想에도 심취했다. 유가사상은 그로 하여금 끝까지 관직을 지키며 지식인으로서의 사명使命을 다하게 하는 원동력이 되었고, 도가사상과 불가사상은 곤경에 처할 때마다 그가 쓰러지지 않도록 붙잡아주는 버팀목이 되었다. 저서로는 『적벽부赤壁賦』가 있다.

82) 백거이白居易(772-846) : 당唐나라의 대표적인 시인으로서 자字는 낙천樂天이고, 호는 취음선생醉吟先生·향산거사香山居士인데, 흔히 백낙천白樂天으로 불린다. 중국문학에서는 당대唐代를 시문학詩文學의 황금기黃金期로 보는데, 당시唐詩는 초당初唐·성당盛唐·중당中唐·만당晩唐의 4시기로 구분한다. 이백李白과 두보杜甫는 성당 시기의 시인, 백거이는 한유韓愈와 함께 중당 시기의 시인으로 분류하는데, 네 사람을 한데 묶어 이두한백李杜韓白이라고 부르기도 한다. 현재 백거이의 시詩는 3,800여 수首 전하는데, 대표작으로는 「장한가長恨歌」와 「비파행琵琶行」, 「유오진사시遊悟眞寺詩」, 「매탄옹賣炭翁」 등이 있다.

내용상으로는 자연의 변화에 순응順應할 것과 세상만사世上萬事는 반드시 인과응보因果應報[83)]가 있다는 동양적인 세계관·인간관·가치관·처세술 등을 담고 있다. 따라서 다양한 관점으로 삶의 지혜를 제시해 준다는 장점에도 불구하고, 동시에 논리의 일관성이 떨어진다는 비판을 받기도 한다. 그래서 종교 경전經典이나 학술 고전古典 텍스트로 분류되기보다는 생활의 지혜를 얻을 수 있는 인문교양서人文敎養書로 널리 인식되어 왔다.

'나물 뿌리를 씹는다.'는 뜻의 채근菜根은 『소학小學』의 마지막 구절에 있는 송대宋代 유학자 왕신민汪信民[84)]의 말에서 유래한 것이다.

왕신민이 일찍이 말하기를 "사람이 항상 나물 뿌리를 씹어 먹으려고 한다면, 모든 일을 할 수 있을 것이다"라고 했다. 호강후[85)]는 그 말을 듣고 손가락 마디를 부딪치면서 감탄感歎하고 칭찬했다.[86)]

'나물 뿌리를 씹는다.'는 것은 고기를 사먹지 못할 정도로 가난하여 '나물로 끼니를 때운다.'는 것을 은유적隱喩的으로 표현한 말이다. 이 구절에 대해 주자朱子는 "배우는 자는 항상 '뜻있는 선비는 옳은 일을 하다가 죽어서 제대로 장례를 치르지 못하고, 자기의 시신마저 도랑이나 골짜기에 버려진다 하더라도 그것을 후회하거나 걱정하지 않는다.'는 맹자의 말을 항상 생각해야 한다. 만약 선비로서 이런 마음을 갖는다면, 도리道理와 의리義理를 무엇보다 중요하게 생각하여 사람이 죽고 사는 것을 계산하거나 두려워하지 않을 수 있다. 그러므로 옷과 밥 같은 작은 일에 구애拘礙되어 자신의 뜻을 결코 잃지 않을 것이니, 하물며 의리를 저버리고 분수分數를 어기면서까지 물질적인 이익에 빠지겠는가? 내가 생각하건대, 지금 사람들은 고생하며 나물 뿌리를 씹으려고 마음먹지 않기 때문에 결국 자신의 뜻을 잃게 되는

83) 인과응보因果應報 : 불교의 이론으로서 '원인原因과 결과結果는 서로 연결되어 있다.'는 뜻이다. 불교에서는 과거와 전생前生에서 맺은 선악善惡의 인연因緣에 의해 훗날 길흉화복吉凶禍福의 결과를 얻게 됨을 가리키는 말로 사용한다. 대체로 좋은 일에는 좋은 결과, 나쁜 일에는 나쁜 결과가 따른다는 뜻으로 쓰인다.

84) 왕신민汪信民(1071-1110) : 중국 송宋나라의 유학자로서 이름은 혁革, 자字는 신민信民이다.

85) 호강후胡康侯(1074-1138) : 중국 송宋나라의 유학자로서 이름은 안국安國, 자는 강후康侯, 시호는 문정文定이다.

86) 『小學』·「善行」: 汪信民嘗言, 人常咬得菜根, 則百事可做, 胡康侯聞之, 擊節嘆賞.

자가 많은 것 같다. 어찌 경계警戒하지 않을 수 있겠는가!"[87]라고 말했다.

『채근담』이 한국에 알려진 것은 1917년 만해卍海 한용운韓龍雲[88]이 홍응명본을 해석하여 『채근담강의菜根譚講義』를 책으로 출간하면서부터였다. 한용운의 『채근담강의』는 홍응명본의 절반 정도 되는 내용인 271장을 간추려 강의식으로 풀이한 것이다. 한용운은 이 책에서 어떤 특정한 하나의 판본板本을 근거로 하지 않았으며, 중국 승려 내림來琳의 중간본重刊本과 일본의 초략본抄略本을 참고하였다고 밝히고 있다.

3.『채근담』 서문 (전문全文)

세속世俗을 등진 사람은 찾아오는 손님을 쫓아내고 초가草家에 숨어 살며, 유학을 배운 선비와는 어울리되 그 외의 다른 사람들과는 사귀지 않는다. 송구스럽게도 옛 성현들과 오경五經의 뜻이 같고 다름을 의논議論할지언정 쓸데없이 두세 명의 소인小人들과 어울려 자연의 변화를 좇아 산기슭이나 산마루로 어슬렁어슬렁 걸어 다니지 않는다.

날마다 어부나 농부와 함께 오호五湖[89] 물가나 푸른 들에서 시詩를 읊조리고 노래를 화답할지언정 매일같이 몇 푼 안 되는 이익利益을 다투고 작은 지위地位를 영광스럽게 여기는 자와는 진심을 털어 놓지 않고, 날고기에 파리 떼가 모여드는 것 같은 권력투쟁權力鬪爭의 아수라장阿修羅場에서 사람들을 사귀지 않는다. 간혹 염락濂洛[90]의 학문인 유학을 배우러 찾아

87)『小學』·「善行」集註 : 學者須常以志士不忘在溝壑爲念, 則道義重而計較死生之心輕矣. 況衣食外物, 至微末事, 不得未必便死, 亦何用犯義犯分, 役心役志, 營營以求之耶. 某觀今人, 因不能咬菜根, 而至於違其心者衆矣, 可不戒哉.

88) 한용운韓龍雲(1879-1944) : 본관은 청주淸州, 본명은 정옥貞玉이며, 어릴 때 이름은 유천裕天이다. 용운龍雲은 법명法名이며, 법호法號는 만해萬海 혹은 만해卍海라서 흔히 만해 한용운으로 불린다. 일제강점기 때, 독립선언서獨立宣言書에 서명署名한 민족대표 33인 중 한 사람으로서 신간회新幹會 결성을 주도하였다.『님의 침묵沈默』 등을 저술하여 저항문학抵抗文學을 이끈 승려·시인·독립운동가이다.

89) 오호五湖 : 중국의 아름다운 다섯 호수로 파양호鄱陽湖·단양호丹陽湖·청초호青草湖·동정호洞庭湖·태호太湖 등을 가리킨다.

90) 염락濂洛 : 염濂은 염계濂溪 주돈이周敦頤(1017-1073)를 가리키며, 낙洛은 낙양洛陽에서 활동한 정호程顥(1032-1085), 정이程頤(1033-1107) 형제를 가리킨다. 이들은 모두 송대宋代를 대표하는 유학자이기 때문에 일반

오는 사람이 있다면 그들에게는 가르침을 주지만, 쓸데없이 하늘의 모습을 말하거나 용龍을 조각하듯 허무맹랑虛無孟浪한 주장을 내세우는 사람들은 멀리한다. 이렇게 함으로써 은퇴隱退한 나의 산속 생활을 충분히 누릴 수 있다고 생각해 왔다.

그런데 어느 날 내 친구 홍자성이란 사람이 자신이 쓴『채근담』을 가지고 와서 내게 보여주면서 서문序文을 써달라고 부탁付託했다. 처음에 나는 그냥 대수롭게 생각하지 않고 친구의 글을 대충 훑어볼 생각이었다. 그러나 이윽고 책상 위에 있던 옛 책들을 옆으로 치워놓고, 가슴속에 있는 잡념雜念들을 없애고 마음을 가다듬고 나서 손에 책을 잡고 본격적으로 읽어 보니, 비로소 그 성명性命[91]을 논한 것이 오묘奧妙하고 지극至極한 경지境地에 이르렀다. 그리고 사람들의 마음에 대해 말할 때에는 세밀細密하고 자세仔細하게 구석구석을 모두 밝혀서 하늘을 우러르고 땅을 굽어보매 가슴이 넓어지고 세상의 부귀영화富貴榮華가 티끌처럼 여겨져서 글의 수준水準과 뜻이 매우 높고 크다는 것을 알게 되었다.

친구가 붓의 힘으로 이룩한 것이 자연의 아름다움을 모두 묘사描寫하고, 그의 입에서 흘러나오는 말은 모두 순리順理대로 운행運行하는 자연의 이치 그 자체였다. 그의 이러한 깨달음은 과연 어떠한 경지인가? 아직까지는 진정으로 깊이 이해하고 믿을 수는 없지만, 그가 털어 놓은 말에 따르면, 모두가 세상을 치유治癒하는 약藥이 되고 사람들을 일깨워 주는 소중한 도리道理이다. 이것은 귀로 들은 것을 입으로 말하는 싸구려 주장과 이론이 아니다.

이 글은 '채근菜根'이라고 이름 붙였는데, 본래 그가 스스로 청렴清廉하게 살며 세상에서 겪은 온갖 시련試鍊을 통해 얻은 값진 보배와 같은 것이다. 또 스스로 땅에 심고 물을 주어 가꾸는 과정을 통해 얻은 소중한 결실結實이다. 따라서 이 글을 통해 그가 얼마나 세상의 풍파風波에 시달리고, 인생의 길에서 쓰라린 고난苦難을 맛보았는지를 조금이나마 상상想像할 수 있을 것이다.

내 친구 홍자성은 "하늘이 내 몸을 고통苦痛스럽게 한다면 나는 내 마음을 편안하게 만들

적으로 염락은 유학儒學을 지칭指稱하는 개념으로 사용된다.

91) 성명性命 : 유학에서는 인간이 세상에 태어날 때 하늘로부터 선善한 본성本性을 천명天命으로 받는다고 믿었다. 이것을 줄여서 흔히 성명性命이라고 말한다.

어 내 자신을 지키고, 하늘이 나를 역경逆境에 빠지게 한다면 나는 내 도道를 높임으로써 이를 극복克服할 것이다."라고 말했다. 이 말을 통해 그가 자신에게 얼마나 엄격嚴格하게 했으며, 항상 스스로 경계警戒하고 노력努力했음을 짐작斟酌할 수 있다. 이러한 마음으로 몇 마디 말을 책머리에 적어서 사람들에게 이 책 속에 인생의 참다운 맛이 있음을 널리 알리고자 한다. 삼봉주인三峰主人 우공겸于孔兼이 쓰다.

4. 주요 내용

1) 지혜로운 삶

● 성급性急하게 하지 말라, 일찍 핀 꽃이 일찍 진다.

"도리道理를 지키면서 사는 사람은 잠시 한때에만 외롭지만, 권세權勢에 의지하고 아부하는 사람은 천년만년 처량凄凉해진다. 도道에 통달洞達한 사람은 물질에 대한 욕심에서 벗어나 진리를 보고, 내 몸이 죽은 후의 명예名譽를 생각한다. 차라리 한때의 적막寂寞함을 맛볼지언정 영원히 처량하게 되는 것을 선택選擇하지 말라."[92)]

"어떤 사람이 나쁘다는 말을 들더라도 그를 곧바로 미워하지 말라. 그를 헐뜯기 위해 모함謀陷한 것일지 모르기 때문이다. 어떤 사람이 착하다는 말을 들더라도 그와 곧바로 친하지 말라. 간사한 사람이 출세出世를 위해 아첨阿諂한 것인지 모르기 때문이다."[93)]

"복숭아꽃과 오얏꽃이 아무리 아름답더라도 어찌 푸른 소나무와 잣나무의 굳세고 곧은 것만 하겠으며, 배와 살구가 아무리 달더라도 어찌 노란 유자와 푸른 귤의 맑은 향기만 하겠는가? '아름다우면서 일찍 시드는 것은 담담淡淡하면서 오래 가는 것만 못하고, 일찍 빼어

92)『菜根譚』·「前集」-1 : 棲守道德者, 寂寞一時, 依阿權勢者, 凄凉萬古. 達人觀物外之物, 思身後之身, 寧受一時之寂寞, 毋取萬古之凄凉.

93)『菜根譚』·「前集」-208 : 聞惡不可就惡, 恐爲讒夫洩怒, 聞善不可急親, 恐引奸人進身.

난 것은 늦게 성취成就하는 것만 못하다는 것'을 내가 진정眞情으로 알겠다."[94)]

"오래 움츠린 새는 반드시 높이 날고, 먼저 핀 꽃은 홀로 먼저 진다. 이러한 이치理致를 안다면, 실수失手하여 낭패狼狽를 당할 우려憂慮가 없고 조급躁急한 생각이 사라지게 될 것이다."[95)]

● 진리眞理는 언제나 평범平凡함 속에 깃들어 있다.

"진한 술, 기름진 고기와 맵고 단 음식이 참맛이 아니다. 참맛은 다만 담담淡淡할 뿐이다. 신기神奇한 재주와 탁월卓越한 사람이 지혜로운 사람이 아니다. 지혜로운 사람은 다만 평범平凡할 뿐이다."[96)]

"문장文章이 최고의 수준水準에 도달하면 특별히 신기한 꾸밈이 없이 그저 평범하고, 인품人品이 최고의 경지境地에 이르면 별다른 이상한 행동을 하지 않고 그저 타고난 본성本性대로 살아간다."[97)]

"세속世俗의 더러운 때를 씻어 낼 수 있다면 그 자체가 대단한 것이니, 억지로 기이奇異한 것을 숭상崇尙하는 것은 대단한 것이 되지 못하고 이상異常한 것이 된다. 더러움에 물들지 않으면 곧 깨끗한 것이니, 굳이 속세俗世를 떠나 깨끗하기를 구하는 것은 깨끗한 것이 못 되고 과격過激한 것이 된다."[98)]

"부귀영화富貴榮華를 뜬구름처럼 여기는 기풍氣風을 지녔더라도 굳이 바위 동굴 같은 데에 거처居處할 필요는 없으며, 자연을 병적病的으로 좋아하는 마음은 없더라도 항상 술에 취

94) 『菜根譚』·「前集」-224 : 桃李雖艶, 何如松蒼栢翠之堅貞, 梨杏雖甘, 何如橙黃橘綠之馨冽. 信乎, 濃夭不及淡久, 早秀不如晚成也.

95) 『菜根譚』·「後集」-76 : 伏久者, 飛必高, 開先者, 謝獨早. 知此, 可以免蹭蹬之憂, 可以消躁急之念.

96) 『菜根譚』·「前集」-7 : 醲肥辛甘非眞味, 眞味只是淡, 神奇卓異非至人, 至人只是常.

97) 『菜根譚』·「前集」-102 : 文章做到極處, 無有他奇, 只是恰好, 人品做到極處, 無有他異, 只是本然.

98) 『菜根譚』·「前集」-169 : 能脫俗便是奇, 作意尙奇者, 不爲奇而爲異, 不合汚便是淸, 絶俗求淸者, 不爲淸而爲激.

하고 시詩를 즐길 수 있는 여유餘裕는 있어야 한다."[99]

• 분수分數에 맞지 않는 욕심慾心은 재앙災殃과 환란患亂의 씨앗이다.

"속담에 말하기를 '맹수猛獸는 쉽게 길들일 수 있으나 사람의 마음은 굴복屈服시키기 어려우며, 계곡은 쉽게 가득 채울 수 있으나 사람의 마음은 가득 채우기 어렵다'라고 하니, 진정으로 옳은 말이다."[100]

"수목樹木은 뿌리만 남은 뒤에야 꽃과 잎사귀가 헛된 영화榮華임을 알게 되고, 사람은 죽어서 관棺 뚜껑을 덮은 뒤에야 자녀子女와 부귀富貴가 무익無益함을 알게 된다."[101]

"분수分數에 맞지 않는 복福과 공짜로 얻은 이익은 조물주造物主의 낚싯밥이 아니면 사람이 만든 함정陷穽이다. 이러한 경우에 조심스럽게 잘 살피지 않는다면, 저들의 속임수에 빠져 낭패狼狽를 보게 될 것이다."[102]

• 말조심 하는 것이 재앙災殃을 예방豫防하는 최선의 방법이다.

"한 가지 생각으로도 귀신의 금기禁忌를 범하며, 한 마디 말로도 천지의 조화調和를 해치며, 한 가지 일로도 자손에게 화禍를 초래招來할 수 있으니, 마땅히 가장 절실하게 경계警戒해야 하는 것이다."[103]

"사람의 입은 곧 마음의 문門이니, 입을 지키는 것을 빈틈없이 하지 않으면 비밀이 새어 나간다. 뜻은 곧 마음의 발이니, 뜻을 단속團束하기를 엄격嚴格히 하지 않으면 잘못된 길로 달려가게 될 것이다."[104]

99)『菜根譚』·「後集」-17 : 有浮雲富貴之風, 而不必嚴棲穴處, 無膏肓泉石之癖, 而常自醉酒耽詩.

100)『菜根譚』·「後集」-65 : 語云, 猛獸易伏, 人心難降, 谿壑易滿, 人心難滿, 信哉.

101)『菜根譚』·「後集」-77 : 樹木至歸根, 而後知花蕚枝葉之徒榮, 人事至蓋棺, 而後知子女玉帛之無益.

102)『菜根譚』·「後集」-126 : 非分之福,· 無故之獲, 非造物之釣餌, 卽人世之機阱, 此處著眼不高, 鮮不墮彼術中矣.

103)『菜根譚』·「前集」-152 : 有一念而犯鬼神之禁, 一言而傷天地之和, 一事而釀子孫之禍, 最宜切戒.

104)『菜根譚』·「前集」-220 : 口乃心之門, 守口不密, 洩盡眞機. 意乃心之足, 防意不嚴, 走盡邪蹊.

• 집착執着이 지나치면 일을 망치게 된다.

"좁은 길에서는 한 걸음을 양보讓步하여 다른 사람이 먼저 지나가게 하며, 맛 좋은 음식은 삼분三分의 일一을 덜어서 다른 사람에게 맛보게 하라. 이것이 세상을 편안하게 살아가는 최상의 방법이다."[105)]

"공적功績을 쌓고 업적業績을 달성達成하는 자는 대부분 마음이 허심탄회虛心坦懷[106)]한 사람이며, 일을 망치고 기회機會를 놓치는 자는 반드시 집착執着하는 고집固執스러운 사람이다."[107)]

"여우가 허물어진 돌계단에서 잠자고 토끼가 황폐荒廢한 누각樓閣에 뛰노는데, 그곳은 모두 옛날에 노래하고 춤추던 곳이다. 이슬이 국화에 내려앉고 안개가 시든 풀에 자욱한데, 그곳은 모두 옛날에 싸우던 곳이다. 그러므로 번성繁盛하고 쇠퇴衰退하는 것이 어찌 영원永遠하겠으며, 강强하고 약弱한 것이 어디에 있겠는가? 이것을 생각하면, 마음이 불 꺼진 재처럼 차가워질 것이다."[108)]

• 입에 쓰다고 무조건 뱉지 말고, 입에 달다고 무조건 먹지 말라.

"귀에 늘 거슬리는 말이 들리고 마음에 늘 불쾌不快한 일이 있으면 이것이야말로 나의 덕德을 기르고 행실行實을 바르게 하는 숫돌이 될 것이다."[109)]

"입에서 즐거움을 주는 맛은 모두 내 몸의 장기臟器와 뼈를 상傷하게 하는 독약毒藥이니 반半만 줄이면 재앙災殃이 없을 것이요, 마음을 유쾌愉快하게 하는 일은 모두 내 몸과 덕德

105)『菜根譚』·「前集」-13 : 徑路窄處, 留一步與人行, 滋味濃的, 減三分讓人嗜, 此是涉世一極安樂法.

106) 허심탄회虛心坦懷 : '마음을 비우고 생각을 터놓는다.'는 뜻으로 명랑明朗하고 거리낌이나 숨김이 없는 마음을 가리킨다.

107)『菜根譚』·「前集」-197 : 建功立業者, 多虛圓之士, 僨事失機者, 必執拗之人.

108)『菜根譚』·「後集」-69 : 狐眠敗砌, 兎走荒臺, 盡是當年歌舞之地. 露冷黃花, 烟迷衰草, 悉屬舊時爭戰之場. 盛衰何常, 强弱安在. 念此, 令人心灰.

109)『菜根譚』·「前集」-5 : 耳中常聞逆耳之言, 心中常有拂心之事, 纔是進德修行的砥石.

을 망치게 하는 것이니 반半만이라도 줄이면 후회後悔가 없을 것이다."[110]

"나를 모함謀陷하고 헐뜯는 사람은 마치 조각구름이 해를 가리는 것 같아서 오래지 않아 저절로 밝아질 것이요, 아양 떨고 아첨阿諂하는 사람은 마치 틈으로 새어 들어온 바람이 피부에 닿는 것 같아서 나를 해치는 것을 깨닫기 어렵다."[111]

● 고난苦難과 역경逆境은 자기성장의 기회다.

"쇠퇴衰退하여 쓸쓸한 모습은 곧 왕성旺盛하고 가득함 속에 있으며, 새로이 자라나는 기미機微는 곧 떨어져 시듦 속에 있다. 그러므로 군자는 편안하게 살 때에 마땅히 한결같은 마음을 지녀 환란患亂을 염려念慮해야 하고, 변고變故를 당했을 때 백인百忍을 견지堅持하여 성공을 도모圖謀해야 한다."[112]

"인생의 역경逆境과 고난苦難은 영웅英雄과 호걸豪傑을 단련鍛鍊하는 용광로鎔鑛爐와 쇠망치와 같아서 그 단련을 잘 받아들이면 몸과 마음에 유익有益하게 되고, 그 단련을 순순히 받아들이지 못한다면 몸과 마음에 손해損害가 될 것이다."[113]

"차라리 소인들이 꺼리고 헐뜯는 사람이 될지언정 소인들이 아부阿附하고 아첨阿諂하는 대상對象이 되지 말며, 차라리 군자에게 질정叱正[114]을 받는 사람이 될지언정 군자가 감싸주고 용서容恕해 주는 사람은 되지 말라."[115]

"군자는 환난患難에 처해서는 근심하지 않지만 즐거운 때에는 오히려 근심을 하며, 권세權勢 있는 사람을 만나서는 두려워하지 않지만 불쌍한 사람을 만나면 오히려 마음 아파한

110)『菜根譚』·「前集」-104 : 爽口之味, 皆爛腸腐骨之藥, 五分便無殃, 快心之事, 悉敗身喪德之媒, 五分便無悔.

111)『菜根譚』·「前集」-195 : 讒夫毁士, 如寸雲蔽日, 不久自明, 媚子阿人, 似隙風侵肌, 不覺其損.

112)『菜根譚』·「前集」-117 : 衰颯的景象, 就在盛滿中, 發生的機緘, 卽在零落內, 故君子居安宜操一心以慮憂, 處變當堅百忍以圖成.

113)『菜根譚』·「前集」-127 : 橫逆困窮, 是煅煉豪傑的一副鑪錘, 能受其煅煉, 則心身交益, 不受其煅煉, 則心身交損.

114) 질정叱正 : '꾸짖어 바로 잡는다.'는 뜻으로 잘못된 몸가짐이나 마음가짐에 대해 교정矯正해주는 일을 가리킨다.

115)『菜根譚』·「前集」-192 : 寧爲小人所忌毁, 毋爲小人所媚悅, 寧爲君子所責修, 毋爲君子所包容.

다."[116]

• 자연을 벗 삼고, 인생을 음미吟味하라.

"대나무 울타리 아래에서 무심코 개 짖고 닭 우는 소리를 들으니, 황홀恍惚하기가 마치 구름 속의 세계와 같고, 서재書齋 안에서 운치韻致 있게 매미 노래와 까마귀 우는 소리를 들으니, 바야흐로 고요함 중에 천지天地를 알겠구나."[117]

"꽃이 화분花盆 속에 있으면 결국 생기生氣를 잃고, 새가 새장 안에 있으면 자연스러운 멋이 사라진다. 그러므로 산속에 꽃과 새가 함께 어울려 아름다운 경치景致를 만들고, 새가 자유롭게 날아다니며 마음을 흡족洽足하게 하는 것보다 못한 것이다."[118]

"숲 속에서 들리는 솔바람 소리나 돌 위로 흐르는 샘물 소리를 고요한 중에 들으면 천지자연天地自然의 음악音樂임을 알게 될 것이요, 수풀 사이에 안개와 물속에 비친 구름을 한가閑暇한 중에 바라보면 하늘과 땅이 만든 최상最上의 그림임을 알게 될 것이다."[119]

"꽃을 스치는 바람의 산뜻함과 눈 위에 비치는 달의 밝음은 오직 고요한 사람만이 그것의 주인主人이 되고, 물가 나무의 번성繁盛하고 메마름과 돌 틈 대나무의 성장成長과 소멸消滅함은 오직 한 사람만이 그 소유권所有權을 가질 수 있다.[120]

"비 개인 뒤에 산색山色을 바라보면 경치景致가 새롭고 고우며, 고요한 밤중에 종소리를 들으면 그 소리가 더욱 맑고 청아淸雅하다."[121]

116)『菜根譚』·「前集」-223 : 君子處患難而不憂, 當宴遊而惕慮, 遇權豪而不懼, 對惸獨而警心.

117)『菜根譚』·「後集」-43 : 竹籬下, 忽聞犬吠鷄鳴, 恍似雲中世界, 芸窓中, 雅聽蟬吟鴉噪, 方知靜裡乾坤.

118)『菜根譚』·「後集」-55 : 花居盆內, 終乏生機, 鳥入籠中, 便減天趣, 不若山間花鳥, 錯集成文, 翺翔自若, 自是悠然會心.

119)『菜根譚』·「後集」-64 : 林間松韻, 石上泉聲, 靜裡聽來, 識天地自然鳴佩, 草際烟光, 水心雲影, 閒中觀去, 見乾坤最上文章.

120)『菜根譚』·「後集」-100 : 風花之瀟洒 雪月之空淸, 唯靜者爲之主, 水木之榮枯竹石之消長, 獨閑者操其權.

121)『菜根譚』·「後集」-112 : 雨餘觀山色, 景象便覺新妍, 夜靜聽鐘聲, 音響尤爲淸越.

✺ 지혜로운 삶을 위한 조언

• 달은 차면 기울고, 꽃은 피면 지는 게 자연의 순리順理이다. 사람이 인생의 전성기全盛期에 있을 때, 매사每事에 조심操心할 필요가 있다. 최고最高의 자리를 떠나거나 인생 말년末年이 되어 더욱 외롭고 쓸쓸해질 수 있기 때문이다. 지혜知慧가 부족한 사람일수록 높은 자리에 올라갔을 때, 점점 더 교만驕慢해 지거나 거만倨慢해진다. 마치 권력權力이 영원할 것처럼 행동하기도 한다. 그러나 '권불십년 화무십일홍'(權不十年, 花無十日紅,)이라 했던가! "권력은 길어봤자 10년 이상 가기 힘들고, 붉은 꽃도 열흘이면 진다." 이것이 자연의 이치理致이다. 이렇게 볼 때, '사람의 진정한 위기危機는 쇠퇴기衰退期가 아니라 전성기에 있다'고 말할 수 있다.

• 자기를 칭찬稱讚하는 말을 듣는 것은 기분 좋은 일이다. 그러나 칭찬에 익숙해지면, 어느 순간에는 사람들의 칭찬에 도취陶醉되어 자신의 내면內面을 돌아보거나 자기의 부족함을 잊게 된다. 이 때문에 자신을 수양修養하는 데에도 소홀疏忽해지기 쉽다. 어떤 경우에는 사람들의 칭찬으로 인해 자칫 교만驕慢해질 수도 있다. 이렇게 볼 때, 칭찬하는 말은 듣기는 좋으나 항상 경계하고 조심해야 하는 것이다.

• 사람은 누구나 자신의 문제점을 스스로 발견하기 어렵다. 그래서 충고忠告를 들을 때, 나의 단점短點과 부족不足함을 지적指摘해 주는 말이기 때문에 순간적瞬間的으로는 기분이 상傷할 수 있다. 그러나 현재의 모습을 돌아보고, 그 동안 알지 못했던 단점을 고쳐서 새로운 나를 만들고자 한다면, 충고는 달게 받아들이는 것이 좋다. 뼈아픈 충고일수록 장기적長期的으로는 나에게 더 유용有用한 경우도 많기 때문이다.

2) 원만한 대인관계

• 은혜恩惠를 베풀되 보답報答을 바라지 말라.

"남에게 베풀기로 마음먹었으면 그가 은혜恩惠 갚기를 요구要求하지 말라. 그가 갚도록 요구하면 내가 베풀어 준 마음까지도 모두 헛수고가 될 것이다."[122)]

"원망怨望은 덕德으로 인해 생긴다. 그러므로 다른 사람이 나에게 고마움을 느끼게 하기 보다는 덕과 원망 모두를 잊게 하는 것이 더 좋다. 원한怨恨은 은혜恩惠로 인해 생긴다. 그러므로 다른 사람이 나의 은혜를 알게 하기 보다는 은혜와 원수怨讐 모두를 없애는 편이 낫다."[123)]

• 타인에게는 너그럽게 하고, 자기에게는 엄격하게 하라.

"남의 사소些少한 잘못을 지적指摘하지 말며, 남의 사생활私生活을 들추어 내지 말며, 남이 저지른 지난날의 잘못을 생각하지 말라. 이 세 가지를 지키면 덕德을 기를 수 있으며, 낭패狼狽를 당할 일이 없을 것이다."[124)]

"다른 사람의 잘못은 용서容恕해 주어야 하지만, 자신의 잘못은 용서해서는 안 된다. 자신의 어려움은 마땅히 참아야 하지만, 다른 사람의 어려움은 그냥 지나쳐서는 안 된다."[125)]

"남에게 받은 은혜恩惠는 비록 크더라도 갚지 않으면서 원한怨恨은 작더라도 갚으려고 한다. 타인他人의 악행惡行은 비록 증거證據가 드러나지 않아도 믿으면서 선행善行은 드러난 사실事實이 있어도 의심疑心한다. 이것은 인정人情이 없는 것 중에서도 매우 잘못된 일이니, 반드시 경계警戒하고 조심操心해야 한다."[126)]

• 마음을 너그럽게 갖고, 상대방을 포용包容하라.

"남의 잘못을 공격攻擊할 때에는 너무 엄격嚴格하게 하지 말고 그가 달게 받아들일 수 있는지를 잘 생각해야 한다. 남을 선善한 것으로 가르칠 때에는 너무 수준水準을 높게 하지 말

122)『菜根譚』·「前集」-89 : 施人毋責其報, 責其報, 併所施之心俱非矣.

123)『菜根譚』·「前集」-108 : 怨因德彰, 故使人德我, 不若德怨之兩忘. 仇因恩立, 故使人知恩, 不若恩仇之俱泯.

124)『菜根譚』·「前集」-105 : 不責人小過, 不發人陰私, 不念人舊惡. 三者可以養德, 亦可以遠害.

125)『菜根譚』·「前集」-168 : 人之過誤宜恕, 而在己則不可恕, 己之困辱當忍, 而在人則不可忍.

126)『菜根譚』·「前集」-194 : 受人之恩, 雖深不報, 怨則淺亦報之. 聞人之惡, 雖隱不疑, 善則顯亦疑之, 此刻之極薄之尤也, 宜切戒之.

고 그가 따를 수 있는지를 잘 생각해야 한다."[127)]

"소인을 대對할 때는 엄嚴하게 하는 것이 어려운 것이 아니라 미워하지 않기가 어려운 것이다. 군자를 대對할 때는 공손恭遜하기가 어려운 것이 아니라 예의禮儀를 제대로 갖추기가 어려운 것이다."[128)]

"지저분한 땅에는 생물이 많고, 맑은 물에는 항상 물고기가 살지 않는다. 그러므로 군자는 마땅히 허물을 용납容納하고 더러움을 받아들이는 도량度量[129)]을 가져야 하며, 깨끗한 것만을 좋아하고 혼자서만 의義롭게 살려고 하는 뜻을 가져서는 안 된다."[130)]

"간사奸詐한 무리를 제거除去하고 요행僥倖을 바라는 무리를 막을 때는 그들이 도망逃亡갈 한 가닥 길을 터주어야 한다. 만약 조금도 도망할 곳이 없게 하여 마치 쥐구멍을 막는 듯이 도망갈 길을 모두 막아 버린다면, 좋은 물건들을 모두 물어뜯어 망쳐 버릴 것이다."[131)]

"어진 사람은 마음이 너그럽고 화평和平하니 복福이 많고 경사慶事가 오래도록 지속되기 때문에 하는 일마다 편안하고, 속 좁은 사람은 매사每事에 서두르고 위축萎縮되니 복이 적고 은혜를 베풂이 짧기 때문에 하는 일마다 위축되고 급하게 된다."[132)]

"사람을 쓸 때에는 너무 각박刻薄하게 해서는 안 된다. 왜냐하면, 각박하면 충성忠誠을 바치려고 생각했던 사람이 떠나기 때문이다. 사람을 사귈 때는 너무 무분별無分別하게 대해서는 안 된다. 왜냐하면, 무분별하게 대하면 아첨阿諂하는 사람이 모여들기 때문이다."[133)]

---

127)『菜根譚』·「前集」-23 : 攻人之惡, 毋太嚴, 要思其堪受, 敎人以善, 毋過高, 當使其可從.

128)『菜根譚』·「前集」-36 : 待小人, 不難於嚴, 而難於不惡, 待君子, 不難於恭, 而難於有禮.

129) 도량度量 : '사물事物이나 일을 너그럽게 용납容納하여 처리處理할 수 있는 넓은 마음과 깊은 생각'을 뜻한다.

130)『菜根譚』·「前集」-76 : 地之穢者多生物, 水之淸者常無魚, 故君子, 當存含垢納汚之量, 不可持好潔獨行之操.

131)『菜根譚』·「前集」-140 : 鋤奸杜倖, 要放他一條去路, 若使之一無所容, 譬如塞鼠穴者, 一切去路都塞盡, 則一切好物俱咬破矣.

132)『菜根譚』·「前集」-207 : 仁人心地寬舒, 便福厚而慶長, 事事成個寬舒氣象, 鄙夫念頭迫促, 便祿薄而澤短, 事事得個薄促規模.

133)『菜根譚』·「前集」-210 : 用人不宜刻, 刻則思效者去, 交友不宜濫, 濫則貢諛者來.

✹ 지혜로운 삶을 위한 조언

• 원만圓滿한 인간관계人間關係를 통해 성공적인 사회생활을 하는 사람들을 보면, 한 가지 공통점共通點이 있다. '솔직率直'하다는 것이다. 솔직한 사람들은 대체로 자기 마음을 상대방相對方에게 꾸밈없이 터놓고 보여 준다. 이 때문에 상대방도 그를 경계警戒하지 않고 편안便安하게 대한다. 이런 진솔眞率한 관계가 오래도록 지속持續되면, 두 사람의 신뢰信賴가 만들어 지게 된다. 이런 신뢰를 통해 진솔한 사람들을 점점 더 많이 알게 됨으로써 자연스럽게 인간관계에서도 성공하게 되는 것이다.

• "궁지에 몰린 쥐가 고양이를 문다"는 말이 있다. 인류 역사에서 소인小人은 어느 시대나 있었다. 한 시대의 소인을 모두 제거했다고 해서 영원永遠히 소인이 생기지 않으리란 법은 없다. 어차피 소인을 모두 제거할 수 없다면, 그들이 제멋대로 활개치고 다니지 못하게 하는 정도만으로도 충분充分할 것이다. 만약 무리하게 그들을 궁지窮地로 내몰아 한 번에 제거除去하고자 한다면, 오히려 그들로 인해 생각지 못했던 화禍를 당할 수도 있기 때문이다. 그러므로 나쁜 사람을 징계懲戒하거나 혼낼 때도 그들이 빠져나갈 통로通路는 어느 정도 열어 놓을 필요가 있다. 남의 약점弱點이나 잘못을 추궁追窮하거나 지적指摘할 때도 마찬가지다.

• "수지청즉무어水至淸卽無魚, 인지찰즉무도人至察卽無徒"라는 말이 있다. 후한後漢의 역사가歷史家 반고班固[134]가 지은 『후한서後漢書』「반초전班超傳」에 나오는 말인데, "물이 너무 맑으면 물고기가 없고, 사람이 너무 따지면 따르는 동료同僚가 없다."라는 뜻이다. 이 말은 '사람이 너무 결백潔白해도 따르는 사람이 없다.'는 뜻으로, 타인의 사소些少한 잘못이나 단점

134) 반고班固(32-92) : 자는 맹견孟堅, 한무제漢武帝 때의 월기교위越騎校尉를 지낸 반황班況의 증손자曾孫子로서 전한前漢의 역사를 두루 채집하여 『후전後傳』 수십 편을 지은 역사가로 이름 높던 아버지 반표班彪로부터 독서와 학문을 배웠다. 아홉 살에 문장에 능했고, 16세의 나이로 수도 낙양洛陽의 태학太學에 들어가 여러 서적을 섭렵하였다. 부친이 세상을 떠난 뒤 그는 아버지의 뒤를 이어 『한서漢書』 1백 편을 저술했지만, 이 때문에 '사사로이 나라의 역사를 짓는다.(私修國史)'는 고발을 당해 구금당하기도 한다. 결국 『한서』는 아버지 반표에서 시작하여 아들 반고, 반고의 딸인 반소班昭에 이르기까지 모든 가족이 참여하여 집필되었다. 사마천司馬遷의 『사기史記』와 같은 기전체紀傳體 형식으로 되어 있으며, 『한서』는 「본기本紀」 12편, 「표表」 8편, 「지志」 10편, 「열전列傳」 70편 총 100편 120권으로 이루어져 있다. 『사기史記』와는 달리 「세가世家」는 모두 빠져있는 것이 특징이다.

은 덮어주고 그것에 대해 너무 냉정하게 따지지 말라는 충고이다. 한편『논어論語』「자로子路」편에 보면, "군자화이부동君子和而不同, 소인동이불화小人同而不和"라는 말이 있다. "군자는 남들과 조화調和를 이루되 같아지지 않고, 소인은 남들과 같아지려고 하되 조화를 이루지 못한다."라는 뜻이다. 진정한 군자는 자신보다 못한 사람도 포용包容하고 조화를 이루지만, 소인은 겉으로는 남들과 같아지려고 노력努力하는 것 같지만 속으로는 누구와도 진정한 조화를 이루지 못하는 사람이라는 말이다.

3) 몸가짐과 마음가짐

• 양심良心의 소리에 귀를 기울여라.

"간肝이 병病들면 눈이 보이지 않고, 신장腎臟이 병들면 귀가 들리지 않는다. 병은 남들이 볼 수 없는 데에서 생겨 반드시 남들이 볼 수 있게 드러난다. 그러므로 군자君子가 밝은 곳에서 죄罪를 짓지 않으려면 먼저 아무도 보지 않는 어두운 곳에서도 죄를 짓지 말아야 할 것이다."[135)]

"군자이면서 위선僞善을 행하는 것은 소인이 함부로 악행惡行을 저지르는 것과 다를 것이 없고, 군자이면서 지조志操를 버리는 것은 소인이 스스로 반성反省하여 선善하게 되는 것보다 못한 것이다."[136)]

"작은 일도 빈틈없이 처리處理하고 어두운 곳에서도 속이지 않으며, 마지막까지 게을리하지 않는다면, 그야말로 진정眞情한 멋진 사람이다."[137)]

• 모든 일은 마음먹기에 달렸다.

"내 마음이 항상 원만圓滿하면 천하가 저절로 불만不滿 없는 세상이 될 것이고, 내 마음이

---

135)『菜根譚』·「前集」-48 : 肝受病, 則目不能視, 腎受病, 則耳不能聽, 病受於人所不見, 必發於人所共見. 故君子, 欲無得罪於昭昭, 先無得罪於冥冥.

136)『菜根譚』·「前集」-95 : 君子而詐善, 無異小人之肆惡, 君子而改節, 不及小人之自新.

137)『菜根譚』·「前集」-114 : 小處不滲漏, 暗中不欺隱, 末路不怠荒, 纔是個眞正英雄.

항상 느긋하면 천하에 저절로 험악險惡한 인정人情이 없어질 것이다."[138]

"세월歲月은 본래 긴 것인데 바쁜 사람은 짧다고 말하고, 천지天地는 본래 넓은 것인데 못난 사람은 좁다고 말한다. 바람이나 꽃, 눈이나 달은 본래 한가閑暇로운 것인데 번뇌煩惱가 있는 사람들은 번잡煩雜하다고 말한다."[139]

"마음속에 욕심慾心이 가득한 사람은 차가운 연못에서 물이 끓는듯하여 산속에 살더라도 고요함을 느끼지 못하고, 마음속에 욕심이 없는 사람은 심한 더위에도 서늘한 바람이 부는 듯하여 시장市場에 서있더라도 시끄러운 줄을 알지 못한다."[140]

"인생에서의 화복禍福은 모두 머릿속 생각이 만들어 내는 것이다. 그러므로 부처는 '이욕利慾에 대한 마음이 걷잡을 수 없게 되면 그게 바로 지옥地獄의 불구덩이요, 탐욕貪慾에 깊이 빠져들게 되면 그것이 곧 고통苦痛의 바다이다. 그러나 마음이 맑고 깨끗하면 뜨거운 불길도 연못처럼 잔잔해지고, 마음이 깨어 있으면 배가 피안彼岸[141]의 세계에 도달到達할 것이다'라고 했다. 생각이 약간만 차이差異가 나도 결과結果는 이처럼 크게 달라지니 어찌 삼가지 않을 수 있겠는가?"[142]

• 비판批判하지도 말고, 교만驕慢하지도 말라.

"군자의 마음은 하늘처럼 깨끗하고 해처럼 밝게 하여 남들이 모르게 해서는 안 되며, 군자의 뛰어난 재주는 아름다운 옥玉이 바위 속에 숨겨지듯이 남들이 쉽게 알게 해서는 안 된다.

138) 『菜根譚』·「前集」-97 : 此心常看得圓滿, 天下自無缺陷之世界, 此心常放得寬平, 天下自無險側之人情.

139) 『菜根譚』·「後集」-4 : 歲月本長, 而忙者自促, 天地本寬, 而鄙者自隘. 風花雪月本閒, 而勞攘者自冗.

140) 『菜根譚』·「後集」-52 : 欲其中者, 波沸寒潭, 山林不見其寂, 處其中者, 凉生酷暑, 朝市不知其喧.

141) 피안彼岸 : '강 건너편'이라는 뜻에서 '깨달음을 얻은 경지境地' 혹은 '해탈解脫의 경지'를 뜻한다. 철학에서는 '현실적으로 존재하지 않는 관념적으로 생각해 낸 현실 밖의 세계'를 의미하기도 한다.

142) 『菜根譚』·「後集」-108 : 人生福境禍區, 皆念想造成, 故釋氏云, 利欲熾然, 卽是火坑, 貪愛沈溺, 便爲苦海, 一念清淨, 熱焰成池, 一念警覺, 船登彼岸, 念頭稍異, 境界頓殊, 可不愼哉.

이것이 진정한 군자의 몸가짐과 마음가짐이다.”[143)]

“늙어서 얻은 병病은 모두 젊었을 때부터 만든 것이고, 힘이 빠졌을 때 어려움에 처하는 것은 모두 힘이 강强했을 때 지은 업보業報[144)]이다. 그러므로 성취成就하여 만족滿足할 때 군자는 더욱 조심操心하고 삼가는 것이다.”[145)]

“내가 귀貴할 때 사람들이 나를 존경尊敬하는 것은 나의 높은 관직官職과 자리를 받드는 것이며, 내가 천賤할 때 사람들이 나를 멸시蔑視하는 것은 나의 헤진 옷과 내가 맡은 직책職責을 깔보는 것이다. 그러므로 애당초 나를 받드는 것이 아닌데 내가 어찌 그 때문에 기뻐할 것이며, 애초에 나를 깔보는 것이 아닌데 내가 어찌 그 때문에 성낼 것인가!”[146)]

“매가 조는 듯 얌전히 앉아 있고, 호랑이가 병病든 듯 어슬렁어슬렁 걸어가는 것은 사람을 낚아채거나 물기 위한 속임수이다. 그러므로 군자는 자신의 총명聰明과 재주를 드러내지 않는다. 이렇게 해야만 장차將次 큰일을 맡아 그 일을 성취할 수 있는 역량力量을 기를 수 있는 것이다.”[147)]

“자식이 태어나면 그 어미가 위태危殆롭고, 돈이 쌓이면 도둑이 호시탐탐虎視眈眈 노리기 때문에 어떤 기쁨이라 하더라도 오히려 근심이 될 수 있다. 가난하면 절약節約하여 쓸 수 있고, 병病에 걸리면 몸을 조심스럽게 보존保存할 수 있기 때문에 어떤 근심이라 하더라도 오히려 기쁨이 될 수 있다. 그러므로 도道를 통달洞達한 사람은 유리有利한 상황狀況과 불리不

143)『菜根譚』·「前集」-3 : 君子之心事, 天靑日白, 不可使人不知, 君子之才華, 玉韞珠藏, 不可使人易知.

144) 업보業報 : 업보는 대략 두 가지 뜻을 가지고 있다. 첫째, 선악의 행위에 따라 자신에게 돌아오는 고락苦樂(고통과 즐거움)의 과보果報(결과)이다. 둘째, 과거에 저지른 자신의 악惡한 행위로 말미암아 현재에 받는 괴로움의 과보를 가리킨다. ‘업業Karma’은 ‘몸과 입과 뜻으로 짓는 말과 동작과 생각하는 것과 그 세력’을 말한다. 선악의 업에 의해 과보를 받기 때문에 ‘업과業果(업의 결과)’라고도 한다.

145)『菜根譚』·「前集」-109 : 老來疾病, 都是壯時招的, 衰後罪孽, 都是盛時作的, 故持盈履滿, 君子尤兢兢焉.

146)『菜根譚』·「前集」-172 : 我貴而人奉之, 奉此峨冠大帶也, 我賤而人侮之, 侮此布衣草履也, 然則原非奉我, 我胡爲喜, 原非侮我, 我胡爲怒.

147)『菜根譚』·「前集」-200 : 鷹立如睡, 虎行似病, 正是他攫人噬人手段處, 故君子, 要聰明不露, 才華不逞, 纔有肩鴻任鉅的力量.

利한 상황을 하나로 보고, 마음에 생기는 기쁨이나 슬픔을 모두 잊어버린다."[148]

✺ 지혜로운 삶을 위한 조언

• 타고난 재주는 출중出衆한데 사회생활에서 어려움 겪는 사람들이 있다. 이런 사람의 경우, 대체로 '과도過度한 자신감自信感'을 가지고 있는 경우가 많다. 재주가 많거나 머리가 좋은 사람은 상황판단狀況判斷이 남들보다 훨씬 빠르다. 이로 인해 자기도 모르게 지나친 자신감을 갖게 되고, 이 때문에 주위 사람들에게 위화감違和感을 주기 쉽다. 그런 사람은 결국 다른 사람들로부터 심한 견제牽制나 오해誤解, 심지어 모함謀陷을 받아 자기 능력을 제대로 발휘發揮하지 못하게 되기도 한다. 이렇게 볼 때, 남들보다 머리가 좋고 재능이 많은 사람일수록 더욱 겸손謙遜해야 하는 것이다.

• '달면 삼키고 쓰면 뱉는다.'는 말이 있다. 매정한 세상의 인심人心을 표현한 말이다. 사회생활을 하다 보면, 다른 사람들이 무심無心코 던진 말 한 마디 때문에 큰 상처傷處를 받는 경우가 종종 있다. 때로는 다른 사람이 나를 어떻게 대우待遇하느냐에 따라 마음이 상傷할 때도 있다. 그러나 남들이 나를 어떻게 생각하지에 대해 너무 민감敏感하게 생각할 필요는 없다. 어차피 가족을 제외한 대부분의 사람들은 대체로 나의 내면內面을 보는 것이 아니라 내 외모外貌나 사회적 지위地位, 재산財産이나 학벌學閥과 같은 겉모습을 보고 나를 평가評價하기 때문이다. 그러므로 장기적長期的으로 볼 때, 사람들의 평가에 너무 민감한 것은 나의 행복幸福에 큰 도움이 되지 않음을 명심銘心해야 한다.

• "사람이 화를 내거나 분노忿怒하게 되면 뇌腦가 스트레스stress를 받는다. 이때 뇌는 '항抗스트레스 호르몬hormone'이라고 불리는 부신피질副腎皮質 호르몬이나 아드레날린adrenalin이라는 부신수질副腎髓質 호르몬을 대량大量으로 분비分泌하게 된다. 이렇게 되면,

148)『菜根譚』·「後集」-119 : 子生而母危, 鏹積而盜窺, 何喜非憂也. 貧可以節用, 病可以保身, 何憂非喜也. 故達人, 當順逆一視, 而欣戚兩忘.

뇌와 신체는 과중過中 노동상태勞動狀態가 되어 노화老化가 빨라진다." 일본의 정신과 의사이자 의학박사인 사이토 시게타(齋藤茂太)[149]의 말이다. 인간의 몸과 마음은 하나이다. 따라서 마음이 병病들면 몸도 병들기 쉽고, 마음이 건강健康하면 몸도 건강하게 된다. 이 세상에 화를 내기 좋아하는 사람은 없을 것이다. 그러나 실제로 생활하다 보면 자신도 모르게 갑자기 화가 나서 주체할 수 없을 때가 종종 있다. 이럴 때일수록 자기 마음을 잘 다스려야한다. 마음의 건강이 몸의 건강으로 이어지기 때문이다.

149) 사이토 시게타齋藤茂太(1916-2006) : 사이토는 도쿄 태생으로 명문 게이오(慶應)대 의학박사인 정신과 의사이자, 사이토병원 이사장, 알코올건강의학협회 회장, 일본 펜클럽 이사, 일본 여행작가협회 회장, 시니어플랜개발기구 회장 등 여러 방면에서 왕성한 활동을 했다. 정신과 의사 특유特有의 관찰력觀察力과 통찰력洞察力으로 인간관계를 낱낱이 분석分析하였는데, 그의 분석에는 세상을 따뜻하게 바라보는 시선과 작가의 특유의 넉넉한 유머감각이 녹아들어 있다. 일본에서 베스트셀러 작가로 활동하였던 그는 280여 종의 책을 펴냈는데, 저서로는 『까닭 없이 다시 보고 싶어지는 사람의 법칙』·『호감받는 사람』·『내 인생의 정답은 나에게 있다』 등이 있으며 한국에도 많은 작품이 번역·출판되어 있다.

중화사상中華思想

1. 중화사상의 기원

중화사상은 중국이 세계의 중심이라는 세계관世界觀이다. 천자天子가 통치하는 화하華夏[중국의 옛 명칭]족은 우월한 문화를 가지고 있으며, 화하족 이외의 문화는 야만적野蠻的이라고 구분하기 때문에 화이사상華夷思想이라고도 불린다. 이처럼 자신과 타자를 문명과 야만으로 구분하는 화이사상은 춘추전국春秋戰國 시대부터 시작되었다.

화하족은 한漢족의 원류로서 황허黃河 중하류 지역인 중원中原에서 왕조국가를 수립하고 독자적인 정치·문화 제도를 발전시켰다. 이러한 정치·문화는 유교사상의 성립과 함께 주변 국가와 자국을 구분 짓는 화이관華夷觀으로 발전하였다. 공자는 제환공齊桓公(?-bc.643)의 재상이었던 관중管仲(?-bc.645)의 '존왕양이尊王攘夷[주나라 임금을 숭상하고 오랑캐를 물리침]'를 찬탄하며, "관중이 아니었다면 나도 오랑캐의 복장을 하고 있었을 것이다."[150]라고 하였고, "오랑캐들에게 임금이 있는 것은 중원中原[중국]에 임금이 없는 것보다 못하다."[151]라고도 하였다.

2. 문명과 야만의 기준

문명文明과 야만野蠻의 기준은 본래 고정되지 않고 유동적流動的이다. 즉 공자처럼 덕치德治와 예교禮教의 유무有無를 중요시하는 문화적인 기준이 있을 수 있고, 왕부지王夫之(1619-1692)처럼 한족漢族인지의 여부를 중요시하는 지리적·종족적 기준이 있을 수 있기 때문이다.

---

150) 『論語』「憲問」-18 : 微管仲, 吾其被髮左衽矣.

151) 『論語』「八佾」-5 : 夷狄之有君, 不如諸夏之亡也.

문화적인 기준의 경우, 오랑캐도 덕치와 예교를 수용하면 문명에 편입될 수 있는 개방적인 성격을 가진다. 춘추시대 말기의 공자는 성인聖人의 도道가 실현되지 못하는 현실을 한탄하며 동방의 아홉 오랑캐 땅인 구이九夷에 가서 살고 싶다고 말한다. 이 말을 들은 어떤 사람이 물었다. "그렇게 누추한 곳에서 어떻게 살려고 합니까?" 이때 공자는 "군자가 거주한다면 무슨 누추함이 있겠는가?"라고 말했다.[152] 야만의 땅인 오랑캐 지역이라 하더라도 군자가 그곳에 살면서 도道로써 그들을 변화시킨다면 그들의 문화도 오히려 문명화 될 것이니 '어찌 살만한 곳이 되지 않겠는가?'라는 일종의 반문인 셈이다. 공자를 계승한 맹자 역시 "나는 중화의 법을 써서 오랑캐의 도를 변화시켰다는 말은 들었지만, 오랑캐에게 변화 당했다는 말은 듣지 못하였다."[153]라는 '용하변이用夏變夷[중국의 문화로 오랑캐를 변화시킴]'를 주장했다. 이러한 사상은 후대에 계승되어 당대唐代 한유韓愈(768-824)는 "중국[제후]이 오랑캐의 예禮를 쓰면 오랑캐가 되고, 오랑캐가 중국의 예를 쓰면 중국이 된다.(諸侯用夷禮則夷之, 夷而進於中國則中國之.)"고 하였다. 원대元代의 한족 학자인 학경郝經(1223-1275)은 몽골족에 대해 "중국의 도道를 행할 수 있다면, 중국의 통치자다.(能行中國之道, 則中國之主也.)"라고 하면서 정권의 합법성을 주장하기도 했다. 청대淸代 강유위康有爲(1858—1927) 역시 만주족과 한족은 출신지만 다를 뿐, 중국 문화로 인해 하나의 나라가 된지 오래라고 주장하였다.

반면 지리적·종족적 기준은 문화적 기준보다는 폐쇄적이다. 서진西晉의 강통江統(?-310)은 흉노 등 오랑캐들이 중원으로 이주하여 한족의 문화가 뒤섞이는 문제가 발생했다고 지적하면서 오랑캐를 중원에서 내쫓아야 한다고 주장하였다. 한편 북송北宋의 대표적 시인이자 정치가인 소식蘇軾(1037-1101)은 21세 때 과거시험에서 쓴 답안에서 "오랑캐들은 중국의 정치로는 다스릴 수 없다. 비유하자면 마치 새나 짐승 같아서 그들이 크게 다스려지기를 구한다면 반드시 큰 혼란에 빠지게 될 것이다.(夷狄, 不可以中國之治, 治也. 譬若禽獸然, 求其大治, 必至於大亂.)"라고 말했다. 이후 명말청초明末淸初의 사상가인 왕부지王夫之는 "중국과 오랑캐는 군자와 소인의 나라다. 일찍이 구분이 없던 적이 없었다. …… 오랑캐와 중국은 지형이 다르고, 기질이 다

152) 『論語』·「子罕」-13 : 子欲居九夷, 或曰 陋, 如之何. 子曰 君子居之, 何陋之有.

153) 『孟子』·「滕文公上」-4 : 吾聞用夏變夷者, 未聞變於夷者也.

르며, 습성도 다르다.(中國夷狄也, 君子小人也. 非本末有別, …… 夷狄之與華夏, 其地異, 其氣異矣, 氣異而習異.)"라고 말하며 근본적인 차별성을 주장하기도 했다.

3. 중화사상의 변용

중국의 지식인들이 서양에 대해 중국 중심의 화이華夷[중화 vs 오랑캐]가 아닌 가치중립적 개념인 중서中西[동양 vs 서양]로 인식하기까지는 꽤 긴 시간이 필요했다. 서구의 자연과학 지식이 중국에서 기원했다는 '서학중원설西學中源說'과 서구의 학문을 부분적으로 수용하는 '중체서용中體西用' 등의 인식과정을 거쳐야 했기 때문이다.

명말청초 시기 서양의 선교사들이 자연과학 지식을 중국에 전하자 황종희黃宗羲(1610-1695)는 "구고勾股[피타고라스의 정리]법은 주공周公과 상고商高[154]가 물려준 것이지만, 후세 사람들이 그것을 잃어버려 서양인이 몰래 계승하게 되었다.(勾股之術乃周公商高之遺, 而後人失之, 使西人得以竊其傳.)"라고 하였고, 왕부지는 "서양에서 취할 만한 것은 오직 원근 측량법 하나이며, 그 나머지는 모두 중국에서 실마리를 베낀 것이다.(蓋西夷之可取者, 唯遠近測法一術, 其他皆剽竊中國之緒餘.)"라고 하였다. 이러한 '서학중원설'은 서양의 선교활동이 금지되자 잠시 종적을 감췄다가 아편전쟁(1840-1842) 이후 다시 대두되었다. 예컨대 임창이林昌彝(1803-?)는 그의 저서『사응루시화射鷹樓詩話』(1851)에서 서구의 선진문물을 인정하면서도 "서양 오랑캐의 신기한 기물器物은 모두 중국에서 시작되었다. 이후 중국에는 전해지지 않았지만 서양 오랑캐가 그것을 계승했다.(外夷奇器, 其始皆出中華, 久之中華失其傳, 而外夷襲之.)"고 말해 당시 중국 지식인들의 모순된 심리를 단적으로 보여주고 있다.

한편 산시성山西省의 유학자이자 관리였던 서계여徐繼畬(1795-1873)[155]는 이러한 사회적 분

154) 상고商高 : 서주西周 시대의 수학자로서 bc.10C경 피타고라스Pythagoras 정리定理를 발견했다고 전한다. 이것은 대략 피타고라스보다 500-600년 앞선 것이다.

155) 서계여徐繼畬 : 청나라 말기의 장관이자 학자로서 광서廣西와 복건富建의 관찰사 및 총리아문總理衙門의 대신大臣을 역임했으며, 초대 동문관同文館 사무장관을 맡았다. 아편전쟁으로부터 8년이 지난 1848년에 약 145,000자 42개의 삽화로 이루어진 저서『영환지략』(총 10권)을 완성하고, 1850년에 간행하였다. 일찍이 세계에

위기를 너무 앞서 갔기 때문에 당시 지식인들의 거센 반발을 샀다. 그는 자신의 저서인 『영환지략瀛環志略』(1849)에서 처음으로 서구를 오랑캐[夷]가 아닌 '양洋' 혹은 '서양'으로 지칭하면서 조지 워싱턴George Washington[156]의 민주정치제도의 제안을 높이 평가했다. 그러나 당시 지식인들은 서계여가 서양 오랑캐를 미화美化한다고 비판하였다. 당시 사람들의 눈으로 볼 때, 서구 문명을 수용하는 것은 '용이변하用夷變夏[오랑캐의 문화로 중국을 변화시킴]'와 다름이 없었기 때문이다.

이에 비해 위원魏源(1794-1857)은 수구파 지식인도 수긍할 수 있는 접근법을 취했다. 그는 일찍이 자신의 저서인 『해국도지海國圖志』(1844)에서 "오랑캐의 장점을 배워 오랑캐를 제압해야 한다.(師夷之長技以制夷)"고 주장했다. 이러한 주장은 양무파洋務派[157]의 주요 인물인 장지동張之洞(1837-1909)에 의해 계승되어 '중체서용中體西用[중국의 학문을 근본으로 삼고 서양의 학문을 활용함]' 사상의 기반이 되었으며, 이후 중국 근대화의 길을 여는 데에 기여했다.

눈을 뜬 근대 중국의 선구자 중 한 사람인 그를 뉴욕타임즈The New York Times에서는 동양의 갈릴레오Galileo Galilei(1564-1642)라고 불렀다.

156) 조지 워싱턴George Washington(1732-1799) : 미합중국의 초대初代 대통령大統領이자 세계 최초의 대통령. 미국 건국의 아버지Founding Fathers of the United States 중 한 명이자 독립전쟁 시 대륙군大陸軍 총사령관總司令官으로서 영국과의 독립전쟁을 승리로 이끈 전쟁 영웅이다.

157) 양무파洋務派 : 중국 청나라 양무운동洋務運動을 주도한 사람들을 가리킨다. 양무운동은 1861년부터 1894년까지 중국 청淸 나라에서 진행된 자강自强 운동이다. 양무洋務란 본래 '다른 나라와의 외교 교섭에 관한 사무'를 뜻하는 말이지만, 넓게는 '서양의 문물과 기술을 받아들임'의 뜻으로 쓰였다. 따라서 양무운동이란 서양의 문물을 받아들여 군사적 자강과 경제적 부강을 이룩하려 했던 여러 개혁정책을 뜻한다. 청淸의 동치제同治帝(1856-1874) 때 시작하여 광서제光緒帝(1871-1908) 재임기까지 전개되어 이를 동치중흥同治中興, 동광신정同光新政이라고도 한다. 초기에는 군사력 증강을 위해 군수산업의 육성에 중점을 두었으나 1870년대 이후에는 광공업이나 교육 등 다양한 분야까지 근대적 개혁을 추진했다. 그러나 양무운동은 애초부터 상군湘軍과 회군淮軍을 이끌고 태평천국太平天國의 난을 진압한 증국번曾國藩·좌종당左宗棠·이홍장李鴻章 등 지방에 있는 한인 관료들에 의해 추진되었기 때문에 전국적 차원에서 통일된 계획으로 추진되지 못하고, 양무파가 중앙권력을 장악하지 못하게 됨으로써 점차 세력을 잃고 말았다. 이후 양무운동은 산업·기술만이 아니라 정치·사회 제도의 근본적 개혁까지 이루어야 한다는 변법자강變法自疆 운동에 영향을 주게 된다.

4. 중화사상과 중국몽中國夢

중화사상은 서구중심주의Euro-centrism와 비교되어 중화주의Sino-centrism라고도 불린다. 내용상의 차이에도 불구하고 양자 모두 중국과 서구라는 지리적 개념에서 출발하여 정치적·문화적 개념으로 발전했기 때문이다. 서구중심주의가 근대화를 통해 세계질서를 만들었다면, 중화사상은 근대화 이전 동아시아에서 유교적 가치체계와 조공朝貢 체제를 통해 존속되었다.

21세기 G2로 부상한 중국은 2012년 '중국의 꿈[中國夢]'인 중화민족의 위대한 부흥을 목표로 국정을 운영하고 있다. 중국은 경제협력을 통해 국제적 위상을 제고하고 나아가 지역질서와 국제질서를 재편하기 위해 2050년까지 '일대일로一帶一路[실크로드 경제벨트와 21세기 해상실크로드]'라는 거대한 프로젝트를 추진할 계획이다. 이를 두고 일각에서는 '중국 중심의 세계질서 재편'이라고 비판하지만, 중국은 오히려 '인류의 운명공동체 구축'이라고 주장하고 있다. 향후 중국이 자국 중심의 중화주의를 넘어서 인류의 미래에 어떻게 기여할지에 대해 세계가 주목하고 있다.

『태극도설太極圖說』

1. 핵심 내용

주돈이周敦頤[158]가 지은 『태극도설』은 천지인天地人에 대한 중국 고대의 사유체계思惟體系를 통합統合하고, 인간의 문제를 철학적으로 통찰洞察했다는 점에서 의의가 있다. 주돈이는 선진시대先秦時代의 인성론人性論, 한대漢代의 우주론宇宙論과 음양오행陰陽五行 이론 등을 통합하여 천인합일天人合一의 체계를 정립定立했다.

인간은 기본적으로 천명天命을 받은 존재이며, 천인합일을 추구追求해야 한다는 것은 공자 이후 유가사상의 핵심이었다. 그러나 주돈이 이전에는 관념적觀念的인 차원에 머물렀다. 이에 주돈이는 태극太極으로부터 만물이 생성되는 과정을 '인간의 근원根源은 무엇이며 어떻게 태어났는가?'라는 존재론적存在論的 문제, '인간은 무엇을 해야 하는가?'라는 수양론적修養論的 문제, '인간은 무엇을 추구해야 하는가?'라는 실천론적實踐論的 혹은 성성론적成聖論的 문제 등 인간이 당면當面한 철학적 물음에 대해 『태극도설』을 통해 설명하고 있다.

주돈이는 태극도太極圖를 그린 후 자신이 직접 쓴 설명인 총 249자의 『태극도설太極圖說』을 덧붙였는데, 전체내용은 그림의 위에서부터 ①무극이태극無極而太極, ②음정양동陰靜陽動, ③오행五行, ④건곤남녀乾坤男女, ⑤만물화생萬物化生 등 5단계로 되어있다.

158) 주돈이周敦頤(1017-1073) : 자는 무숙茂叔, 호는 염계濂溪, 시호諡號는 원공元公인데, 주렴계 혹은 염계선생이라고 불린다. 북송의 유학자로서 성리학의 기초를 닦아서 높여서 주자周子라고 칭하기도 한다. 송대宋代 유학의 형이상학적形而上學的 사유思惟는 일반적으로 주돈이로부터 시작되었다고 일컬어진다. 동시대의 유학자 장재張載(1020-1077)의 사상과 더불어 그의 대표적인 저술인 『태극도설』·『통서通書』에 보이는 깊은 통찰은 제자인 이정二程[程顥(1032-1085)·程頤(1033-1107)] 형제를 통해 계승되어 송대 도학道學의 방향을 결정하는 중요한 출발점이 되었다. 『주자전서朱子全書』 7권은 모두 주돈이의 저술을 모은 것이다.

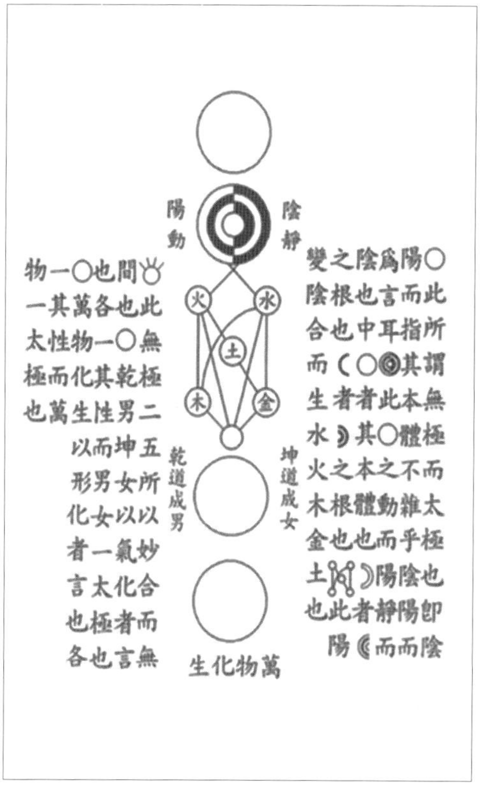

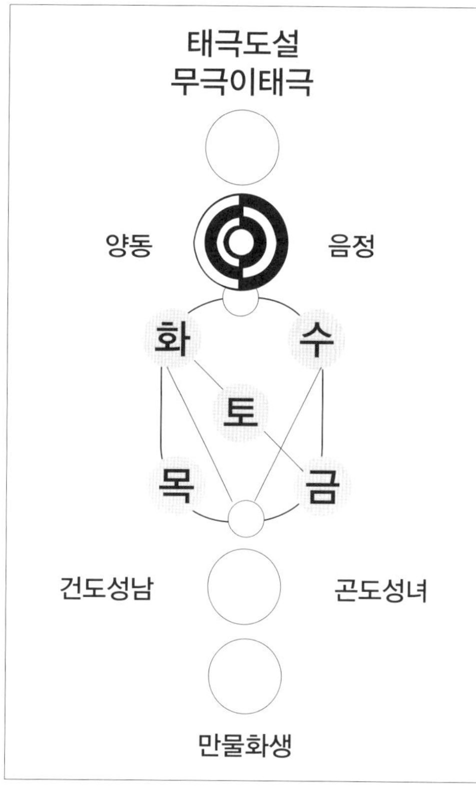

2.『태극도설』(전문全文)

무극無極이면서 태극太極이니, 태극이 움직여서 양陽을 생성하고, 움직이는 것이 지극至極해지면 고요해지는데, 고요해져서 음陰을 낳는다. 고요함이 지극해지면 다시 움직인다.

한번 움직이고 한번 고요함이 서로 그 뿌리가 되며, 음으로 나뉘고 양으로 나뉘어 양의兩儀가 세워진다. 양이 변變하고 음이 합合해져서 수·화·목·금·토 오행五行를 만드니, 5가지의 기운氣運이 순조롭게 펼쳐져서 사계절四季節[春夏秋冬]이 운행運行한다.

오행은 하나의 음양이요, 음양은 하나의 태극이며, 태극은 본래 무극이다. 오행이 생겨남에 각각 그 성품性品을 하나씩 갖추고 있으니, 무극인 진리와 음양오행의 정수精髓가 묘妙하게 합하여 응결凝結되니, 하늘의 도道는 남성을 이루고, 땅의 도는 여성을 이룬다.

두 기운이 서로 느껴서 만물을 변화變化·생성生成시키니, 만물이 태어나고 태어나서 그 변화가 무궁無窮하다. 오직 사람만이 그 빼어남을 얻어서 가장 신령神靈하니, 형체形體가 이미 생성되어 정신精神이 지각知覺을 일으킨다. 인·의·예·지·신仁義禮智信 오성五性이 감응感應하여 움직이니 선善과 악惡이 나누어지고, 만萬 가지 일이 생겨난다.

성인聖人이 중정中正·인의仁義로써 안정安定시키고, 고요함을 위주로 하여 사람의 표준標準을 세웠다. 그러므로 성인은 천지天地와 더불어 그 덕德을 함께 하고, 해와 달과 더불어 그 밝음을 함께 하고, 사계절과 더불어 그 순서를 함께 하고, 鬼神[陰陽]과 더불어 그 길흉吉凶을 함께 한다. 군자君子는 그 덕성德性을 닦으니 길吉하고, 소인小人은 그것을 거스르니 흉凶하다. 그러므로 하늘의 도道를 세워서 음과 양이라 부르고, 땅의 도를 세워서 부드러움과 굳셈이라 부르고, 사람의 도를 세워서 인仁과 의義라고 부른다. 또 말하기를 "시작의 근원根源을 추구하고 끝을 반성한다(原始反終). 그러므로 삶과 죽음의 이야기를 안다."고 한다. 위대하도다 역易의 이치理致여! 이것이 그토록 지극하도다.[159)]

159) 周敦頤,『太極圖說』: 無極而太極. 太極動而生陽, 動極而靜, 靜而生陰, 靜極復動. 一動一靜, 互爲其根. 分陰分陽, 兩儀立焉. 陽變陰合, 而生水火木金土. 五氣順布, 四時行焉. 五行一陰陽也, 陰陽一太極也, 太極本無極也. 五行之生也, 各一其性. 無極之眞, 二五之精, 妙合而凝. 乾道成男, 坤道成女, 二氣交感, 化生萬物. 萬物生生, 而變化無窮焉. 惟人也, 得其秀而最靈. 形旣生矣, 神發知矣, 五性感動而善惡分, 萬事出矣. 聖人定之以中正仁義, 而主靜立人極焉. 故聖人與天地合其德, 日月合其明, 四時合其序, 鬼神合其吉凶. 君子修之吉, 小人悖之凶. 故曰, 立天之道曰, 陰與陽, 立地之道曰, 柔與剛, 立人之道曰, 仁與義. 又曰, 原始反終, 故知死生之說. 大哉易也, 斯其至矣.

진성수

성균관대학교 유학과를 졸업하고 동대학원에서 철학박사학위를 받았다. 일본 쓰꾸바(筑波)대학교 외국인 연구자, 성균관대 유교문화연구소 수석연구원, 전북대 인문대학 부학장 및 인성예절교육센터장 · 전라문화연구소장, 한국양명학회 부회장, 미국 뉴욕주립대(Stony Brook University) 방문학자를 역임했다. 현재 전북대학교 철학과 교수로 재직 중이며, 한국유교학회 부회장으로 활동하고 있다.

KBS · MBC · EBS · TBN · 국군방송 등에서 20여 년간 '고전의 향기' · '라디오 서당' · '新손자병법' · '한비자의 인간경영' · '토요 인문학 산책' 등 동양고전을 주제로 한 각종 프로그램에 출연하였다. 지은 책으로 『철학테마강의』, 『인문고전읽기』, 『지식인과 인문학』, 『지금, 여기의 유학』, 『사자논어 100선』 등 13권이 있고, 옮긴 책으로 『명심보감』, 『중국사상사2』, 『왕부지 대학을 논하다』, 『중국고대사상문화의 세계』 등 8권이 있으며, 논문으로는 「가족서사로 본 담원 정인보」, 「유교의 미래와 유교지식인의 역할」, 「명말청초 고증학의 연원 고찰」, 「중국과 대만의 경전읽기운동 연구」, 「유교경전에서 술[酒]의 상징체계 연구」 등 50여 편이 있다.

철학으로 읽는 계몽편
: 현대인을 위한 동양고전시리즈(1)

초판 1쇄 발행 _ 2025년 2월 28일

역 해 자 • 진 성 수
발 행 인 • 정 현 걸
발 행 • 신 아 사
인 쇄 • 삼일문화
출 판 등 록 • 1956년 1월 5일 (제9-52호)
주 소 • 서울특별시 은평구 통일로 59길 4
전 화 • 02)382-6411 · 팩스 02)382-6401
홈 페 이 지 • www.shinasa.co.kr
E - MAIL • shinasa@daum.net

ISBN 979-11-7342-73-3 (93720)

정가 15,000원